不埋没一本好书，不错过一个爱书人

七楼书店

川端康成经典辑丛

名人·岁月

 川端康成
Kawabata Yasunari
著

高慧勤 魏大海 主编

张云多 高慧勤 译

金城出版社
GOLD WALL PRESS
·北京·

图书在版编目（CIP）数据

名人　岁月/（日）川端康成著；张云多，高慧勤译.—北京：金城出版社有限公司，2023.3
（川端康成经典辑丛/高慧勤，魏大海主编）
ISBN 978-7-5155-2382-8

Ⅰ.①名… Ⅱ.①川… ②张… ③高… Ⅲ.①中篇小说—日本—现代 Ⅳ.①I313.45

中国版本图书馆CIP数据核字(2022)第210517号

川端康成经典辑丛：名人·岁月

作　　者	〔日〕川端康成
主　　编	高慧勤　魏大海
译　　者	张云多　高慧勤
责任编辑	杨　超
责任校对	彭洪清
责任印制	李仕杰
文字编辑	叶双溢
开　　本	880毫米×1230毫米　1/32
印　　张	7.5
字　　数	207千字
版　　次	2023年3月第1版
印　　次	2023年3月第1次印刷
印　　刷	天津丰富彩艺印刷有限公司
书　　号	ISBN 978-7-5155-2382-8
定　　价	48.00元

出版发行	金城出版社有限公司　北京市朝阳区利泽东二路3号　邮政编码：100102
发 行 部	(010) 84254364
编 辑 部	(010) 64214534
总 编 室	(010) 64228516
网　　址	http://www.jccb.com.cn
电子邮箱	jinchengchuban@163.com
法律顾问	北京市安理律师事务所　（电话）18911105819

目录

名人__001

岁月__097

光悦会上__099

秋色斑斓__108

温情脉脉__117

拿茶花的人__126

海上落日__135

春梦__144

女儿的闺房__151

父亲的后事__158

地狱之墙__167

外出时的来客__177

头发__186

真实与铃声__195

母亲与房子__202

晚霞之后__210

只有女人的家__218

北山阵雨__226

名人　めいじん

张云多　译

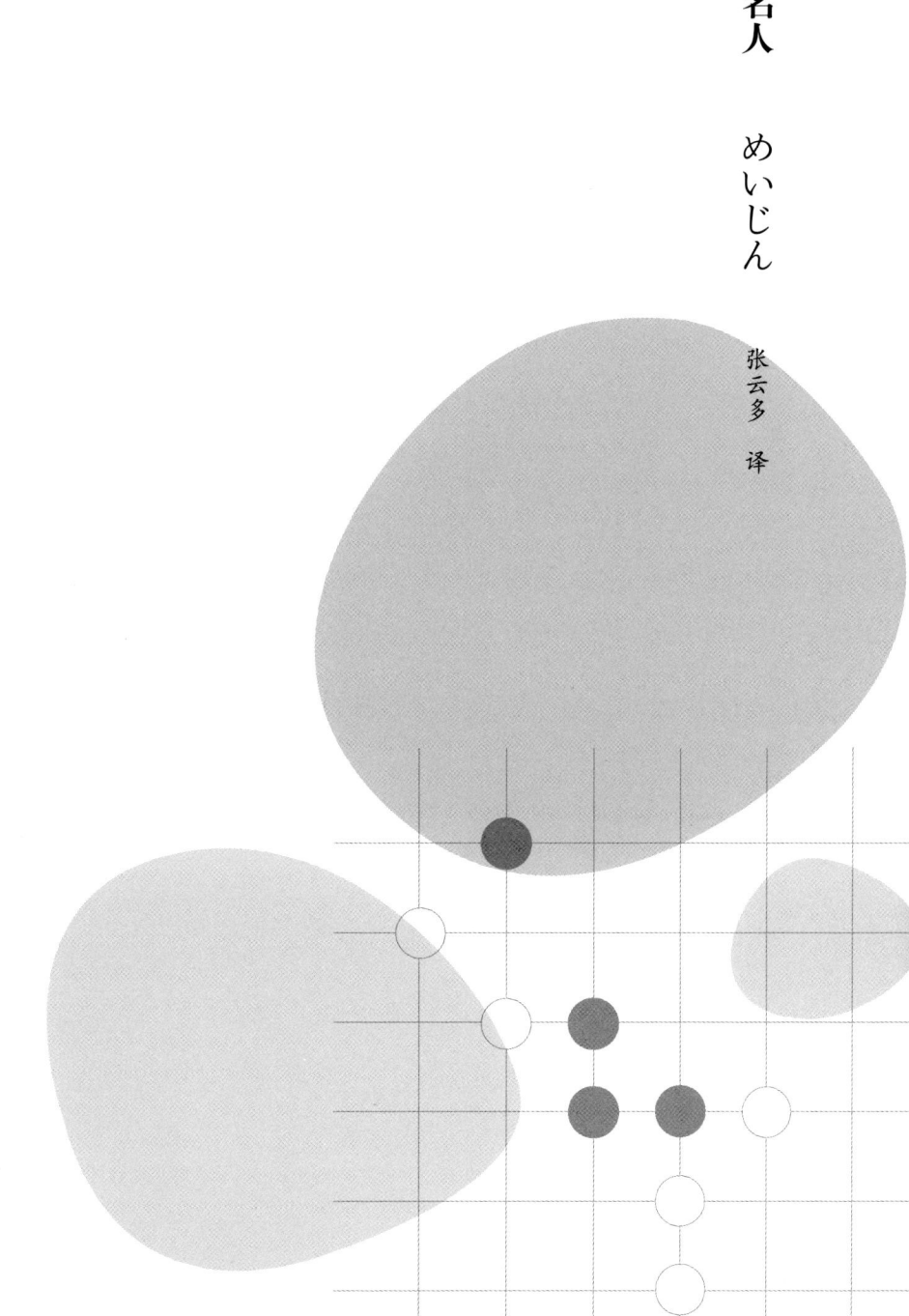

一

第二十一世本因坊秀哉名人[1]，昭和十五年（1940）一月十八日晨，在热海的鳞屋旅馆与世长辞，终年六十七岁。

一月十八日这个忌日，在热海是很容易记住的。《金色夜叉》[2]中的贯一在热海边曾有"本月今宵月"的台词，为了纪念这一天，热海人便把一月十七日定为红叶节。秀哉名人的忌日，就是红叶节的次日。

红叶节时，每年都举办文学活动，名人去世的昭和十五年，红叶节的规模尤为盛大。同时，当地还悼念了尾崎红叶、高山樗牛与坪内逍遥等三位与热海结下不解之缘的已故文人，并向上一年在作品里介绍过热海的竹田敏彦、大佛次郎、林房雄等三位小说家颁发了感谢状。当时，我恰好也在热海，便出席了这些活动。

十七日晚上，市长在我下榻的聚乐旅馆设宴招待。而十八日拂晓，我被电话吵醒，说是名人去世了。我当即赶到鳞屋旅馆去吊唁，返回旅馆吃过早饭后，同前来参加红叶节的作家及市里的工作人员一起，为逍遥扫墓献花并绕到梅园。但在抚松庵出席宴会的中途，我又去鳞屋旅馆赶拍了名人的遗容，随后目送名人遗体被运回东京。

---

1 日本围棋、将棋中获得最高位的称号。——译注（全书注释均为译者注）
2 作者为尾崎红叶。

名人是一月十五日来热海的，十八日便故去。好像特地来此谢世一般。我十六日曾前往旅馆拜访名人并下了两盘将棋。傍晚，我走不久，名人的病情突然恶化。名人喜好将棋，同我下的那两盘棋，竟成了最后一次。也就是说，我写过秀哉名人最后一场围棋决赛（告别赛）的观战记，陪同名人下过最后一盘将棋，拍过名人最后一张遗像。

名人同我的缘分，始于东京日日（每日）新闻社选我担任名人告别赛观战记者之时。作为报社主办的围棋赛，那次比赛规模之大，可谓空前绝后。六月二十六日在芝公园的红叶馆开始对局，十二月四日在伊东的暖香园终局。一盘棋历时近半年之久。断断续续下了十四次。我在报上连载了六十四回观战记。不过棋赛中途，名人病倒，从八月中到十一月中，停赛三个月。然而，名人身患重病，使这盘棋赛愈发显得悲壮。而且说不定正是这盘棋，夺去了名人的生命。下完这盘棋，名人的身体一直没有恢复，一年后就离开了人世。

二

确切地说，这次名人告别赛结束的时间应当是昭和十三年（1938）十二月四日下午二时四十二分。下到黑237手终局。

在名人默默地填上一个空眼那一瞬间，列席做证的小野田六段说：

"是五目吧？"

声音谨慎而有礼貌。他知道名人输了五目，想省去当场复盘的辛劳，大概也是对名人的一种体贴吧。

"嗯，是五目……"名人低声说着，抬起发肿的眼睑，他已经不想再摆子复盘了。

挤在对局室里的工作人员，一时都说不出话来。也许是要缓和一下这种沉闷的气氛，名人平静地说：

"如果我不住院，八月里在箱根就该结束了。"

然后，他问起了自己所用的时间。

"白棋是十九小时五十七分钟，……差三分钟正好用一半时间。"担任记录员的少年棋手回答。

"黑棋是三十四小时十九分钟……"

高段棋手下一盘棋，规定时间一般为十个小时左右。唯独这盘棋，时间延长到四倍，可用四十小时。从这个意义上来讲，黑棋用了三十四小时，耗时相当多，自打围棋实行时间限制以来，这恐怕是前所未有的。

对局结束时，正好快三点了，旅馆女佣送来了点心。大家依然默不作声地注视着棋盘。

"怎么样？吃点年糕小豆汤吧？"名人向对手大竹七段说。

年轻的七段下完棋时，曾向名人施礼道：

"先生，多谢了。"

然后，一直低垂着头，一动也不动。两手端端正正地放在膝盖上，白皙的脸膛越发显得苍白。

名人抹乱了棋盘上的棋子，七段也跟着把黑子往棋盒里放。作为对局者，名人没有说一句类似感想的话。他同往常一样，若无其事地起身走开了。七段当然也没谈什么感想。如果是七段输了，大概会说点什么的吧。

我也回到了自己的房间，向外偶然望去，只见大竹七段转眼之间已经换上棉袍，来到庭院，独自坐在对面的长椅上。双臂紧抱胸前，苍白的面孔朝下望着。冬日朦胧，时近黄昏，庭院阴冷空旷，他一副陷入沉思的样子。

我打开走廊的玻璃门，招呼他：

"大竹先生，大竹先生。"

但他只是愠怒地回了一下头。大概是在流泪吧。

我移开目光，退到屋内，正好名人的太太来寒暄。

"这么久，一直承您关照……"

我同夫人交谈了几句，这工夫，大竹七段的身影从庭院消失了。而后，马上又郑重地换上带有家徽的礼服，偕同太太到名人和工作人员的房间致意去了。还到了我的房间。

我也去名人的房间问候了一番。

三

耗时半年的棋赛决出了胜负，次日，工作人员便都匆匆往回赶了。那天，正好是伊东线试运行的前一天。

年终岁初，正值温泉旅游旺季，通上电车的伊东镇，大街披上了喜庆的盛装，一片欢腾。我登上回家的公共汽车，看到镇上的繁荣景象，顿时产生一种刚从洞窟中解放出来的感觉，因为我也和棋手一样，一直被"封闭"在旅馆里。新车站一带，开通了一条土色依稀的道路，突击建造的房屋一幢又一幢。在我看来，新开发地区的这种杂乱无章也是人间世界的一种生机。

汽车驶出伊东市区。在海滨大路上，碰见一群背着柴火的女人，她们手里拿着里白草。有的女人还把里白草系在柴火上。我顿时对人产生一种亲切感，如同越过山巅，见到人烟一般。可以说，这类准备过年的寻常风俗，使我感到一种眷恋。我仿佛刚刚从一个异常世界逃脱出来。她们大概是拾柴回家做饭的。天光暗淡，令人不知太阳所在，海面一片冬色，似乎马上就要黑暗下来。

但是，即使在汽车里，我仍然想着名人。也许是老名人的印象已经铭记在心，所以对他也就不胜依恋。

棋赛工作人员全都离开之后，只有老名人夫妇还留在伊东旅馆。

"不败的名人"在一生最后一次棋赛中败北，按说他是最不愿待在对局现场的，而且他抱病参战，即使为解除疲劳，也应尽早换个地方才好。名人对这一点难道是茫然不觉？抑或是毫不在意？连工作人员和前来观战的我，都在这里待不下去，逃脱一般地离去了，唯独失败的名人依然留在这里。他但凭别人去揣测自己的阴郁和无聊，照旧若无其事地呆坐着吧？

对手大竹七段早已回家去了。和没有孩子的名人不同，他有一个热闹的家庭。

记得这盘棋下完两三年之后，我曾接到过大竹七段夫人的来信，信中说他家总人数已经达到十六人了。我觉得在这个十六口人的大家庭里也会领略到七段的性格为人和生活作风，于是起了前去拜访的念头。后来，七段的父亲去世，十六口人变成了十五口人，我曾前去吊唁。说是吊唁，其实那可能是葬礼过了一个多月以后的事。这是我第一次前去拜访，所以尽管七段不在家，夫人还是很热情，将我让进了客厅。夫人同我寒暄过后，便站到门口朝家人说道：

"来，把大家都叫过来！"于是，一阵吧嗒吧嗒的脚步声过后，有四五个少年来到客厅。他们以孩子的立正姿势，站成一列。好像都是弟子，是群十一二岁到二十岁上下的少年，不过其中混杂着一个脸颊绯红、圆圆胖胖、个子高高的少女。

夫人把我介绍给他们，然后说："向先生问好。"

弟子们马上低头施了礼。我领略到了一个温暖的家庭。一个这种礼仪进行得极为自然、没有任何矫揉造作之感的家庭。少年们紧接着离开客厅，我马上就听到了他们在这所宽大的房子里跑来跑去、嬉戏喧闹的声音。我在夫人的劝说之下来到二楼，让弟子跟我练了一局。夫人一次又一次地送来食品，我待了很长时间。

原来，所谓一家十六口人，这些弟子们也是包括在内的。拥有四五个弟子，这在年轻棋手中是别无他人的。虽然这说明大竹七段拥有相应的声望和收入，但恐怕也是他溺爱孩子、体贴家眷性情发展的结果。

作为名人告别赛的对手，被关在旅馆期间，凡有对局的日子，傍晚暂停回到自己房间之后，总是马上给夫人挂个电话：

"今天，我承请先生关照，下到了××手。"

电话只是如此这般的一种报告，绝无暗示棋局形势的不慎之言。每当七段房间传出这样的电话声来，我都不禁对他产生一种好感。

四

在芝公园红叶馆的开局仪式上，只是黑子下一手白子下一手，次日也只是进行到12手。然后，对局场地移到箱根，名人、大竹七段以及工作人员一行来到堂岛对星馆的那一天，因为棋战还未开始，对弈者之间也没龃龉，所以名人当晚也心情舒畅地喝了近一瓶酒，甚至谈笑风生。

他们先被请到大厅里，从一张似乎是津轻漆的大桌子，谈起了漆器。名人便说：

"记得有一次，我见过一个漆棋盘。不是涂漆，而是从里到外全用漆制成的。说是青森的一位漆匠为了消遣而做的，花了二十五年时间。大概是要等一层漆干了以后，再涂上一层，所以花了那么长时间。棋盒棋箱子都是漆的。曾经被拿到博览会上，标价五千日元，但没有卖出去。于是，送到了日本棋院，说是以三千日元请代为保管，真是有意思呀！不过，那东西毕竟很重。比我还重。有四十八九公斤。"

接着，名人看了看大竹七段又说：

"大竹，你又发胖了。"

"六十公斤……"

"哦？正好是我的二倍。年龄虽然还不到我的一半……"

"我已经三十岁了，先生。令人讨厌呀，三十岁就……当年到先生府上求教的时候，还很瘦呢！"

大竹七段想起了少年时代的往事。

"在府上叨扰的时候，得了病，多承师母精心照料了。"

然后，又从七段夫人娘家的信州温泉浴场谈到自己的家庭。大竹七段是在五段二十三岁时结的婚。有三个孩子。收了三个徒弟,全家十口人。

六岁的长女看样学样,对围棋竟无师自通,七段说:

"前些日子,用井眼局同她下了一次,留下了棋谱。"

"哦,井眼局?真了不起。"名人也说。

"四岁的老二也懂得叫吃了呢!不知道他是不是有天分,如果有发展前途的话……"

在场的人似乎都不知如何回答才好。

棋坛首屈一指的七段,同六岁和四岁的女儿对弈,他似乎在认真考虑:如果幼女确有天分,就让她们同自己一样,也成为棋手。虽说围棋的天分一般都在十岁前后表现出来,这个时候不学就成不了材,但我听大竹七段的话,有种异乎寻常的感觉。也许他是在说自己才三十岁,还年轻,正迷恋着围棋,还没有对围棋感到筋疲力尽吧。我还想,他的家庭肯定也是幸福的。

这时,名人谈到自己现在在世田谷的房子占地二百六十坪[1],建筑面积八十坪,因为院子比较窄,所以打算卖掉,搬到院子宽敞一些的地方去住。他想讲讲家里人的情况,但眼下只有坐在身边的夫人和他自己两个人。现在,他已经没有弟子了。

五

名人从圣路加医院出院以后,停止三个月的围棋赛又在伊东的暖香园继续比赛了,但第一天黑子从101手下到105手,只进行五手就产生了分歧,连下次哪天再赛都决定不下来。大竹七段不同意因名人病倒而改变对局条件,坚持放弃这盘比赛。分歧比在箱根时还难以消除。

---

1 日本面积单位,1坪约3.3平方米。

对局者和工作人员都闲待在旅馆里，无聊地打发郁闷难耐的日子，所以名人曾到川奈去散心。平素懒得出门的名人，这次是主动提出要去的，实在是少有。陪同前往的有名人的弟子村岛五段、负责记录的年轻女棋手和我。

可是，到川奈观光旅馆之后，名人只是坐在大厅那张时髦的椅子上休息，喝喝红茶而已，同往日简直判若两人。

大厅四面镶着玻璃，呈圆形，从主楼伸向院子，像个瞭望室或日光室。宽阔的铺满草坪的庭院，左右两侧可以看见两个高尔夫球场，一个是富士球场，另一个是大岛球场。庭院和高尔夫球场前面便是大海。

我以前一直喜欢川奈那明媚的景色，所以很想让闷闷不乐的名人欣赏一下，故而看了看名人。名人只是呆呆地坐着，根本没有看风景的意思。也不打量周围的客人。面无表情，对景色和旅馆没说一句话，所以照例是夫人打圆场，赞叹一番风景之美并征求了名人的意见。名人既没点头同意，也没表示反对。

我想让名人沐浴一下室外灿烂的阳光，便劝他到院子里去。

"对，去吧，外面挺暖和，不要紧的。一定会觉得轻松愉快的。"碍于我的情面，夫人也催着名人。于是，名人也不好再那么待着不动了。

这是一个小阳春天气，大岛依稀可见。老鹰翱翔在温暖平静的海面上。院内草坪边上耸立着一排松树，给大海镶上了一道绿边。靠海边的草坪上有几对蜜月旅行的新婚夫妇。也许是置身于明媚的景色之中的缘故，他们根本没有新婚旅行的拘束感，远远望去，新娘的和服在大海和松色的映衬下，仍给人幸福的新鲜感。到这里旅行的都是富贵人家的新郎新娘。我不胜羡慕，甚至有些妒忌，便对名人说：

"那都是来蜜月旅行的吧！"

"那有什么好的！"名人低声说。

直到后来，我有时还忆起名人那毫无表情的话。

我想在草坪上走一走，也想在上面坐一坐，可是名人只是站在一个地方不动弹,我也只好立在一旁。

归途中,我们驱车绕到一碧湖,晚秋的午后,小湖深幽清寂。真想不到会有这么美。名人也走下车来,站着看了一会儿。

川奈旅馆实在令人心旷神怡,所以次日早晨,我又邀请大竹七段去了。这也是出于好意,希望七段那固执别扭的情绪能和缓下来。另外还约了日本棋院的八幡干事及日日新闻社的砂田记者。中午,我们在旅馆庭院中的农家风情房舍里吃鸡素烧,一直玩到傍晚。以前,我曾应大仓喜七郎的邀请同舞蹈家们一起去过川奈旅馆,而且我自己也去过,所以可以当向导。

从川奈回来后,这盘棋的分歧仍然继续着,最后就连我这个旁观者也在本因坊名人和大竹七段之间当起调停人来了,十一月二十五日,这盘棋总算又接着下了起来。

名人让人在他身旁放了一个桐木大火盆,身后还放一个长火盆。热气腾腾的。由于七段劝他自便,所以一直系着围巾,裹着一件类似披风的防寒服,像似毛绒里毛毯面做的。似即使在自己房间里,他也离不开这身衣服。听说这一天,他有些低烧。

"先生平常体温是……"面朝棋盘落座的大竹七段问道。

"哎,通常是三十五度七八或九,总在这中间徘徊,没有到过三十六度。"名人小声回答说,好像在玩味什么。

还有一次,有人问及名人的身高,名人说:

"兵役检查时是四尺九九,后来又长了三分,变成了五尺零二。上了年纪以后,人往回缩,现在是五尺整。"

箱根对弈期间,为患病的名人进行诊治的医生曾经这样说过:

"他的身体简直像个没发育好的孩子。腿肚子连点肉都没有。恐怕连挪动自己身体的力气也没有呀!开药不能按成人的剂量给,只能给他十三四岁孩子的药量,否则……"

六

一旦坐在棋盘前面，名人便显得高大，这无疑是他技艺、地位的体现，是他修炼的结果。可从其五尺身高来看，他的上身显得有些长。另外，脸盘也又长又大，鼻子、嘴和耳朵都很大。特别是下巴向前突出。我给他拍的那张遗像，这些特征都十分明显。

照片冲洗出来之前，我一直很担心，不知把名人的遗容拍得怎样。以前一向是让九段那儿的野野宫照相馆洗印相片。这次把胶卷送到野野宫时，告诉他拍摄的是名人的遗容，叮嘱他务必要精心冲洗。

红叶节过后，我曾回过一次家，然后又去热海，所以吩咐妻子，如果野野宫把遗容像送到镰仓家去，要马上转送到聚乐旅馆来，而且我再三叮嘱妻子，绝不要拆开看，也不要给别人看。我想，我一个外行拍的照片，万一把名人的遗容拍得难看或者惨兮兮的，让人看见，声张出去，会有损于名人的形象。如果拍得不好，我就打算付之一炬，连名人的遗孀和弟子也不给看。我的照相机快门有毛病，难保拍得好。

那天我和参加红叶节的人一起，在梅园的抚松庵吃午饭，正在品尝火鸡鸡素烧时，我妻子打来了电话。说是遗属希望由我去拍名人的遗像。那天早上，见过故去的名人回来之后，我曾想过这事，便让随后去吊唁的妻子带口信去：如果遗属希望留下石膏面型或是拍遗像，可以找我去拍。而遗孀不愿要面型，求我给拍照。

然而，一旦要拍，深感责任重大，又没有信心了。再说，我的照相机快门常常会卡住，怕拍不成功。幸好有位从东京来拍红叶节的摄影师也在抚松庵，我便请他为名人去拍遗像。摄影师欣然同意。贸然领一位跟名人毫无交情的摄影师去，遗孀等人也许会不高兴，但肯定比我拍得要好。可是，红叶节的负责人却表示为难，摄影师是特意请来拍红叶节的，干别的事不大好。这话也有道理。从今天早晨到现在，对名人的死激动不宁的，只是我一个人，我身在参加红叶节的人群之中，心情却同他们极不协调。我请那位摄影师替我检查了相机快门的毛病。摄影师教我：先打开快门，用手拨弄代替快门。他还给我装上了新的胶卷。于是，我乘车前往鳞屋旅馆。

停灵的房间，套窗紧闭，亮着电灯。遗孀和她弟弟同我一起走了进去。

"太暗了，打开窗子吧。"她弟弟说。

我大概拍了十多张。我按快门时很当心，以免卡住。还按摄影师教的，用手代替快门。本来也想多换几个方向和角度，但我当时怀着礼拜故人的心情，不便在遗体四周贸然走动，所以一直坐在一个地方。

照片从镰仓家里寄来时，妻子在野野宫照相馆的相袋背面写道：

"野野宫刚刚寄到。未拆看。——再者，四日五时撒豆驱邪，届时请前往社务办公室。"

鹤冈八幡宫撒豆驱邪活动由镰仓的文人主持，这个节庆也为时很近了。

我取出照片，立刻就被遗像吸引，情不自禁地"啊"了一声。照片拍得很好。看上去就像人还在世，正酣然入睡的样子，却又流溢着死的宁静。

名人仰卧着，我坐在他腹部侧面拍的照，看他的侧脸，略向后仰，枕头已经拿掉了，表示人已死去，所以脸部稍有后翘之感，极力突出的颌骨和微张的大嘴格外显眼。高大的鼻子，看上去也大得吓人。从紧闭的眼睑上的皱纹到阴影浓重的额头，弥漫着深深的哀愁。

窗户半开，透进的阳光反射到他的衣襟，天花板上的电灯也只照到脖颈处，头部又较低，所以前额是一片阴影。光线只落在较高的部位，从下巴到脸颊，从深陷的眼窝、眉头直到鼻根附近。再细看，下唇阴暗，上唇明亮，嘴内则是浓重的阴影，只有一颗上齿发亮。短短的唇髭中，白须依稀可见。照片上，右面脸颊上有两个大黑痣，也照了出来。还有，从鬓角到额头那暴起的血管都拍出一条影子来。阴暗的额头上，看得出一条条抬头纹。额头上，短短的剃成平头的头发上，有一处照到了光线。名人的头发丝硬得很。

七

能看出两个大黑痣的是右脸颊，右眉同样也拍得非常长。眉尖呈弧形，覆在眼睑上，一直延伸在闭着的眼睑线上。为什么会照得这么长呢？长长的眉毛和那大大的黑痣，似乎使遗容显得慈爱可亲。

然而，这长长的眉毛却令我伤心。那是名人去世的前两天，即一月十六日，我们夫妇俩去鳞屋旅馆拜访名人。

"对啦！有件事我想一见面就告诉您。喂，您那眉毛的事……"夫人看了名人一眼，似在向他示意，随即又转脸对我说："记得是十二日那天。天气有些暖和了。他说要到热海去，刮刮胡子，好爽快爽快，就请了一位熟识的理发师。坐在朝阳的廊子上刮脸时，他突然说：理发师傅，我左眉毛中有一根特别长的眉毛吧？人家说长眉毛是长寿之相，请师傅千万小心，别剃掉喽！理发师停下手来，答应说：有，有。先生，是这根吧？这是寿眉呀！您会长寿的！知道了，我一定小心。当时，他还朝我说：对啦，浦上君给报纸写的观战记里不是提到过这根眉毛吗？他观察得真是仔细呀！没看报道之前，我自己都没有发现。他说了这番话，看样子对你非常钦佩呢！"

名人照例沉默不语，却突然露出一副阴沉的神色。我感到很不好意思。

但是，我万万没有想到，刚说完理发师留下那根长寿眉的事两天后，名人便与世长辞了。

另外，在老人眉毛中发现一根长毛并把它写了出来，虽说无聊，不过当时的场面确实悲壮得很，简直是一根眉毛也会让人感到某种宽慰。那天在箱根奈良旅馆的观战记，我是这样写的：

——本因坊夫人一直陪同老名人住在旅馆里。大竹夫人因有三个孩子，大的才六岁，所以总是往返于平塚和箱根之间。这两位夫人的辛劳，旁人看着不胜同情。八月十日，名人带病第二次续弈时，两位夫人都是面无血色，消瘦得变了样儿。

对局过程中，名人夫人从来没在名人身边陪伴过，唯独这一天，她一直在隔壁房间里关注着名人的状况。她不是在看棋。她无法将目光离开生病的丈夫。

另一方面，大竹夫人也绝不在对局室露面，她坐立不安地在走廊里走走停停，最后似乎不得已，走进了工作人员的房间，问道：

"大竹还在想那步棋吗？"

"嗯，好像是步难棋啊！"

"想棋着，要是昨天夜里睡得好，会轻省一些……"

同病中的名人续弈是否得当，大竹七段一直苦恼得很，从昨天起连一分钟也没有睡就投入到今天早晨这场棋赛。而且，在约定的暂停时间十二点半时，正好轮到黑子，现在已经快一点半了，可封盘的着数还没有决定下来。根本顾不上吃午饭了。夫人在房间里等得心焦，那也是理所当然的。夫人昨晚也是一夜未曾合眼。

只有一个人无忧无虑，那就是大竹二世。这个出生才八个月的婴儿，实在是超群出众，若是有人想问七段的精神如何，只需看看这孩子就足够了。真是出类拔萃，简直就是七段雄魂的象征。今天，我看见任何一位成年人都感到难过，唯独这个婴儿桃太郎让我深感宽慰。

而且，这一天，我第一次发现本因坊名人的眉上有一根一寸多长的白毛。名人眼睑浮肿，面暴青筋。倒是这根长眉毛给人些许慰藉。

对局室里简直是鬼气逼人。我站在走廊上，偶然俯视一下夏阳灿烂的庭院，见一位摩登小姐正悠然无虑地给池中的鲤鱼投放麸食，那感觉就像望见什么怪物似的，甚至不敢相信它同样也是这世上的事情。

名人和大竹两位夫人都面容憔悴、苍白。对局开始后，名人夫人同往常一样离开了房间，但今天她却马上又折了回来，在隔壁房间关注着名人。小野田六段闭目垂头。一旁观战的村松梢风也面带不忍之状。就连大竹七段也一声不响，不敢正视自己的对手名人。

白子启封90手，名人时左时右侧头沉思，最终断错92手。而且，白子94手成了一小时九分的长考。——他或闭目苦思，或向一旁看去，时而低头下视，似要强忍恶心一般，不胜痛苦。身上没有了往日的魄力。也许是逆光观看的缘故，名人面部轮廓模糊松弛，如同幽灵。对局室里也寂静得与往日大不相同。95、96、97……接连落子在棋盘上的声音仿佛是空谷回响，声声凄厉。

白98手，名人又思考了半个多小时。他微张着嘴，一边眨眼睛，一边扇着扇子，仿佛要扇起灵魂深处的火焰。难道他下棋必须要这样吗？

这时，安永四段走进对局室，双手扶着席子跪在座席跟前，满怀真诚地施了礼，那是一种虔诚的礼拜。两位棋手没有察觉。而且，每当名人或七段转向这边时，安永都毕恭毕敬地低头致意。实在只能如此这般地顶礼膜拜了。这场对弈，恐怕鬼神都要为之悲泣！

白下98手之后不久，负责记录的少年报时十二点二十九分。到三十分，就该封盘了。

"先生，您要是累了，请在那儿休息休息……"小野田六段对名人说。从盥洗间回来的大竹七段也说：

"您歇着吧，请随便……让我一个人想想，把棋封起来。——绝对不和别人商量。"对局室里这才响起大家的笑声。

这是对名人的一种照顾，不忍心让他在棋盘面前再坐下去。下面只是由大竹七段封第99手，名人也不一定非在场不可。是起身走开呢，还是继续坐着呢？名人歪头想了想说：

"再等一会儿吧……"

但是，过了不久他便到盥洗间去了，然后来到隔壁房间，同村松梢风等人谈笑起来。离开棋盘，名人显得格外精神。

只剩下大竹七段一个人了，他目不转睛地注视着右下角的白模样，时间长达一小时十三分，过了一点封盘，是黑99中原的刺。

当天早上，工作人员来到名人的房间，问他今天比赛地点是分馆好，还是本馆的二楼好。

"我已经不能在院子里走动了,所以希望在本馆,不过日前大竹说本馆这边瀑布声音太吵,所以还是问问大竹吧,他认为哪儿好就在哪儿。"

这就是名人的回答。

八

我在观战记中提到的名人的眉毛,是左眉上的一根白毛。可是,在遗像上,整个右眉都照得很长。这总不至于是名人死后突然长长的。名人生前,眉毛会有这么长吗?错不了,这肯定是真的,照片似乎把右眉的长度夸张了。

我一直怕把照片拍坏,其实用不着那么担心。相机是康太斯,镜头光圈为一点五,即使我技术不灵,不懂窍门,镜头照样能发挥它应有的性能。在镜头面前,不分生者死者,也不管是人是物。没有感伤也没有礼拜。大概只因我在操作方法上没有出大问题,所以就拍成了光圈为一点五的照片。虽然是张遗像,但能拍得这样丰满而柔和,也许因为镜头的关系。

但是,照片上的感情却使我刻骨铭心。莫非感情是从名人的遗容上流露出来的?遗容上的确蕴含着感情,但逝者是没有感情的,想到这里,在我眼里这张照片似乎也就无所谓生也无所谓死了。仿佛名人还活着,正在安睡。不过,从另一种意义上说,即使当作遗像来看,其中也自有一种超乎生死的感觉。这难道是因为面容拍得同名人生前极像吗?是不是因为这副面容能让人回想起许多名人生前的往事呢?要不然是因为它不是遗容本身,而是一张遗容的照片?令人奇怪的是,照片上的遗容更清晰,更细腻,比遗容本身更能显示出其特点来。我甚至觉得这张照片象征着某种不可示人的秘密。

后来,我还是后悔了,觉得拍遗容实在是轻率之举。恐怕不该留下遗容照片之类。不过,这张照片使我了解到名人的非凡的一生,却也是事实。

名人绝不是美男子，相貌也不高贵，甚至可以说是又粗俗又寒碜。

五官当中没有一处长得漂亮。比如说耳朵，耳垂像压瘪了一样。嘴大，眼睛却不大。然而，由于长年累月的棋艺磨炼，他面朝棋盘的英姿却显高大，能镇住周围的人，连遗容照片上都荡漾着灵魂的芳香。他那犹如安睡一般紧闭的眼睑线上，蕴含着深深的哀愁。

我把视线又移到胸部，遗体宛如一个只有脑袋的木偶裹在一件印有六角形花纹的粗布和服里。这件大岛产的印花和服是名人死后换上去的，很不合身，肩膀头鼓鼓囊囊的。尽管如此，我还是觉得名人遗体的下半身仿佛没有了似的。在箱根，医生就描述过名人的腰腿："照这样子，恐怕连挪动自己身体的力气都没有！"从鳞屋旅馆把名人遗体搬上汽车时，名人头部以下的躯体也好像没有一样。作为观战记者，我最早发现的便是名人落座时那瘦小单薄的双膝。遗容照片也只见一张脸。好像光剩一个头部扔在那里，令人为之悚然。这张照片看上去也很不现实，因为这是一张执着一艺而丧失众多现实利益的人身蹈悲剧之后的面容。也许我在照片上留下的是一张命中注定殉难的脸。正像秀哉名人的棋艺以告别赛而告终一样，名人的生命也终结了。

九

在围棋开赛式等方面，除了这次告别赛，也是别无先例的。黑白各下一手，然后就是庆祝宴会。

昭和十三年六月二十六日，这一天连绵不断的梅雨结束了，天空开始放晴，飘着淡淡的夏云。芝公园红叶馆庭院里的绿叶让雨水冲洗一新，稀疏的竹叶上，耀眼的阳光闪闪发亮。

一楼大厅壁龛正面坐着本因坊名人和挑战者大竹七段。——名人的左侧是将棋十三世名人关根、木村名人、联珠棋高木名人，也就是说并排坐着四位名人。将棋和联珠棋的名人观战围棋名人的对弈。报社发出的邀请，使名人齐聚一堂。我身为观战记者，坐在高木名人的下手。大竹七段的右侧，并排坐着举办这次棋赛的报社主笔和主编、日本棋院的理事和监事、三位老资格的七段棋手、列席本次棋赛的监场小野田六段，以及本因坊门下的棋手等人。

却说，看到一席人都身着和式礼服正襟危坐，主笔便为开赛式致辞。等到棋盘摆到大厅中央时，在场的人不禁紧张得透不过气来。名人轻轻地放下右肩，露出平时对弈的习惯。那瘦小的双膝何其单薄！而扇子反倒显得非常之大。大竹七段则闭着眼睛，前后左右晃动脑袋。

名人站了起来，手握扇子，自有一股古代武士带刀而行的神态。然后在棋盘前面落座，左手指尖插在裙裤里，右手轻轻握着，头朝正前方仰着。大竹七段也就座了，向名人施了一礼，把棋盘上的棋盒移到右侧；再施一礼，便闭上双目，一动不动。

"开始吧！"名人催促说。声音虽小，但语气很重。简直像是在说：你干什么呢？是看到七段装模作样感到讨厌呢，还是名人昂扬斗志的一种体现呢？七段朦胧地睁开眼睛，随即又闭上了。此刻，他大概是瞑目安神在默诵什么吧。后来，在伊东旅馆对局的早上，大竹七段也曾诵过《法华经》。过了一会儿，便听见清脆的落子声。时间是上午十一时四十分。

是新布局还是旧布局，是星位还是小目呢？大竹七段将摆新旧何种阵势，这是世人关注的焦点，但黑方第1手却是右上角的"17·四"，是旧布局的小目。这个黑1小目，使这场棋赛的重大疑问之一得到解答。

对于这个小目，名人手指交叉，放在膝前，凝视着盘面。报社多次拍照和录制新闻纪录片，在刺眼的照明灯光下，名人双唇噘起，抿得紧紧的，一副旁若无人的姿态。这是我第三次观看名人对局，我总感到名人一旦面对棋盘，便有一股幽香使周围为之清凉。

就这样过了五分钟，名人忘了该封盘，一疏忽要伸手下子。

"封盘手有了。"大竹七段代替名人说，然后朝名人道：

"先生，不下上棋子不习惯吧！"

名人在日本棋院干事的引导下，独自退到隔壁房间。关上纸拉门，在棋谱上写上第2手，装入信封。除封盘者本人之外，哪怕有一个人看见，也不算封盘手。

过了一会儿，名人又回到棋盘前：

"没有水啊！"说着用两手指蘸点唾沫，封上信封。在封口上，署了名。七段在下边的封口上也签了名。然后把这个信封又装入一个大信封，由工作人员在加封处签了名，存放在红叶馆保险柜里。

至此，今天的开赛仪式便结束了。

因为木村伊兵卫要拍照片向海外介绍，所以两位棋手又不得不摆出对弈的姿势。拍完后，在场的人都如释重负轻松起来。几位老资格七段也围到棋盘四周，边鉴赏棋盘边发议论，有的说白石厚度三分六厘，有的说三分八厘，也有的说是三分九厘，众说纷纭。正在这时，将棋名人木村从旁插话说：

"这种棋子是最高级的吧？让我摸摸看。"说着抓起一把放在手中端详。在这类对局当中，如果能让参赛棋手在某个棋盘上哪怕下上一手，那张棋盘也就等于镀了一层金，所以当时拿来了好几张引以为自豪的棋盘。

稍事休息，庆祝宴会便开始了。

出席这次开赛式的三位名人，年龄分别是：将棋的木村名人三十四岁、关根十三世名人七十二岁、联珠棋的高木名人五十一岁。都是虚岁。

十

本因坊名人生于明治七年（1874），两三天前刚刚在家中庆祝六十五岁寿辰。第二天续弈之前，关于红叶馆的建成，他曾说："和我出生，究竟哪个在先呢？"并说，明治时代的村濑秀甫八段以及本因坊秀荣名人也都在这里下过棋。

第二天对局是在很有明治时代情趣的二楼，从纸拉门到气窗全是红叶，连围在一隅的金地屏风上都是光琳风格的艳丽的红叶。壁龛里插着八角金盘和大丽花。十八铺席[1]的房间隔壁是十五铺席，打开门两屋相通，所以插上大花并不碍眼。大丽花已经有些萎蔫。房间里没有人出出进进，只有环形发髻上插有花簪的少女不时前来换茶。寂静中，但见名人的白扇子映在盛着冰水的黑漆盘里晃动着，观战的也只有我一个人。

大竹七段内穿单层黑色礼服，外套印有家徽的罗纱外褂，但今天的名人却只穿一件印有家徽的外褂，也许是想随便一些。棋盘已非昨天那副。

昨天，黑白各下一手，实际上是祝贺的仪式，真正的对局可以说是从今天开始。大竹七段思考着黑3手，像是要扇开扇子，却把两手交握于背后，然后又将扇子竖在腿上，支着臂肘，似乎是用扇子加高，好托住脸颊。这时，忽见名人呼吸急促起来。大口大口地喘气，连肩膀都一耸一耸的。但是，并不紊乱。他的呼吸很有规律。在我看来，仿佛一股激情正布满名人的全身。也好像是某种神灵附托到名人的心中。名人自己似乎没有觉察到，可我心里却越发感到压抑。不过，那只是短暂的片刻，名人的呼吸自然而然又平静下来。不知不觉又像原来那么平稳。我想，莫非这就是名人临战时精神力量的迸发？是他无意识中激起灵感的一种心智？抑或说他正调动那高涨的气魄和昂扬的斗志，开始进入无我的三昧境界？他之所以成为"不败的名人"，难道这也是原因之一？

大竹七段在棋盘旁落座之前，恭敬有礼地先向名人寒暄：

"先生，我上厕所次数多，对局过程中难免频繁失礼。"

"我也次数多。夜里要起来三趟。"名人喃喃地说。名人对七段的神经性体质似乎一无所知，我觉得很奇怪。

像我们这些人，有时也是一坐到办公桌前就会尿频，还要不停地喝茶，甚至会发生神经性腹泻，而大竹七段则到了极端。哪怕在日本棋院春

---

[1] 房间内榻榻米块数。

秋两季段位晋升的大赛上，也只有大竹七段在身边放上一把大水壶。咕嘟咕嘟地喝茶。当时，与大竹七段旗鼓相当的对手吴清源六段也是如此，在棋盘前面一坐便想解手。我曾经数过，在四五个小时的对局中，竟起来十几次。吴六段并不那么喝茶，但是每次出去都有尿声传来，真是不可思议。大竹七段出去，并不光是解小手。裙裤自不用说，连腰带也解开放在走廊上，真是古怪得很。

思考六分钟之后，黑下3手，说了声"对不起"，旋即离席而去，下了5手，又出去了一次。

"对不起。"

名人从和服袖中掏出一支敷岛牌香烟，慢条斯理地点上火。

为了思考这第5手，大竹七段时而双手揣在怀里，时而抱起胳膊，时而双手支在膝侧，或者拾起棋盘上细小得肉眼难以看见的灰尘，还把对方的白子翻过来，让白子正面朝上。如果白子有正反面之分，那么蛤贝没有条纹的内侧，大概算是正面，但没有人把这一点放在心上。当名人无所谓地将白子反面下出来时，大竹七段有时竟会立刻抓起来翻成正面。

"先生爱静，我也受了影响，使不出劲来。"谈到对局的态度，大竹七段半开玩笑地说。"我喜欢热闹，一静下来就觉得累！"

七段有个习惯，喜欢一边对局一边喋喋不休地说些无聊的笑话。但名人却置若罔闻，根本不搭理。一个人唱独角戏自然没趣儿，而且对手毕竟是名人，七段自然要比往常谨慎许多。

面对棋盘那端庄英挺的坐姿，也许要人到中年才能自然而然地养成。也许是因为现在不大重视礼仪，有些年轻棋手时而扭动身体，时而露出怪癖。有一次，我看了感到非常别扭，不记得是日本棋院的哪次段位晋升大赛，一位年轻的四段对弈时，把一本文艺同人杂志展放在膝上，利用对方下子的间隙，读起上面的小说来。等对方下好后，他才抬头思考，自己下完轮到对方思考时，他又若无其事地把目光落在同人杂志上。这是一种小瞧人的无礼行为，对方似乎很为恼怒。后来，我听说这位四段不久就发疯了。恐怕是他那病态的神经承受不住对方思考的那段时间吧！

听人说，大竹七段和吴清源六段曾向一个心灵学家求教：要想赢棋，应保持怎样的心态？回答说：对方思考期间，应做到无心。列席本因坊名人告别赛的小野田六段，在几年后，去世之前，不仅在日本棋院的段位晋升大赛中大获全胜，而且留下了极为精彩的棋谱。对局的态度也非同寻常，对方下子期间，始终瞑目养神，安然自若。据他说，自己已经摆脱了求胜之心。段位晋升大赛结束后，他便住进医院，始终不知得了胃癌，溘然离开人世。大竹七段少年时代的恩师久保松六段也在去世前的段位晋升大赛中取得过非凡的成绩。

名人和大竹七段对局时的紧张气氛，表现形式也正相反：一个静，一个动；一个是大大咧咧的，一个神经兮兮。一旦沉潜于围棋，名人就不上厕所了。只要看看对局双方的架势和表情，大体上可以猜出棋势如何。但是谁都说，唯独在名人身上看不出来。其实七段不下棋时并不那么神经兮兮，他的棋风反而充满活力，很有气魄。他喜欢长时间思考，所以每手规定时间总是不够，但是等到时间紧迫，在记录员读秒的情况下，他能利用最后剩下的一分钟时间连续下出一百手乃至一百五十手，这时，他那磅礴的气势反而会给对方一种威慑。

七段常常刚坐下来又站起身离去，这也类似一种战斗准备，同名人动辄大口喘气可能是一样的。然而，我却更为名人那瘦瘦的溜肩膀不停的起伏所打动。那不是痛苦，也不是慌张，而是灵感来临的秘密。我觉得自己好似偷看到了连名人自己都不知道的、他人更无从发现的秘密。

但是，后来再一想，这只不过是我自作聪明罢了。也许仅仅是名人感到胸闷的结果。随着日复一日地对弈，名人的心脏病恶化了，那时也许只是最初的轻微发作而已。当初我不知道名人心脏不好，产生那种印象也是一种尊敬的表现，但毕竟是太荒唐了。然而，当时名人恐怕还没有觉察到自己的病情。恐怕也没有发现自己呼吸异常。他脸上没有痛苦和不安的神色，而且也不曾用手摸过胸口。

大竹七段下黑5手花了二十分钟，名人下白6手用了四十一分钟。这是这局中第一次长时间思考。今天约定下午四点轮到谁下谁就封盘。差两分四点，七段下完了黑11手，若是两分钟之内名人走不出一手，就该他封盘。四点二十二分，名人封了白12手。

今晨一直晴朗的天空，开始阴了下来。这是大雨前兆。这场大雨使关东到关西遭受了一场水灾。

十一

红叶馆第二天续弈，本应从上午十点进行，因一开头就发生争执，以致推迟到下午两点。作为观战记者，我是个旁观者，与事无关。但工作人员的慌乱却是显而易见的，好像日本棋院的棋手也都赶来了，正在另一个房间里开会。

今天早晨，我一进红叶馆的大门，正碰上大竹七段也刚来，拎着一个大箱子。

"这是大竹兄的行李？……"我问。

"是的。今天要离开这里到箱根过幽居生活。"七段以对弈前常有的沉闷口气答道。

我也早有所闻，说是对局者今天不回家，双双从红叶馆出发到箱根的旅馆去住。但是，七段的行李之大还是使人感到诧异。

然而，对手名人却没有做好去箱根的准备，甚至说：

"是这么决定的吗？若是这样，我还想去趟理发馆呢！"

大竹七段已做好准备到棋赛结束，三个月不回家。他斗志昂扬地来到这里，现在不仅扫兴，而且觉得事与原约不符。尤其让七段恼火的，是搞不清这个规定究竟告没告诉名人。另外，这次对弈制定了严格的规则，但开赛伊始就没遵守，所以七段对以后的事难免要担心。对名人没有交代清楚，这的确是工作人员的疏忽。七段也看得出来，因为没人敢向地位特殊的名人陈述苦衷，故而极力说服相对年轻的七段以便收拾局面。但是，七段的态度相当强硬。

如果名人根本不知道今天要去箱根，那是无话可说的。尽管另一个房间里聚集了许多人，走廊上匆忙的脚步声来来往往，对手大竹七段迟迟不露面，他一个人一直在原来的座位上一动不动地等着。午饭也推迟了一会儿，问题终于获得解决，决定今天下午两点到四点对弈，中间隔两天再去箱根。

"两个小时下不了什么棋。到箱根以后慢慢下好啦。"名人说。

话固然不错，却不能那么办。正是名人的这种行为酿成今天这场纠纷。按棋手的情绪，任意更改对局日期，是不容许的，现在围棋比赛完全照规则进行。之所以对这场名人告别赛制订如此严格的规则，也是为了防止名人从前的任性行为，不承认名人地位的特权，使比赛始终能在对等条件下进行。

由于采用了所谓的"封闭制"，为了彻底予以贯彻执行，今天就不能让棋手回家，应当从红叶馆直接到箱根去。所谓"封闭"，就是一盘棋下完之前，棋手既不能离开对局地点，也不得会见其他棋手，以防止别人从旁参谋。因此，这固然维护了比赛的神圣性，但也可以说丧失了对人格的尊重。不过，这种做法对双方棋手倒也干脆。何况像这盘棋这样，每隔五天下一次，要下上三个月，不管参战棋手愿意与否，难免有第三者给出主意，如果怀疑起来会没完的。当然，棋手讲棋艺良心和礼节，还不至于对棋局、更不消说向对手轻率地说长道短。可是，一旦撕破脸皮，同样也是说不清道不明的。

在名人晚年，十多年里，只参加过三次棋赛。三次都是比赛中途患病。第一盘之后一直体弱多病，第三盘之后便与世长辞了。三盘棋虽然都下到底，但中途因病休息，第一盘下了两个月，第二盘下了四个月，第三盘告别赛竟然长达七个月之久。

第二盘棋赛是在告别赛前五年即昭和五年（1930）同吴清源五段进

行的，中盘下到150手左右，眼见白子稍显不妙，这时名人绝着儿走白160手，终以两目取胜。然而，这一天赐的绝着儿，传说是名人弟子前田六段想出来的。是真是假难以分辨。那位弟子矢口否认，比赛历时四个多月，其间名人的弟子恐怕是研究过那盘棋的。而且，也许就发现了这第160手。正因为是绝着儿，所以未必不告诉名人。但是，也许名人自己也想出了那一着。这件事，除了名人及其弟子之外，其他人是弄不清楚的。

另外，那第一盘棋是大正十五年（1926）日本棋院同棋正社之间的一场对抗赛，由双方主帅即名人和雁金七段打头阵，在两个月之间，无论是日本棋院还是棋正社，双方棋手肯定绞尽脑汁研究过这盘棋的，但不知道是否向己方主将献过策。我想不会有这种事。名人不仅自己不会谋求这种事，而且他也难以让人从旁进言。名人棋艺的威严根本无法使人开口。

然而，即使在第三盘告别赛时，名人生病比赛中断后，也不是没有流言蜚语，说名人别有企图。我观看了对弈的全过程，听到这些流言，深感愕然。

停赛三个月后，在伊东续弈的第一天，大竹七段下开头一手竟用了二百一十一分钟，即进行了三个半小时的长时间思考，连工作人员都大为惊讶。从上午十点半开始思考，中间加上吃午饭的一个多小时休息时间，直到秋阳西斜、棋盘上方电灯点亮的时候。下午快三点二十分，大竹才好不容易下出黑101手。

"要在这里跳进，一分钟就能下出来，我真糊涂呀！啊，简直晕头转向了。"七段微微一笑，接着又说，"是这样跳进，还是前爬，怎么下好呢？居然想了三个半小时……"

名人只有苦笑，没有回答。

正如七段所说，连我们都知道黑101手该走哪儿。棋势已经进入残局阶段，按黑子侵入右下角白模样的顺序，黑101手的好点仅此一个。除了这个一间跳到"18·十三"的101手之外，还有一着就是向"18·十二"前爬，即使再糊涂，这个变化也是显而易见的。

这一着大竹七段为什么不早下？作为观战者，我也等得很不耐烦，起初觉得奇怪，最后竟产生了疑惑。会不会是故意不走呢？难道是捉弄人、恶作剧或者耍花招吗？我的这种主观猜疑，也是有道理的。就是说，这盘棋暂停三个月。这期间大竹七段就不曾仔细研究吗？他大概已经看到白100手以后会变为细棋，而且残局还有棋可下，但终局的最后结果恐怕还没看透。他也许摆了几套棋法，但都不放心，研究起来是没有止境的。总之，对如此重要的一盘棋，七段在休息期间是不会不研究的。黑101手足有三个月的思考时间。现在竟装模作样思考了三个半小时，这会不会是为了掩饰自己休息期间做过研究呢？不仅是我，就连那些工作人员对七段这过分的长时间思考，也都抱有怀疑和厌恶之感。七段离开座位时，连名人都嘟哝道：

"真有耐性啊！"练棋时如何另当别论，但在正式的棋赛中，名人从不谈论自己的对手。

然而，同名人和大竹七段关系都很亲密的安永四段却说：

"休战期间，看来名人和大竹都没研究过啊！大竹这人，出奇地清高，名人生病时，他是不会愿意自己研究的！"事情恐怕正是这样。也许大竹七段在那三个半小时里，不仅思考了黑101手，而且极力要把心拉回别离三个月的棋赛上来，同时又要尽可能掌握全局的形势，找到今后的对策。

十二

所谓封棋，这规则名人还是头一次经历。第二天续弈时，从红叶馆保险柜里把信封拿出来，日本棋院干事当着对局双方确认封印完好，再由昨天在纸板上定下封盘手的棋手向对方出示棋谱，并把那一手下在棋盘上。在箱根和伊东的旅馆里，一再重复使用同样的仪式。也就是说，不让对方看到中途暂停的一手，就是封盘手。

没下完的棋要由黑方下最后一手再暂停,这是自古以来的习惯。是对上手的一种礼让。但是,这种做法,上手占便宜。为了防止这种不公平现象,最近做了改进,比如谈好下到傍晚五点钟,那么就由五点钟该走棋的一方中途暂停。在这个基础上又进一步,便想出了把暂停的一手封存起来的做法。将棋最先采用封盘手办法,后来围棋也如法仿效。定出这个规则目的是尽可能减少以往的不合理现象:看到对方下的最后一手,就可以考虑自己的对策,从容不迫直到下次续弈为止;而且,这一天多甚至几天的时间,又全不计算在时限之内。

一切按照死板的规则办事,艺道的风雅情怀日见衰落,对长者的尊敬已不复存在,相互的人格也不受尊重。应当说,当今这种合理主义使名人在他平生最后一盘棋里吃尽了苦头。即使在棋道方面,日本或者说东方传统的美德也都遭到破坏,一切的一切都变得斤斤计较和按死规矩办事。左右棋手生活的段位晋升也采用细致入微的积分制,"赢棋就好"成为指导战术,顾不上考虑作为艺道,围棋的棋品和韵味。哪怕对手是名人,也得在平等条件下对弈。当今的社会如此,并非大竹七段一人之过。围棋既是一种竞技、一种比赛,出现这种情况,恐怕也是理所当然的。

本因坊名人三十年不曾执过黑子。他独步棋坛,"盖世无双"。在名人生前,甚至没人升到八段。他征服了同时代的所有对手,下一时代的棋手又无人能达到他的地位。名人死后十年的今天,在围棋方面依然没有找到继承名人地位的方式,原因之一想必也是因为秀哉名人好的形象太高大了。棋道传统所推崇的"名人",秀哉名人大概是最后一位了。

正像我们在将棋名人争夺战中所看到的那样,争霸恐怕成了棋赛的主要意义,名人的段位就像优胜锦旗一样,将成为一种名称,成为比赛举办者的一种商品。实际上,也许可以说,名人把这次告别赛卖给了报社,代价是前所未有的对局费。与其说是名人主动出场比赛,莫如说受报社诱使的成分更大一些。另外,一旦爬上名人地位便终生保持名人称号的这种终身制以及段位制度等,大概同日本各种艺道的流派、宗师的绝活一样,都是封建时代遗留下来的。如果像将棋名人战那样，年年都举行名人围棋争夺赛的话，那么秀哉名人也许早就离开人世了。

从前，一旦成为名人，便只能练棋而避免同人比赛，怕有损名人的权威。以六十五岁高龄去下决胜棋的名人，恐怕是前所未有的。不过，今后恐怕不会允许再有不事对弈的名人存在了。从各种意义上来说，秀哉名人好像都是站在新旧时代分界线上。他一方面受到旧时代名人精神上的尊崇，同时也得到新时代名人物质上的利益。然而，在膜拜偶像和破坏偶像两种心态交织之下，名人作为旧式偶像的残存，参加了最后一盘围棋之战。

此外，名人还幸运地出生在明治勃兴时期。比如当今的吴清源，就不曾经历过秀哉名人修业时代那种人世辛酸，即使围棋天才超过名人，他个人也体现不出全部历史的特点来。名人历经明治、大正、昭和三个时代的辉煌战史，为今日围棋的繁荣所立下的丰功伟绩，使他成为围棋的象征，屹立在棋坛之上。这位老名人要以这盘棋为其最后增光生色，希望下出一盘心满意足的好棋来。所以，但凡能有后辈的体贴、武士道的谦恭和艺道的风雅，便不难办到。然而，名人也不能豁免，并未让他置身于平等规则之外。

法律一旦被制定出来，就会有人挖空心思，钻法律的空子。为防止使用狡猾的战术而制定了规则，可是马上就狡猾地利用这些规则，琢磨新战术——年轻的棋手当中未必就没有这样的人。时间限制、中途暂停和封盘手等等，也都被千方百计用来当武器。因此，作为棋艺作品的一局棋就变得不纯净了。名人一旦在棋盘跟前坐下，马上就成了"古人"。他不了解当今的这种诡计花招。长期以来，名人同人对局，一直把上手的为所欲为看作是理所当然的惯例，估计差不多到时候了，便在自己方便的时候说一声"今天下到此为止"，然后让下手再走一着就中途暂停，连下次续弈的日期也是自己说了算。那时根本没有时间限制。而且，容许名人为所欲为的做法，对名人也是一种锻炼，这恐怕同当今全凭死规矩办事的做法根本不能相提并论。

然而，名人习惯的并不是平等的规则而是旧式的特权，比如同吴清源五段对局时，就因名人生病等原因，比赛不能光明正大地顺利进行，甚至产生过令人疑惑的流言蜚语。因此，在充当这次告别棋赛对手的问题上，后辈棋手似乎都想用严格的比赛条件，以防止名人为所欲为。这盘棋的比赛条件，不是大竹七段和名人商定的。为了选拔名人的对手，日本棋院的高段棋手曾经举行过循环赛，比赛条件在循环赛之前就商定下来了。大竹七段作为高段成员的代表，曾极力让名人也要遵守约言。

后来，由于名人生病，发生过种种纠纷，大竹七段每每都扬言要放弃这盘棋赛。作为晚辈，这种态度是对老名人不懂礼让，对病人缺乏同情，光讲道理而不通人情，召集人伤透脑筋，但是正当的要求总是属于七段。而且，让一步就有可能让百步，所以"让一步"，情绪一松动，就可能成为败局的根源。难道不应该拼命决一雌雄吗？这盘棋七段是决意非赢不可！对于对手的为所欲为，铁了心的七段是不会听之任之的。另一方面，我甚至认为，也许因为对手是名人，七段一经发现他果然又故态复萌自行其是，就更加固执，坚持要按规则办事了。

当然，比赛条件同棋盘上下棋完全是两回事。对下棋的时间和地点，尽可能体谅对方的处境，满足其要求，但在棋盘上则毫不留情，针锋相对。有的棋手就是如此。就这个意义上而言，也许名人遇上了一个难缠的对手。

十三

在胜负世界中，往往把英雄吹捧得超过他的实力，这似乎是观众的一种好奇心理。棋逢敌手的对峙固然受人欢迎，但又何尝不希望出现一个绝对的权威？"不败的名人"的巨大形象高踞其他棋手之上。名人也曾以毕生命运为赌注，经历过多次战斗，但在历次最高级的棋战中从未吃过败仗。成为名人之前，棋锋势不可挡，成为名人之后，尤其是晚年的战斗，不仅世人坚信不败，名人自己也认为必胜无疑，这毋宁说是一种悲剧。将棋的关根名人输了棋照旧怡然自得，相比之下，秀哉名人恐怕会不胜痛苦。据说围棋比赛七成是先手取胜，名人执白，败给七段也顺理成章，但是外行不会理解这一点。

　　名人并不仅是受了大报社的鼓动和对局费的吸引，对这次为棋道而亲自出战的意义，也很重视。他内心燃烧起来的定是必胜的斗志。如果心怀输棋的疑虑，恐怕就不会出战了。名人终于失落他不败的桂冠，连生命也一起丢掉。名人的一生顺从了自己异常的天命，而他顺从天命的本身，难道说是违背了天命吗？

　　这位"独一无二"的"不败名人"，时隔五年之后再度出场，所以背离时代的对局条件也才予以认可。事后回想起来，这些极其过分的对局条件如同梦幻亦如死神。而且，讲好的这些条件在红叶馆的第二天便被名人打破，一到箱根又被打破。

　　原定第三天即六月三十日离开红叶馆到箱根去，因大雨成灾，推迟到七月三日，后又延到七月八日。关东水淹，神户地区亦遭洪水袭击。八日那天，东海道线还没有完全修复。我家住镰仓，原想在大船车站换乘名人一行乘坐的火车，但东京三点十五分始发的开往米原的列车竟晚点九分钟。

　　这趟列车在大竹七段所住的平塚不停，所以我们相约在小田原车站碰头。不一会儿，七段便出现了，他把巴拿马帽檐戴得低低的，穿一身藏青色夏服。他已准备好在山里闭居，拎着那只曾带到红叶馆去的大提箱。一见面，便先谈起水灾的事，他说：

　　"我家附近的一所脑科医院，至今还在用小船做交通工具呢！起初，用的是木筏子。"

　　乘坐空中缆车从宫下到堂岛，鸟瞰下面的早川，只见浊浪汹涌。对星馆就坐落在一个类似河中岛的地方。在房间安顿下来之后，七段离座向名人恭恭敬敬地寒暄：

"先生，您辛苦了。请多关照。"

当天晚上，名人也喝了几盅，带着三分醉意，高兴得表演起相声来；大竹七段也谈起了少年时代的往事和家庭情况。最后，名人还提出要和我下一盘将棋，见我畏缩的样子，便说：

"那么，大竹来。"

这盘棋花了近三个小时，最后七段胜了。

第二天早晨，名人在浴池旁的走廊上让人刮了胡子。是为明天出战修饰仪表吧！现成的椅子上没有放头的地方，所以夫人靠在后面托着名人的脖颈。

当天傍晚，列席棋赛的小野田六段和八幡干事也都来到对星馆，名人挑头玩起将棋和联珠棋（又名朝鲜五子棋），很是热闹。名人下的几盘联珠棋，接连输给小野田六段，不禁咋舌道：

"小野田好厉害呀！"

日日新闻采访围棋的记者五井同我下围棋，小野田六段为我们记下了棋谱。由六段棋手担任记录员，这是名人对弈中也不曾有过的排场。我执黑棋胜五目，棋谱登在日本棋院机关刊物《棋道》上。

来到箱根之后。为了消除疲劳，中间休息了一天。七月十日是约定续弈的日子。对弈那天早上，大竹七段姿态非同一般。他双唇紧闭，晃动着比往常稍显耸起的肩膀，精神抖擞地走在廊子上。一双肿眼泡的单眼皮的小眼睛，放射出所向无敌的光芒。

但是，名人却在诉苦。抱怨溪流声音太大，两个晚上都没睡好。后来决定把棋盘搬到尽可能远离溪流的厢房，说好中间只拍拍照片，名人这才勉强坐下，对把对局地点选在这家旅馆，露出了不满。

没睡好觉之类的事，不能成为推迟续弈的理由。哪怕是不能给父母送终，哪怕是病倒在棋盘上，也不能改变对局日期，这是棋手的惯例。即使现在，这种例子也不罕见。何况临到对弈的早上才提出问题，纵然是位名人，也是不应有的任性。这盘棋对名人也许很重要，但对七段尤为重要。

无论是在红叶馆还是在这里，每次续弈总要临时违约，是因为没有一位主持人拥有审判官的权威，能对名人发号施令，加以裁决。所以，七段对今后棋赛的进展大概也有些担心。不过，大竹七段仍然很痛快地顺从了名人。没有露出不悦的神色。

"是我选择这家旅馆的，先生没能睡好，实在抱歉。"七段说着又补充道，"回头换一家安静些的旅馆，让先生好好休息一晚，明天再下吧。"

七段以前来过这家堂岛旅馆，大概认为是个下棋的绝好去处，便指定了这里。可是，没想到突降大雨，河水暴涨，水声轰鸣，简直能冲走岩石，旅馆如同坐落在早川之中，确实令人难以入眠。七段也许自感有责任，便向名人道了歉。

七段在五井记者的陪同下寻找安静的旅馆去了，我看到了他那只穿一件单和服的背影。

十四

当天上午，很快就把住处改在奈良屋旅馆。第二天即十一日，在时隔十二三天之后，于奈良一号别馆开始续弈。从这天起，名人埋头下棋，没再任性，老老实实听从安排。

告别赛的监场人员，是小野田六段和岩本六段。十一日下午一点，岩本六段才从东京赶来，坐在走廊的椅子上，眺望山色。这一天在日历上是出梅之日，早上天空果然露出了久违的日光，潮湿的土地上映着树叶的影子，连泉水里的锦鲤都活蹦乱跳的，可对局开始后，天空重又薄云飘浮。但是，微风徐来，壁龛里的花枝款摆。除了院中的瀑布和早川的急流声外，只有石工凿石的声响从远处传来。院里的卷丹，花香阵阵。对局室里一片寂静，檐头上，却有无名的小鸟飞来飞去。这一天，从12封盘手到

27封盘手，共下了十六手。

休息四天后，七月十六日，在箱根开始第二次续弈。在这以前，担任记录员的少女一直身着藏青白花和服，这一天，也换上了白色绢麻的地道夏装。

虽说是别馆，却是同一院落里的厢房，但离本馆有近百米远。名人沿着那条路回去吃午饭的背影，偶然映入我的眼帘。走出一号别馆的门，立刻就是一段坡路，名人微弓着腰，独自登了上去。小小的双手背在身后，轻轻地合握着，虽然手相看不清楚，掌纹似乎又密又乱，手上拿着一把合拢的折扇。腰部以下稍微前倾，但上半身却是笔直的，所以腰下的腿显得不大稳。路很宽，一侧的山白竹下，小溪水声淙淙。仅此而已。可是，名人的背影，使我的眼睑忽然发热。一股莫名的感慨袭上心头。他刚离开对局现场，飘然而行的背影，超尘拔俗，流溢着静谧的哀愁，使人想到明治人的遗风。

"燕子，燕子。"名人声音嘶哑地喃喃自语，停下脚步仰望天空。恰在"明治大帝驻辇御座之基石"这块岩石前面。基石上，百日红枝叶伸展，还没有开花。当年奈良屋是诸侯居住的驿站客栈。

小野田六段从后面赶来，紧随其后，像是照拂名人。名人夫人到房前泉水石桥处迎候。夫人上下午都陪着名人来对局室，约莫名人落座下棋之后，就悄然离去。等到午休和中途暂停时，必定出来迎接。

这时，名人的背影有些失去平衡的样子。也就是说，他还没有从围棋的忘我境界中苏醒过来，笔直的上半身依然保持着对弈的姿势，所以步履有些蹒跚。宛如一个具有崇高精神的身影浮在虚空。名人精神恍惚，但上半身同面对棋盘时毫无二致。那姿态好似一缕余香。

也许因为喊"燕子，燕子"时，喉咙嘶哑发不出声，名人才发觉身体尚未恢复常态。老名人经常做出这种事。名人之所以使我觉得亲切，恐怕正是因为他当时的身影拨动了我的心。

十五

"名人的身体有些不大好。"夫人第一次面带忧虑的神色这样说,是七月二十一日,在箱根第三次续弈的那天。

"他说这里难受……"夫人说着摸一下自己的胸口。说是自打那年春天起,就常有这种情况。

另外,听说名人食欲减退,昨天早上没吃早饭,中午也只是一片薄薄的烤面包和不到半磅牛奶。

这天,我也看见名人的尖下颏下面,脸上消瘦的肌肉在微微抽动。但是,我却以为那是天气炎热带来的疲劳。

那年梅雨季节过后,依旧阴雨连绵,夏天姗姗来迟。可是七月二十日大暑的前几天,猛地热起来。二十一日那天,同样也是薄霭阴沉地笼罩着明星岳,廊前的卷丹上飞来了黑凤蝶,令人感到又闷又热。那是一株茎上开着十五六个花朵的卷丹。院子里,成群乌鸦的聒噪,同样叫人觉得酷热。连一旁记录的少女都扇起扇子来。这是开赛以来头一个热天。

"真热啊!"大竹七段用日本手巾擦了擦额头。又用那条手巾捋着头发擦擦上面的汗水。

"棋也下热了啊!我是在爬山呀!箱根的山……箱根之山,天下之险。"

七段走黑59这一手,中间加上午休时间,共花了三小时三十五分钟。

但是,名人却将右手轻轻地支在身后,左手搭在肘上,心不在焉地扇着扇子,目光不时投向院子。显得既轻松又凉爽。眼见年轻的七段劲头十足,连我这个观战的人都全神贯注起来,但名人却气静神闲,力量的重心似乎放在了远处。

不过,名人的脸上也渗出了一层油汗。他突然双手伸向头部,然后按住双颊。

"恐怕东京热得厉害吧。"名人说完,一时没有闭上嘴。好像是回忆起往日的炎热,也好像是在想象来日的酷暑,反正是一副迷离恍惚的样子。

"嗯。去湖边的第二天,突然就……"列席棋赛的小野田六段答道。他刚从东京来。湖边是指上次对局的第二天即十七日,名人、大竹七段和小野田六段等同去芦湖垂钓的事。

大竹七段经过长时间思考下完黑59手以后,后面的三手受其制约路数固定,所以反应迅速,很快就下了出来。这样,上边就告一段落。黑子下面可以采取种种手段,是一手难下的棋,但七段转向下边,只用一分钟时间就下出了黑63手。看来,这是他早有准备的步数。另外,他大概对下一步目标已经胸有成竹,那就是在下边的白模样里先试探性打入这颗子之后再回到上边,以开展大竹七段独特的锐利攻势。连放子的声音里都充满了迫不及待的气势。

"有些凉快了。"说着,七段马上起身离去。他把裙裤脱在走廊去了厕所,出来之后却把裙裤前后穿反了。

"裙裤穿成裤裙了。"重新穿好之后,正熟练地把带子打成十字结时,又去厕所解小手。回到座位以后说:

"下棋的时候,最容易感到天气热呢!"说着在手巾上使劲地擦了擦眼镜上的雾气。

名人在吃冰镇糯粉团。已经下午三点了。对黑63手名人似乎有些意外,思考了二十分钟。

对弈时七段会频频离席解手。这事在芝公园红叶馆开弈之初,七段事先向名人打过招呼。但是,上次七月十六日那次对弈,解手也非常频繁,连名人也惊讶起来:

"是哪儿有毛病吧?"

"是肾脏。神经性的……一思考就想去。"

"不喝茶就好了。"

"不喝茶是好,但一思考就想喝。"七段话音刚落,说了一声"对不起"便又离席出去了。

七段的这个毛病也成了围棋杂志杂谈栏和漫画栏的好材料,有人甚至写道:"下一盘棋走那么多路,沿着东海道,到得了三岛的旅馆呢。"

十六

中途暂停之后,离开棋盘之前,对弈者要计算当天的着数和消耗的时间。每逢这种时候,名人也领会得实在太慢。

七月十六日,大竹七段四点零三分下黑43手封盘后,有人说今天上下午加起来共走十六手。

"十六手?……走了那么多吗?"名人疑惑地问。

负责记录的少女又向名人解释一遍:从白28手开始,下到黑43手封盘,总共是十六手。七段也说是十六手。这盘棋还刚开始,盘上只有四十二个子,一目了然。尽管有两个人告诉他,名人似乎还是弄不懂,亲自用手指一一按住当天下的棋子,慢慢数了起来,但他好像还是弄不清楚,便说:

"摆一摆就清楚了。"

同对方一起,两人把当天的子拾了起来:

"一手。"

"两手。"

"三手。"如此这般地数着数,重又下到十六手,名人这才憴懂地嘟哝着:

"十六手?……下得真不少。"

"先生下得快,所以……"七段话音刚落,名人便说:

"我下得不快。"

名人一动不动,呆呆地坐在棋盘前面,根本没有起身的迹象,其他人也不便先行离席。过了一会儿,小野田六段开口道:

"过那边去吧？可以散散心。"

"下盘将棋吗？"名人如梦初醒。

名人不是故作发呆，也不是假装糊涂。

那一天只走了十五六手，无须核对，整局棋始终会装在棋手的脑子里，连吃饭睡觉时都在脑际盘旋。若不这样亲自摆好就弄不明白，这正是名人精细严谨性格的体现。也许还反映了他迂腐的一面。从老名人这特有的有趣性格，似乎能感受到他那不幸的孤僻。

中间相隔四天，第五次续弈，七月二十一日从白44手开始，到黑65手封盘，进行了二十二手。

中途暂停后，名人问负责记录的少女：

"我今天用了多少时间？"

"一小时二十九分。"

"用那么多吗？"名人愣了一下，似乎有些意外。这一天，名人十一手所用的时间，加起来比七段黑59一手所用的一小时三十五分还少六分钟，名人自己似乎也觉得下得相当快。

"先生好像没用多少时间……下得很快……"七段说。

名人又问负责记录的少女：

"镇用了多少时间？"

"十六分钟。"少女回答。

"顶呢？"

"二十分钟。"

这时，七段从旁插话说：

"是粘用的时间长！"

"那是白58手。"少女看着时间记录表答道，"是三十五分钟。"

名人似乎还是没搞清楚，从少女手中接过时间表，自己看了起来。

我喜欢洗澡，又正是夏天，所以比赛一暂停，总是马上入浴。这一天，大竹七段几乎和我同时闯进浴池。

"今天进展相当快呀!"我说。

"先生下得快而且顺手,简直是如虎添翼呀!看来这盘棋就要结束啦!"七段恼怒地一笑。

他的体力还没有用完。对局开始前或结束后,同棋手在对弈室以外的地方照面会很尴尬。此时,七段看上去有一种决计一搏的气势。也许一种发动凌厉攻势的思路正在他的头脑里成形。

"名人下得真快呀!"列席棋赛的小野田惊叹不已。

"照这个速度,我们棋院段位晋升大赛要下十一个小时的棋,名人十分钟就能下完!那地方很难下的呢!白棋那手镇,是一着下不快的棋……"

再看一下两人所用的时间:第四次续弈到七月十六日为止,白方总共用了四小时三十八分,黑方用了六小时五十二分;到第五次续弈的七月二十一日这天,白方用了五小时五十七分,黑方用了十小时二十八分,差距从这一天开始拉大了。

到第六次续弈的七月三十一日,白方用了八小时三十二分,黑方用了十二小时四十三分。到第七次续弈的八月五日,白方用了十小时三十一分,黑方用了十五小时四十五分。

但是到第十次续弈的八月十四日,白方用了十四小时五十八分,黑方用了十七小时四十七分,差距又缩小了。就在这一天,名人白棋100手封盘后便住进了圣路加医院。在八月五日的对弈中,为了白90这一手,名人曾强忍病痛,思考长达两小时七分钟。

到十二月四日终盘时,秀哉名人全局所用时间是十九小时五十七分,大竹七段是三十四小时十分,相差十四五个小时,这样大的差距,简直惊人。

十七

十九小时五十七分,这接近普通对局时间的两倍,但按规定时间计算，名人还是剩了二十个小时。大竹七段尽管用了三十四小时十九分，但还有六小时才到四十小时。

这盘棋，名人的白子130手是偶然失着，致命的一手。据认为，如果名人不出这手败着，形势会胜负不明或棋局微妙，这样一来，再下下去，七段有可能更加绞尽脑汁，坚持用满四十小时。而白方130手以后，黑方获胜已成定局了。

名人和七段都是很有耐性的长考型棋手。七段的棋一般都要下到时间快用完为止，在最后一分钟，能下出上百手的气势，确是凌厉逼人。但是，名人不是在时间束缚下修行过来的，他表演不出那种惊人的把戏，而且他也许想不受时间限制，毫无遗憾地完成平生最后一次围棋赛事，因此才把时间定为四十小时。

从前，名人决胜赛的规定时间就特别长。大正十五年对雁金七段一战，是十六小时。雁金七段因限时已到而败北。不过，那盘棋即使黑子有时间，名人胜五六目也是确定无疑的。也有人说雁金七段不该把时间用完，应当痛痛快快地认输。同吴清源五段对弈时，规定时间是二十四小时。

同名人上述破格的规定时间相比，本次告别赛的四十小时几乎增加一倍。比一般棋手的规定时间延长到四倍。这样长的时间，使限时制度变得有名无实。

这个超出常规的四十小时的条件，如果是名人提出来的，那他就等于给自己背上一个沉重的包袱。也就是说，名人自讨苦吃，要抱病忍受对方的长时间思考。大竹七段使用超过三十四个小时就说明了这一点。

每隔五天续弈一次，原是为了照顾名人衰老的身体，但显然适得其反。假使双方都把规定时间用完，总共是八十小时，如果每次对局按五个小时计算，就要续弈十六次，所以按五天一次来计，即使顺利，也要花上近三个月。为了一盘棋，要连续三个月集中精力，保持紧张，从围棋比赛的气氛来讲也是不可能的，是一种让棋手白白劳神费心的做法。对局期间，棋手日思夜想，棋局始终盘缠于脑际。所以，中间休息的四天，与其说是休养，莫如说是增加疲劳。

名人患病之后，中间这四天休息时间就更成为负担。不用说名人，就连工作人员也希望棋赛早日结束，这不仅是为了使名人轻松下来，也是因为他们担心名人说不定什么时候会病倒。

在箱根，有一次名人甚至向夫人透露：身体吃不消了，不管胜败如何，只想早日下完。

"以前，他从来没有说过这种话，可是……"夫人凄凉地说。

另外，听说有一次名人对一位工作人员还说过：

"这盘棋不下完，我的病就不会好。我时常会突然冒出这样的念头：索性就此放弃这盘棋，那就能轻松啦！但是，这种不忠于艺道的事，我做不出来……"说完，名人便低下了头，"当然，我并不是当真考虑这件事。那只是难受时，掠过脑际的一个念头罢了……"

尽管可以认为这是私下里的一种知心话，但恐怕也是万不得已才吐露出来的。名人不论在任何场合，从不发牢骚也不说泄气话。在长达五十年的棋坛生涯中，有不少棋赛是因为他比对方更有耐性而获胜的。另外，名人根本就不是那种会故意夸大自己的悲壮和痛苦的人。

十八

在伊东续弈开始后不久，有一天，我问名人这盘棋结束之后是重新住院，还是同往年一样去热海避寒，他突然推心置腹起来。

"嗯……说实在的，……问题是棋赛结束之前，我会不会病倒……我居然能坚持到今天，基本上没有病倒，连我自己都感到不可思议呢！我并没有考虑什么深奥的问题，也谈不上有什么信仰，要说是下棋的责任心，仅凭这一点也坚持不到现在。哎，倘认为是某种精神力量，却也……"他微歪着头，慢条斯理地说，"归根到底，也许是我这个人大大咧咧。有些呆头呆脑……其实我倒觉得，呆些反而是件好事。'呆'这个词儿，在大阪和东京意思是不一样的！在东京，若说人呆，就是有点傻的意思。但是，在大阪，以绘画来说，是指某处画得朦胧，以下棋来说，也是指某处下得暧昧，是不是有这个意思？"

名人说得耐人寻味，我听得也饶有兴味。

名人很少这样吐露情怀。他的脾气是从不把感情形之于色，或出之于口。作为观战记者，我对名人长期细致地观察过，从他不经意的言谈举止中，偶能咂摸出他的心境。

明治四十一年，秀哉承袭本因坊以来，广月绝轩遇事一直支持名人，并担任名人的助手帮他著书立说。广月绝轩曾撰文说，跟随名人三十余年，其间名人从未对自己说过"拜托你了""你辛苦了"之类的话。因此曾误认为名人是个冷漠寡情的人。另外，据说世人纷纷议论绝轩在名人授意之下四处活动时，名人也超然事外，仿佛与己无关似的。绝轩还写道："说名人吝啬，这也是误传，我倒是可以提出相反的证据。"

在告别赛对局过程中，那种向人寒暄致意的话，名人一次都没有说过，统由夫人代说。他并不是摆名人的架子。他天生就是这样一个人。

围棋方面的人士有事前来商量时，名人也只是"哦"一声而已，然后便木木然不再吭声。所以很难知道他的意见，而且对名人这样地位至尊的人又不便多问，我想有时会叫人很尴尬的。在客人面前，夫人多半都扮演名人助手和调停人的角色。名人一发呆，夫人就心急如焚，马上出来打圆场。

名人的另一个侧面是反应和感觉迟钝，领会得慢，即名人自称"呆头呆脑"的特点，在玩那些业余爱好或趣味比赛时也常有体现。将棋和联珠棋自不用说，就连打台球和搓麻将都要长时间思考，弄得对方极为扫兴。

在箱根的旅馆里，名人、大竹七段，再加上我，曾打过几次台球。名人成绩最好，是七十分。

"我四十二，吴清源十四……"大竹七段不愧是围棋高手，详细地报出各自取得的分数。名人不仅每击一球都要认真思考，而且摆好架势后捋杆的次数也特别多，非常仔细，花的时间很长。一般认为处理好球和人体的运动速度，击球的时候也会越来越顺手，但是名人却没有运动的连续性。看名人捋杆，真令人着急。然而，再看下去，我不由得会对名人产生一种哀伤的眷恋之情。

搓麻将时，名人总是将一张白纸折成长条，把牌摆在上面。折纸和摆牌一丝不苟，整整齐齐。我以为这可能是名人的洁癖，便问了一句。

名人回答说：

"啊，把牌这样摆在白纸上，显得亮，牌看得清楚。你可以试试看。"

一般认为，麻将也是充满朝气的，快速搓法能激起竞争胜负的兴致，但名人总是思考半天才慢吞吞地出牌，对方等得心情烦躁，没一点兴致。然而，名人对别人的心情根本漠不关心，只顾独自埋头思索。别人硬着头皮跟他玩牌，名人对此也毫不知情。

十九

"凭下围棋和将棋，是不可能了解对方性格的。想通过对局去观察对方性格，从围棋精神来考虑，恐怕是一种歪门邪道。"名人曾就业余围棋发表过这种见解。对那些一知半解好谈棋风的人，名人似乎感到气愤。他还说：

"像我这样的人，与其观察对方，不如立刻进入围棋的无我之境。"

那年，名人去世前半个月的正月初二，他出席日本棋院的围棋开幕式，参加了联棋比赛。那一天的做法是，来到棋院的棋手，每找到对手后各下五手即可回去，是一种以此代替留下祝贺名片而归的形式。因为按顺序等候的时间很长，所以另外又开了一盘。第二盘进行到第20手时，濑尾初段闲着无事，名人便跟他下了起来。从21手下到30手，各下五手。这盘棋已经没有棋手接着续下。轮到名人最后一手暂停之后就可终盘。然而，到最后30这一手，名人却思考了四十分钟。本来那棋只不过是庆祝仪式的席间助兴，而且又无人接着续下，满可以下得随便一些。

告别赛中途，名人住进圣路加医院，我曾去探视过。这家医院病房里的设备，为适合美国人的体形，造得特别大。身材矮小的名人孤零零地坐在高高的病床上，好像不大稳当似的。脸上的浮肿大体上已经消退，双颊略长了一些肉，更主要的还是解除了心理上的负担。他神态轻松自若，同对弈时判若两人，俨然一位慈祥的老人。

报纸正连载告别赛的报道，报社的人也恰好在医院，说是连每周的有奖征答都非常受欢迎。他们是每星期六征集一次读者意见，要求回答下一手会走在哪里。我也替报社的人插话说了一句：

"本周的问题是黑91手。"

"91？……"名人立时显出了注视盘面的神色。糟糕！我意识到不该谈及围棋的事，但还是说道：

"白跳一间压，黑91扳。"

"啊……那里只有两种走法，不是扳，就是长，恐怕很多人会猜中的！"说话时，名人自然而然地挺起腰，抬起头，端正了坐姿。一副对局的姿势，威仪凛然。面对虚空之局，他久久地沉入忘我之境。

此时也好，正月联棋也好，他的表现都是一种自然的流露，并不是因为热心艺道每手要下得一丝不苟，或是因为重视作为名人所应尽的责任。

一旦给抓去陪名人下将棋，年轻人都要被搞得晕头转向。就拿我看到的一两个例子来说，在箱根同大竹七段下的那盘让车之弈，就是从上午十点一直下到傍晚六点。另外，这次告别赛之后，东京日日新闻社还举办了大竹七段同吴清源六段之间的三战两胜棋赛，由名人担任解说。我撰写第二局观战记时，藤泽库之助五段前来看棋，被拉去同名人下将棋。从上午下到入夜，又一直下到次日凌晨三点。等第二天早晨，一见到藤泽五段，名人马上又把将棋盘拿了出来。

七月十一日告别赛在箱根续弈后,《东京日日新闻》的围棋栏记者砂田,为照顾名人,住进了奈良旅馆。在下一次续弈的十六日头天夜里,我们聚在一起,他说:

"对名人,我算服了。上次比赛以后,连续四天,早上一起床,名人就来叫我打台球,一打就一整天。一直打到深更半夜,每天如此。他岂止是天才,简直是超人哪!"

据说名人从不对夫人抱怨下棋的辛苦和劳累。至于名人对棋道投入之深,有件事夫人经常挂在嘴上。我在奈良旅馆就听她讲过:

"那还是在麻布笄町时的事呢……当时房子不大宽敞,所以在一间十铺席的房间里既与人对弈又自己练习,但不巧的是旁边八铺席房间就是餐厅。客人在餐厅里,难免有人高声大笑,吵吵闹闹的!有一回,先生正同人对局,我妹妹把出生不久的孩子抱来给我们看,小孩子嘛,不停地哭。我急得什么似的。想赶紧把他们打发走,但是人家难得来,这次来又不是平白无故的,实在不好意思开口叫她走。等妹妹走后,我去道歉说,准让您心烦了吧?可先生的神气,压根儿不知道妹妹来过,也没听见婴儿的哭声。"

夫人又补充说:

"已故的小岸说要早日成为先生那样的人,每天晚上休息之前都在床铺上练习静坐。那时候,流行一种叫冈田静坐的功夫。"

这里说的小岸,就是壮二六段。他是名人的得意门生,名人甚至想让他继承本因坊家业,曾经说过自己"好像已把他当作唯一希望"的话。但是,小岸却在大正十三年一月,虚龄二十七岁上夭折了。晚年的名人,似乎遇事总是想起小岸六段来。

野泽竹朝还是四段的时候,在名人家里同名人对弈时,也有过类似的情况。少年弟子们在书室里大吵大闹的声音一直传到对局室来,所以野泽便出去对他们说道:"待会儿名人要训斥你们的!"但是,名人根本不知道他们在喧闹。

二十

"午休的时候,他也是一边吃饭一边望着空中出神,一句话也不说……大概是相当难的一手吧!"名人夫人说这话,是在箱根第四次续弈的七月二十六日。"他好像都不知道自己是在吃饭,所以我说:'你这样子胃就不消化,吃饭时没心思吃,对身体可不好。'他就把脸拉了好长,照旧瞧着空中发愣。"

对于黑69手的强劲攻势,名人似乎也没有料到,应手冥思苦想了一小时四十四分。对名人来说,这是开局以来第一次长考。

但是,对大竹七段来说,这恐怕是五天前就已确定的目标。今天早上续弈时,七段竭力控制激动的心情,又重新考虑了二十分钟。这期间,他浑身是劲,身体自然而然地强烈晃动,向棋盘方向探出身来。继黑67手之后,又用力地下出黑69手。

"是场雨呢,还是场风暴?"七段说罢,高声大笑起来。

就在这时,一场暴风骤雨席卷而来,院内草坪立时被水淹没,风雨敲打着急忙关上的玻璃门。七段说了一句得意的诙谐话,但似乎也是他得意的欢呼。

名人看到黑69手之后,突然露出惊讶的神色。这神色虽有些迟钝,却给人好感。光这一点,对名人来说也是少有的。

后来,在伊东续弈时,看到黑棋那意外的一手,那手令人怀疑是特为封盘用的封盘手,名人顿时心头火起,好不容易等到休息时间,立刻向我们吐露了心头的愤怒:"我发现这盘棋也是如此肮脏,真想当场放弃比赛!"但是,即便那时,面对棋盘的名人也不曾怒形于色。名人内心的波澜,简直无人能觉察出来。

看起来,黑69手似乎就是一把寒光逼人的匕首。名人马上进入了沉思,接着午休时间到了。名人离开赛场之后,大竹七段仍旧站在棋盘旁边不动。

"下到节骨眼上来啦!关键地方啊!"他依依不舍地俯视着盘面说。

"很激烈呀！"

我的话音刚落，七段就快活地一笑说：

"总是让我一个人被动思考……"

但是，午休过后，名人刚坐定，就下出了白70手。显然，名人吃饭时，即不计算比赛时长的时间里，继续进行了思考。为了不让人们看出这一点，名人原本可以对下午开头这一手故作思考，但他没有掌握这种技巧。相反，吃午饭的过程中，他却一直凝视着虚空。

二十一

黑69手的攻击，被人称为"鬼着"，名人后来也讲评说那是大竹七段独创的凌厉攻势。一旦应着失误，白子就不可收拾，所以名人白70手耗费了一小时四十分钟。十天后即八月五日，白90手用时两小时七分，在名人本次棋赛的长考中，白70这一手是仅次于白90的一次长时间思考。

而且，列席棋赛的小野田六段等人也都很佩服，认为如果说黑69手是进攻的绝着儿，那么白70手则是应棋的妙着。名人避开这里，应付紧急之处。名人是退让一步，摆脱了灾难。这恐怕是很难下出的一个高着。白棋用这一手，削弱了黑棋凌厉的攻势。看来，黑棋是全力以搏得其所得，但白棋则是不顾伤痛重获自由。

大竹七段说的"是场雨呢，还是场风暴"的那场骤雨，一时间弄得天昏地暗，室内开了电灯。在光亮如镜的盘面上，白子投射出来的影像，同名人的姿态浑然一体；院子里那来势凶猛的风雨，反而使人感到对局室里格外静寂。

暴风骤雨很快就过去了，雾霭在山腰飘荡，下游的小田原一带，天空已经放晴。山谷对面的山上阳光灿烂，蝉鸣声高。廊上的玻璃门打开了。七段走黑73手时，竟有四只漆黑的小狗在草坪上玩耍。而且，天空又半阴起来。

一大早，就来了一场暴风雨。上午对局时间，久米正雄坐在走廊的椅子上，曾感慨良深地自言自语道：

"坐在这里，真舒服。心情也宁静啦！"

久米刚刚出任东京日日新闻社文艺部长不久，是头天晚上住在这里来观战的。小说家担任报社文艺部长，近来还没有先例。围棋则是文艺部主管的工作之一。

因为对围棋一窍不通，所以久米一直坐在廊上，时而望望山色，时而看看对局者。不过，棋手起伏的心潮同久米是一脉相通的，名人表情悲壮地陷入沉思之时，久米那张微笑可亲的脸上，也会浮现出同样悲壮的神色来。

在不懂围棋这一点上，我和久米是五十步笑百步，相差无几。但是，在一旁观战过程中，我竟觉得盘上那些纹丝不动的棋子，一个个仿佛都有生命，正在和人交谈。棋手置放棋子的声音，似在一个宏大世界里回响。

对局场地在二号分馆，是一栋厢房，有三个房间，一间十铺席，还有两间九铺席。十铺席房间的壁龛里，插着合欢花。

"这是一种要下雨的花。"大竹七段说。

这一天，前进了十五手。该白80手封盘。

"快四点了，该封盘了！"担当记录员的少女提醒说。名人似乎没有听见。少女向名人方向微微探着身子，一时犹豫起来。于是，七段像是摇醒孩子一般替少女说道：

"先生，您在封盘吧？"

名人好像终于听见了，嘴里嘟囔了一句。但是，声音嘶哑，听不清楚。日本棋院的八幡干事以为封盘手可能已经确定，便备好信封拿了过来。但名人好似这些与己无关，仍旧怔怔地看了好一阵子，而且，带着一种不能立即清醒过来的表情说：

"封着还没定。"

然后，又思考了十六分钟。白80这一手，费时四十四分。

二十二

七月三十一日续弈时，对局室又改在"新上段之家"了。是八铺席、八铺席和六铺席三个房间连在一起，分别悬挂着赖山阳、山冈铁舟和依田学海题写的匾额。这套房间，位于名人所住房间的楼上。

名人房间的走廊旁边，八仙花簇拥成群，花团丛丛，今天也有黑凤蝶飞落花上，泉水里映着鲜明的倒影。房檐下，藤架上枝繁叶茂。

思考白82手时，因为有水声传到对局室来，名人朝楼下望去，他的夫人正立在泉上石桥，往水里投放麸饼。原来是鲤鱼成群游向麸饼，泼水抢食的声音。

"有客人从京都来，我回家去了。这一阵子，东京也凉快起来，好过多了。"这天早晨，夫人对我说，"不过，天一凉快，我又怕他感冒……"

夫人站在桥上时，天空下起了毛毛细雨。不久雨点越下越大。大竹七段也不知道外面下雨，别人告诉他时，他望望庭院说：

"老天爷也患肾脏病了吧？"

这真是个多雨的夏天。来到箱根之后，至今还没有碰上一个晴朗的对局日。而且，晴雨无常，就拿刚才这场雨来说，七段思考黑83手时，八仙花上还一片艳阳，山青如洗，但转眼之间又阴了起来。

黑83手打破了白70手一小时四十六分的纪录，是个一小时四十八分的长考。七段支起双手，连坐垫往后挪动一下，然后开始凝视棋盘右边。过了一会儿又两手揣在怀里挺挺肚子。这是七段进行长考的前兆。

棋势已临近中盘，进行到这里是一手比一手难下。白棋和黑棋的地盘已基本明确，虽然还无法确切估算，但已临近确切估算的前夕。或者直接进入收官，或者杀进敌阵，或者在某处挑战，目前是纵观棋局大势，判断胜负，并依此拟定作战计划的关键时刻。

人称"德国本因坊"的菲利克斯·迪巴尔博士，曾在日本学习过围棋，他给名人告别赛发来贺电。今天早晨的报上，刊登了两位棋手阅读博士电报的照片。

另外，因为白88手成了今天的封盘手，所以八幡干事马上说：

"先生，这是祝您八十八岁大寿啊！"

名人那瘦得不能再瘦的面颊和颈项显得更加消瘦，但是自打那个酷热的七月十六日以来，他一直精神很好，也许可以用形销骨立来形容，总之他是意气风发。

谁也没有想到，会在五天后的对局中，看到名人的病容。

但是，黑棋下过83手时，名人迫不及待地猛然站了起来。顿时所有的疲劳全都显现出来。当时是十二点二十七分，当然是到午休的时间了，但是名人这种如同放弃比赛一样不顾一切地站起来，却是前所未有的。

二十三

"我一直拼命求神保佑，可别出这种事，可能是我心不够诚吧！"八月五日早晨，名人的夫人这样对我说。另外，她还说："我一直很担心，可别发生这种事。就因为过分担心，反而事与愿违……既然如此，只好求神保佑了。"

我这个好奇心很强的观战记者，被赛场上的英雄名人迷住了，听到同他多年相伴的妻子的话，一时措手不及，无言以对。

由于这盘棋，名人的老毛病心脏病加剧了，胸闷好像很早以前就开始了。可他没向人露过一点口风。

从八月二日前后，脸开始浮肿，胸部也疼痛起来。

八月五日是规定的对局日。双方决定无论如何上午先下两小时，事先当然要接受医生检查。

"医生呢？……"名人说。听说医生去仙石原看急诊之后，便催促道："是吗？那就开始下吧！"

名人坐在棋盘前，两手轻轻捧起茶碗，喝了一口温茶。然后，把手轻轻叠握在膝上,随即挺直身子。但是,他的表情像一个马上就要哭出声的孩子。这是因为他紧闭双唇努着嘴,脸颊浮肿,眼睑也肿着。

上午十时十七分,对弈基本准时开始。今天同样又是晨雾变成了暴雨,不久早川下游的天空又亮了起来。

白88封盘手启封,大竹七段的黑89手十点四十分下出。接下来是名人的90手,过了正午,快到一点半了,还没有想定。他强忍病痛,进行了两小时七分的超长考。这个过程中,名人的姿势一直没有改变,面部的浮肿反而消退了。最后,终于决定午休了。

平时一个小时的休息,今天改成两个小时,名人还接受了医生的诊断。

大竹七段也说自己肚子不好,连续服用三种药,还吃了预防脑贫血的药。七段在对局过程中曾经昏倒过。

"我发生脑贫血,一般都是棋势欠佳、没有时间和身体不适三种情况凑在一起的时候。"

谈到名人的病时,七段又说:

"我本来不想下,但是先生坚持无论如何也要下。"

午休过后,回到对局室之前,名人的白90封盘手决定下来了。

"先生,您辛苦了。"

"我只顾自己方便,对不起。"对大竹七段的问候,名人极其难得地道了歉,然后中途暂停。

"脸上浮肿我倒不在乎,只是这里折腾来折腾去,很不好受。"名人用手掌一圈又一圈地抚摩自己的胸部,向久米文艺部长解释自己的病情。

"有时上不来气,有时心跳剧烈,有时胸口憋得就像压了一块石头……我还自以为年轻呢!五十岁以后才感到上了年龄。"

"如果斗志能够胜过年老就好了。"久米说。

"先生,我三十岁就感到上了年龄啦!"大竹七段说。

"那太早了。"名人说。

名人在休息室里,同久米部长等人坐了一会儿,还谈起少年时代到神户去，在接受检阅的军舰上，第一次看见电灯的往事。

"生了病，不让打台球，真糟糕。玩一小会儿将棋不要紧。来吧！"名人笑着站了起来。

名人所谓的"一小会儿"，可不是"一小会儿"就完事。见名人今天马上又要跟人比高低，久米便说：

"还是搓麻将好，不用动脑子。"

午饭时，名人只吃了咸梅就稀粥。

二十四

名人患病的消息传到了东京，恐怕久米文艺部长也是因此而来的。弟子前田陈尔六段也来了。列席棋赛的小野田六段和岩本六段二人也在八月五日双双来到。联珠棋名人高木也在旅行途中顺路赶来，逗留在宫下的将棋土居八段也来游玩。打牌下棋的场面很是热闹。

依照久米的好意相劝，名人没有下将棋而是搓麻将，陪同的是久米、岩本六段和砂田记者。三个人都提心吊胆，百般关照名人。但名人自己却埋头玩牌，独自陷入长时间思考。

"你呀，思考得太认真，脸又要肿啦！"夫人担心地对名人耳语，可他似乎也没有听见。

我在一边跟高木乐山名人学玩移动联珠和活动五目。高木名人是个能给周围的人带来快活的人，对各种游艺都很精通，还能琢磨出新玩法。今天又教我他想出的"千金小姐"的游戏。

晚饭后，名人在八幡干事和五井记者的陪伴下，玩了大半夜让两子联珠棋。

白天，前田六段只同名人夫人说了几句话便匆匆离开旅馆。对前田来说，名人是师傅，大竹七段则是师兄，他大概是怕别人误会和流言蜚语才避免同对局者会面的。名人同吴清源五段对弈时，曾风传白棋160那个妙手是前田六段想出来的，他也许又想起了那件事。

翌日，即六日早晨，在日日新闻社的关照下，川岛博士从东京赶来为名人诊病。诊断结果是主动脉瓣闭锁不全。

看完病，名人坐在病床上，又下开了将棋。对手是小野田六段，采用"未成银将"的下法。然后，名人靠在扶手上，看高木名人同小野田六段下"朝鲜将棋"，但随后就迫不及待地催促道：

"来，打麻将吧！"

但是，因为我不太会打麻将，人凑不够。

"久米先生呢？"

"久米先生送医生，顺便一起回去了。"

"岩本先生呢？"

"回去了。"

"是吗？……都回去啦？"名人无力地说道。他寂寞的心情，使我深受触动。

我也要回轻井泽去了。

二十五

报社和日本棋院的有关人员，同东京的川岛博士、冈下的冈岛医师商谈之后，决定尊重名人的意愿，让他继续参加对弈。不过，对局时间由每五天一次，一天五个小时，缩短为每三四天一次，一天两个半小时，以减轻名人的疲劳。另外，每次对局前后都要经医生检查，有医生许可才能下棋。

既然到了这一步，那么，缩短以后的天数，以便名人从病痛中解脱出来，使这盘棋赛善始善终，恐怕也是不得已的权宜之计。为了一盘棋竟要在温泉旅馆待上两三个月，让人感到实在过于奢侈。不过，正如"封闭式"一词的含义，人就得"封闭"在这盘棋里。

中间四天的休息日里，如能回家，摆脱棋赛，既能散散心，又能消除疲劳。但是，封闭在棋赛的旅馆里，心情就无法调整。如果是两三天或一个星期倒也不成问题，但是一待两三个月，对六十五岁的老名人来说，未免太残酷了。在当今的比赛里，封闭制已是成规，尽管这次存在老人和时间过长的问题，恐怕没人仔细想过这种做法不道德。也许名人自己也把这些极其过分的对局条件视为英雄的桂冠。

名人没坚持一个月就病倒了。

但是，那个对局条件因此有了变更。对大竹七段这个对手来说，这事非同小可。如果不能按照当初的协议对弈，名人理应放弃这盘棋赛。他嘴上虽然没有这么讲，但还是说：

"我休息三天消除不了疲劳。一天下两个半小时，使不出劲来。"

七段做了让步，但又陷入了困境，要同一位年老的病人弈战。

"先生有病在身，若变成我逼他下，那就太让人为难了……我本来不想下，先生无论如何也要下，可社会上也许不这么认为，可能还以为正相反呢。再说，续弈后万一先生病情加重，好像责任在我似的。那可了不得。要是在围棋史上留下污点，让我一个人永远遭人骂，我可受不了。从情理上来讲，也该让先生好好休养一下，然后再下呀！"

总之，他的意思是：如果对方是一个有目共睹的病人，那么就很难与其对弈。他不愿意让人认为自己是趁名人有病而取胜的，而万一败下阵来，就更加惨。现在胜负还不分明。名人的特点是一旦在棋盘前面坐下来，就会自然忘记自己有病，所以事情反而对大竹七段不利，因为他得强迫自己忘记对方是位病人。名人完全成了悲剧中的人物。报界也把他看成了以身殉艺的名人，报道说，他曾经表示，即使续弈死在棋盘旁，那也是棋手的本来愿望。神经过敏的七段却必须不顾及不同情对方的病情一直战斗下去。

连报社的围棋记者都说，让这样的病人对弈是否人道。然而，千方百计让名人续弈下去的，正是举办告别赛的报社。这盘棋赛正在报上连载，备受读者欢迎。我写的观战记也是成功的，连不懂围棋的人都在看。也有人对我私下说，名人恐怕是担心这盘棋在此中断，那笔巨额奖金会落空。不过，大家都认为那是一种牵强附会的胡乱猜测。

总而言之，下一个对局日即八月十日的头天晚上，为了说服大竹七段同意续弈，大家全都被动员起来了。七段像一个撒娇的孩子净闹别扭，你说东他偏说西；同时也带几分固执，有时看似点头同意了，其实又不然。再加上报社的责任记者和棋院工作人员又都不善言谈，根本对付不了。安永一四段是大竹七段的知心朋友，而且平日善于解决纠纷，所以便自告奋勇前去说服七段，但结果也碰了一鼻子灰。

深夜，大竹夫人抱着孩子从平塚赶来了。夫人对丈夫好言相劝，最后哭了出来。但是，尽管哭了，夫人说话还是温和、体贴而且有条不紊。她采用的并不是故作贤女样子的劝解方式。我在一旁对真心向丈夫哭诉的夫人深感敬佩。

夫人是信州地狱谷一家温泉旅馆老板的女儿。大竹七段同吴清源在地狱谷闭门研究新布局的事在围棋界是非常有名的。我听人说，夫人年轻时就是个美人。从志贺高原去地狱谷的一些年轻诗人，都觉得夫人她们姐妹很美丽。他们有人告诉过我当时的印象。

今天在箱根旅馆见面之后，发现她只是一个并不起眼的、对丈夫关怀备至的妻子，我有点失望。不过，她那不讲穿戴、辛勤操持家务、怀里抱着孩子的形象，依然残存着山村时代的牧歌风采。她的温柔贤惠是一目了然的。而且，她怀里抱的孩子也让我深受感动：我从来没有见到过这么好的孩子！这个仅八个月大的男孩，皮肤白嫩，眉清目秀，真长得堂堂正正、仪表非凡，似乎孕育着大竹七段的雄心壮志。

如今，事情已经过去十二三年，大竹夫人每次见到我，都要提起这个孩子：

"当年承蒙先生夸奖的孩子……"

另外，听说她还时常提醒这位少年说：

"你小的时候,浦上先生可就在报上夸奖过你的呀!"

夫人当时抱着这个孩子,流着眼泪苦苦央求,大竹似乎心也软了。七段是忠实于家庭的人。

但是,他虽然同意续弈了,却还是彻夜未眠。他一直很苦恼。而且,清晨五六点钟就独自在旅馆走廊上慢吞吞地来回踱步。有时还早早穿上家徽礼服,闷闷不乐地躺在正门大厅的长椅上。

二十六

十日早上,名人的病情没有变化,医生同意对弈。但是,他脸上仍然浮肿,身体明显衰弱。也就是在这天早上,当问及今天对局场地安排在本馆还是别馆时,名人说他已经走不动了。不过,他还是回答说,前些时候大竹七段曾嫌本馆瀑布声吵,所以大竹七段认为哪儿好就设在哪里。瀑布是自来水做的,所以便关掉瀑布,仍在本馆弈战。听到名人这番话,我心中涌起一股近似愤怒的悲哀。

一旦投入棋赛,名人便好像神魂失据似的,大抵事事听从工作人员的安排,没再随意而为。甚至因他患病而发生纠纷,棋赛进退两难之际,名人这位当事人依然懵懵懂懂,仿佛事不关己似的。

八月十日是这盘棋开赛后遇到的第一个盛夏天气,头天晚上就月明星稀,清晨更是阳光灿烂,物影清晰,白云放光,连合欢树都纵情地张开了叶子。大竹七段外褂上的白色带子,异常醒目。

"要是天能一直这样就好了。"名人夫人说。她人简直变了样儿。大竹夫人也睡眠不足,面色苍白。两位夫人憔悴的脸上,闪烁着不安的神情,牵挂着自己的丈夫,急得团团转。很显然,她们是各为自家。

盛夏,屋外的光线强烈,从室内逆光看去,名人的身影更加阴暗,显得可怕。对局室里的人都低着头,不忍去看名人一眼。爱开玩笑的大竹七段,今天也一言不发。

难道非要这样下棋不可吗？围棋到底是什么呢？我无限同情名人。我想起直木三十五快去世之前，在他极其难得的自传小说《我》中曾说"我羡慕下围棋的人"，并认为围棋这玩意儿"要说没有价值，它绝对没有价值，说有价值，它就绝对有价值"。直木一边逗着猫头鹰一边问它："你难道不寂寞吗？"于是，猫头鹰啄破了桌子上的报纸。那张报纸上刊登着本因坊名人同吴清源的围棋争夺战。由于名人患病，棋赛正处于中途暂停状态。直木通过围棋那不可思议的魅力和纯粹追求胜负的特点，来认识自己从事的大众文学的价值。但是，后来又说："……近来，我对这件事渐渐感到厌倦。今晚九点以前，我必须写出三十页稿子来，可现在已经是下午四点多了。我却觉得无所谓。让我同猫头鹰玩一天总可以吧。我不是为了我自己，我为通俗文化和家庭是何等劳累！而他们待我又是何等冷酷！"直木终因拼命写作而死。我当初认识本因坊名人和吴清源，就是直木三十五引见的。

直木去世前夕有如幽灵一般，如今眼前的名人也无异于一个幽灵。

但是，这一天进行了九手，大竹七段下黑99手时，到了约定封盘时间十二点半，所以后边便由七段一个人思考，名人离开了棋盘。这时，谈笑的声音传了过来。

"学徒的时候，烟卷抽光了，就抽烟袋，那个时候嘛……"名人慢悠悠地吸着烟，又说，"还把积存在袖兜里的尘土塞进去抽过呢！因为那也能叫人过瘾。"

一股凉风吹了进来。名人不在跟前，七段便脱掉罗纱外褂，然后思考起来。

中途暂停回到自己房间之后，名人当天又立刻同小野田六段下起了将棋，这种情形实在令人吃惊。听说，下完将棋又搓了麻将。

我心情沉重，在对局的旅馆里再也待不下去，于是躲进塔泽的福住楼，在那里写了一篇观战记，次日便回轻井泽的山中小屋去了。

二十七

对于比赛，名人简直像一个饿鬼。整天憋在房里玩别的比赛，肯定会把身体搞得更坏。但是，名人天生不善于发泄情绪，遇事总是放在心里，要想休息一下头脑，或是摆脱棋赛，也许只有玩玩别的比赛。名人是根本不外出散步的。

以胜负为职业的人，一般都会喜欢玩其他比赛，但名人的态度却与众不同。他从来没有轻松随意地玩过，也不能适可而止。他很有耐心，玩起来就没完没了，通宵达旦不休息的。看上去，他根本不是在散心和消遣，简直像给胜负的魔鬼勾去了魂一样可怕。就连搓麻将和打台球也和下围棋一样，会达到忘我的境地。让对方为难姑且不论，但就名人而言，始终是真诚而又单纯。与常人的着迷不同，名人好像心魂都消失在了远方似的。

从中途暂停到吃晚饭前，哪怕这么短暂的时间里，名人也要玩比赛。列席棋赛的岩本六段刚喝上酒，名人便迫不及待地来叫他了。

箱根首次对弈那天，中途暂停之后，大竹七段一回到自己房间就吩咐女佣说："若有棋盘，拿一个来。"接着就传来了置放棋子的声音，他似在斟酌刚才的棋局。可是，名人却马上换上浴衣出现在工作人员房间，并在让两子联珠棋赛中，不费吹灰之力就让我吃了五六次败仗。然后，他说：

"让两子像玩一样，没意思！还是下将棋吧，浦上先生房间里有。"他说着，兴冲冲地先走了。而且，他和岩本六段所下的让飞车，晚饭时分才告暂停。微带醉意的六段盘腿而坐，拍打着裸露的大腿败给了名人。

晚饭过后，大竹七段的房间里仍然传出摆棋子的声音，过了一会儿他才下来，以让飞车形式捉弄砂田记者和我：

"啊，对不起，我一下将棋就想唱歌。实际上，我是喜欢将棋。为什么我没当将棋手，而当了围棋棋手呢？这件事我想了又想，至今没有弄明白。我下将棋比下围棋还早，四岁左右就学会了将棋，为什么早学会的东西反而不强呢？……"说罢，他便兴高采烈地唱起了儿歌、民谣以及拿手的穿插着俏皮话的换词歌曲。

"大竹君的将棋，是棋院里最厉害的吧？"名人说。

"哪里，先生也很厉害，所以……"七段回答，然后又说，"在日本棋院，没有一个将棋初段的人。至于联珠棋，恐怕总是先生持黑先走吧？我却不懂棋谱，一味蛮干……因为先生已经有联珠三段的水平了。"

"说是三段，恐怕还敌不住初段的行家。还是行家厉害。"

"将棋名人木村的围棋是？……"

"大致是初段水平。最近，好像又长进了。"

接着在同名人平手下时，大竹七段还是高声大唱：

"恰恰卡恰恰，恰恰恰——"

名人也随着唱了起来：

"恰恰卡恰恰，恰恰恰——"

在名人来说，这是很少有的。名人的飞车入阵成金，稍显优势了。

那时候大家下将棋也是热热闹闹的，但是自从名人一再患病之后，这些游戏便弥漫着一层阴森的气氛。八月十日对局结束后，名人仍然禁不住要玩这些比赛，他简直像一个地狱中的人。

下一次对局是八月十四日，但名人身体极度衰弱，病情愈发严重，医生禁止他对弈，工作人员又极力劝阻，报社也就死心了。最后决定十四日由名人下一手即暂停这盘棋赛。

对局者落座之后，一般先要将棋盘上的棋盒拿到膝前。对名人来说，这个棋盒显得有些沉重。然后，直到中途暂停为止的棋局就要展开了。也就是说，两个人要按顺序走下去。起初名人的棋子好像要从指间掉下来一般，但随着棋局的进展，越下越有劲，放棋子的声音也高起来了。

名人一动不动，持续三十三分钟，思考今天这手棋。原本约定以白100手来封盘暂停的，然而，名人却提出：

"我还可以下一会儿。"

他恐怕真是这种心情。工作人员慌忙商议。但是,因有约在先,还是决定一手结束。

"那就……"白棋100手封盘后,名人仍然双眼盯着盘面。

"先生,久承关照,实在太感谢了。请多加保重……"大竹七段作了寒暄,名人只是简单地"噢"了一声,于是夫人代他作答。

"正好100手。……今天是第几次?"七段询问记录人员,然后又说,"第十次吧?……东京两次,箱根八次吧?十次100手?……平均一天十多手呀!"

后来,我到名人房间同他暂且告别,名人目不转睛地凝视着庭院上空。

名人本应从箱根旅馆直接住进圣路加医院的,但据说近两三天还不能让他乘坐交通工具。

二十八

七月末,我的家人也住到轻井泽,为了这盘棋,我往返于箱根和轻井泽之间。因为单程要花七个小时,所以对局的前一天就得离开山中小屋,中途暂停又多在傍晚,所以回程要在箱根或东京住一晚。往返要花三天。按每隔五天对局一次计算,回家待两天又要往回赶。每天边写观战记边来回跑,又是在令人讨厌的多雨的夏季,实在劳累不堪,所以住在对局的旅馆里会更好一些,但是中途暂停后,我总是草草吃完晚饭,便急忙踏上归程。

我若和名人、七段住一个旅馆里,就很难写好他们的事。即使同在箱根,我也从宫下到塔泽去住。一方面在写他们的事,另一方面下次对局又要同他们照面,深为不便。我写的是报社的娱乐性观战记,所以为了激发读者的兴趣,多多少少要玩弄一下笔墨。外行人根本不可能弄懂高段的棋艺,但一盘棋又要写六七十天,所以主要是描写棋手的风貌和一举一动。与其说我是在看棋，不如说是在观察下棋的人。另外，对弈的棋手是主人，工作人员和观战记者则是仆从。要想以无上崇敬的心情描写自己并不很懂的围棋，就得对棋手抱有敬爱之情。我不仅对胜负感兴趣，更为棋道所感动，是因为我能忘我地去观察名人。

名人患病，告别赛终于中断。那一天，我返回轻井泽，心情很是沉重。在上野车站，当我把东西放到行李架上之后，一个身高马大的外国人从离我五六排远的座位上起身，大摇大摆地走过来：

"那是围棋盘吧？"

"是的，你很懂行啊！"

"我也有这种东西。这是一项非常好的发明。"

这是块金属棋盘，有磁力，棋子能吸在上面，所以在火车上用也很方便。如果把盖子盖上，就看不出是什么东西。我带着它走来走去也轻便。

"咱们下一盘吧！围棋非常有趣，挺好玩的。"那位外国人用日语说，同时麻利地把棋盘放在自己的腿上。他的腿又长又高，比放在我腿上好下得多。

"是十三级。"这个美国人清楚地似乎经过计算地说道。

开始我让了六子下了一局。据说他在日本棋院受过训，还同知名的日本人对弈过。他下的棋，形式上倒也齐整，但下得太快，没有全神贯注。输了棋似乎也毫不在意，漫不经心地玩了好几局，可能认为玩这种游戏花力气硬要取胜是毫无意义的。他能按照学来的路数，摆出堂堂正正的阵势，出手确实不凡，但却毫无斗志。我稍加还击或一旦攻其不备，他便认输示弱，缺乏顽强精神，一触即溃，好像是我撂倒一个没有骨气的大汉一般。对此，我甚至感到有些不快，心想这不显得自己太凶恶了吗？棋艺高低且不说，主要是下得没意思。没有竞争意识。若是日本人，不管围棋下得多么糟，遇上争强好胜的人，一般都不会如此拱手相让的。总之，是没下围棋的气势。我产生一种异样的心绪，深切感到民族之间的差异。

就这样从上野站到轻井泽附近，连续下了四个多小时，我对他那种再输也不气馁的乐观的不屈不挠的精神简直佩服到了极点。我不禁感到他那天真而又朴实的软弱犹如恶作剧一般。

也许是因为洋人下围棋稀奇,有四五位乘客凑过来站在我们周围。这使我有些不太自在,但那个一败涂地的美国人对这种围观似乎毫不介意。

对这位美国人来讲,和我下棋就像是用语法书上刚学来的外语同我争吵一样,而且他恐怕也没真把下棋玩当作一回事。总而言之,同他下棋与跟日本人下棋,情形确实截然不同。我曾一度认为西方人不适合下围棋。这是因为在箱根时,大家经常议论说,迪巴尔博士所在的德国出现了五千名围棋爱好者,在美国围棋也开始受到欢迎,等等。以一个初学围棋的美国人为例来下结论也许是轻率的,但一般认为西方人下围棋缺乏气势。日本的围棋已经超越游戏和娱乐的概念,被视为一种艺道,其中贯穿着东方自古以来的神秘和高雅之风。本因坊秀哉名人的"本因坊",也是用的京都寂光寺[1]的名字。秀哉名人也在悟道,他在第一代本因坊算砂,即高僧日海三百年忌辰时,曾被授予日温的法号。我同美国人对局下来,也感到他们国家里不存在围棋传统。

若说传统,围棋还是从中国传过来的。古时从中国传来的许多文物在中国都已相当发达,但围棋却不同,只有在日本才全面发展起来。不过,这只是江户幕府对其加以保护之后即近世之事。围棋是一千多年以前传到日本来的,所以可以说在一段漫长的岁月里,日本的围棋智慧并未得到发展。在中国,把围棋视作仙心的游艺,其中充满神韵,三百六十又一路里蕴含着天地自然和人生哲理。正是日本发扬了围棋智慧的奥妙。日本精神超越对外国的模仿和引进,围棋就是一个明证。

一盘围棋的思考时间限为八十小时,全盘下完要花三个半月时间。恐怕围棋同能乐、茶道一样,早已深深浸透在日本不可思议的传统之中了吧。

---

[1] 该寺本因坊僧人算砂系第一代本因坊名人。

我在箱根曾听过秀哉名人谈他的中国之行，主要是讲在那里同什么人下棋赢了几目的事，我感到中国的围棋也相当强，便问道：

"这么说，中国的强手同日本的业余强手水平基本相同吧？"

"对，是这个样子吧。也许对方稍弱一些，但业余棋手大概不相上下。因为中国没有专业棋手……"

"那么，日本和中国的业余棋手水平不相上下这件事，就等于说倘若在中国也像日本那样培养专业棋手，那么中国人也具有相应的素质啦？"

"是这个样子吧。"

"是大有希望吧？"

"有希望，但短期之内恐怕……尽管他们也有水平很高的棋手。而且，下棋赌博的似乎很多。"

"不过，围棋的素质还是有的吧？"

"有吧，因为他们中也出过吴清源那样的人嘛……"

我原本打算近期去采访这位吴清源六段的。越是仔细观察告别赛的对弈情形，越想听听吴清源六段对这盘棋赛的解说。我以为这也是对观战记的一种补充。

这位天才出生在中国，生活在日本，宛如天赐的象征。自古以来，有一技之长的邻国人，在日本受到敬重的先例为数不少。眼下，吴六段就是最好的例子。真正发现这位少年天才的人，也是游历中国的日本棋手。少年在中国时就开始学习日本棋书。有时，我认为，正是远比日本古老的中国围棋智慧，在这位少年身上放射出了一束光芒。那巨大的光源便深深蕴藏在他身后的大地之中。吴生而有才。但是，如果幼年时代没有磨炼的机会，天才也就不得发展并遭埋没。即使在当今的日本，生不逢时的棋才恐怕也为数不少。无论是个人还是民族，人的能力常有这样的命运。有的智慧过去光辉灿烂而现在黯然失色，有的智慧古往今来虽然遭到埋没，而将来必会得到发挥，对于一个民族而言，诸如此类的情形数不胜数。

二十九

吴清源六段住在富士见的高原疗养院里,每次箱根对弈,砂田记者便到富士见去做解说的口述笔记。我则把它适当地穿插在观战记里。报社之所以选择他担任解说,也是因为大竹七段和吴清源作为年轻的现役棋手的双璧,其实力和声望都是并驾齐驱的。

吴六段弈战过度,搞坏了身体。另外,日本和中国的战争使他很感痛心。他曾写过一篇随笔,盼望和平的时刻早日到来,以便能同日中两国的雅客一起泛舟在风光明媚的太湖之上。在高原的病床上,他阅读了《书经》《神仙通鉴》和《吕祖全书》等典籍。昭和十一年,他入了日本国籍,使用了日本名字:吴泉。

我从箱根回到轻井泽,学校已放了暑假,但这个国际性避暑胜地也来了进行军训的学生队伍,能听见枪声。我的熟人和朋友也有二十多位离开文坛从军,参加了陆海军进攻汉口的战役。我没有给选拔上。没有从军的我,在观战记中这样写道:"据说自古以来战时流行围棋,武士在阵地上对弈的趣闻不少,而且武士同艺道之心合流之后,它也会形成宗教性人格,围棋则是这方面的最好象征。"

八月十八日,砂田记者来轻井泽邀我,我们从小诸乘上小海线火车。一位乘客说:"在八岳山麓的高原,夜里有许多类似蜈蚣的昆虫爬到线路上纳凉,火车车轮因一路碾死的蜈蚣的油而打滑。"当夜,我们在上诹访温泉的鹭汤旅馆住下,次日清晨到了富士见疗养院。

吴清源的病房在正门上方的二层,一个角落里铺了两张铺席。一个装配起来的木架上铺着一块小垫子,上面放着一张小小的木板棋盘,吴六段一边在上面摆小棋子,一边做着解说。

那是昭和七年,我和真木三十五在伊东的暖香园,看过吴清源同名人让二目对弈。六年前的那个时候,他身穿青地白花的窄袖和服,手指修长的手,肌肤白嫩的脖颈,让人感到有一种高贵少女的聪慧,现如今又增添了一副高贵的年轻僧人般的品格。耳朵和头型是一副贵人之相,从来还没人能像他那样鲜明地给人以天才的印象。

吴六段滔滔不绝地解说着让人记录,但也时常托腮沉思。雨水打湿了窗外栗树的叶子。我问他这是一盘怎样的棋。

"是啊,是一盘细棋。我认为会是非常细的。"

对中盘暂停的棋,况且是名人的棋,其他棋手是不便妄加推测其胜负的。我倒是更希望他从名人和大竹七段的下法,从鉴赏这盘棋的棋风出发,把这一局棋看作艺术作品来加以评论。

"这是一盘很精彩的棋。"吴清源答道,"是啊,简而言之,这盘棋对双方都至关重要,所以两人都非常精心,下得很稳健。相互之间都没有看错或看漏一步棋。这种情形是极其罕见的。我看是一盘很精彩的棋。"

"唔?"我感到还不满足,"黑棋下得稳健而坚实,我们也看得出来。那么白棋是不是也这样?"

"是的,名人下得也很稳健。如果一方下得很稳健,另一方下得不稳健,往后就会乱了阵脚而不好收拾。时间还有很多,而且又是一盘重要的棋,所以……"

这是一种不疼不痒的泛泛之谈,看来不可能照我所希望的那样评论。应我的提问,他断定是细棋形势,毋宁说这已经是大胆的回答了。

然而,我一直观战,直到名人因病倒下,此刻对这盘棋又深感激动,所以极想听到某种涉及精神境界的解说。

文艺春秋社的斋藤龙太郎在附近的旅馆里疗养,我们返回时顺路去看了一下。斋藤说,他前些日子一直住在吴清源的隔壁。

"夜深人静时,常常听见噼噼啪啪的棋子声,此人真是了不起。"

另外,斋藤还说吴清源送客出门时,举止大方,温文尔雅。

名人告别赛结束不久,我和吴六段应邀到南伊豆的下贺茂温泉去,听他谈起棋梦的故事。他说在梦中有时会发现妙着。醒来之后还记得部分情况。

"自己下着下着，时常感到在哪里见过这步棋。我想也许是在梦里见过的吧？"吴六段说。

据说，梦中的围棋对手也以大竹七段为最多。

三十

听说名人入圣路加医院之前曾这样说：

"即使因为我生病这盘棋暂停，我也不希望第三者抓住这盘未下完的棋，进行白棋好或者黑棋好之类的胡乱评说。"这番话符合当时名人的情况，其中也包含一种局外人毕竟难以理解的作战趋势在内。

当时，名人对棋势似乎还抱有希望。下面是棋赛结束后，名人对日日新闻社的五井记者和我偶然流露的一段话：

"住院的时候，我没有觉得白棋不好。也不是完全没有意识到棋下得有些不妙，但却没有想到一定会输。"

住院前的一着是黑99手刺白中原的虎，白100手接。名人在后来的讲评中也说，如果这白100手不接，而是抑制右边的黑子，防止其侵入白模样，"恐怕黑棋也是一个不容盲目乐观的局势"。另外，名人早就看到在那里"大有作为"，他认为能把白48手下在下面的星位上，从布局上"占领要地，这应当说对白棋来讲也是一个可以满意的构图"。因而，他讲评说："黑47手把要地让给白棋，令人感到下得过于稳健。起码逃避不了是步缓着的批评。"

然而，大竹七段在对局者感想中却说，如果不稳健地走出黑47手，那里就有白棋活动的余地，他不愿意那样。另外，在吴六段的解说当中，黑47手则被认为是正确着数，下法厚实。

当黑棋稳健地走出47手，接着白棋占据下边的星位大场时，在一旁观战的我不禁吃了一惊。我并不是从黑47这一手中感受到了大竹七段的棋风，而是似乎感受到了七段投入这次比赛的决心。他让白子趴在第三线，然后用到黑47手为止的厚壁将其牢牢控制，看来大竹七段在这里使出了浑身之力。七段是稳扎稳打，坚持采用绝不示弱和不进对方圈套的下法。

至于中盘百手附近呈细棋形势或者说是形势不明，尽管是轮到黑子下棋，但那也许正是大竹七段的稳妥而又大胆的作战方式。论厚实，黑棋略胜一筹，而且首先黑棋走势坚固，接下去就可以转入七段拿手的战术，即一步一步地侵削白模样。

大竹七段曾被誉为本因坊丈和名人的转世。丈和是古今首屈一指的力棋，秀哉名人也常被誉为丈和。大竹七段棋下得丰厚，以战为主，凭实力克敌。棋风豪放而强烈。因能下出富有危机和变化的精湛棋局，故在业余棋手当中更有声望。业余棋手认为，这两个人力量对力量，肯定会激战一场接一场，整局杀得人仰马翻，呈现一派绚丽多彩的棋势。这种期待完全落空了。

也许大竹七段早有提防，认为正面对付秀哉名人的得意着数是危险的。他一方面极力缩小名人的作战余地，即避免被引诱到战线广阔的战斗及难解难分的纠葛中去，另一方面则试图把棋局引向自己得心应手的形式上来。虽然让白棋占了大场，但还是不慌不忙地力求站稳脚跟。坚实的着法不仅不是消极的，而且正是积极的潜在力量。其中贯穿着坚强的自信。这种做法看上去坚忍自重，但内中蕴含着力量，所以特有的锐利观察能力一旦认定下来，有时就会发起激烈的攻势。

但是，不论大竹七段如何提防，在一局对弈当中，名人总是有机会挑起战斗的。开始时，白棋也是下在两角，采用一种趣味似乎很广的下法。在黑棋于白子目外进入33手的右上角，六十五岁的名人全然不顾这是今生最后一次围棋比赛，下出了全新的一手。果然，这个角落不久便风云变幻。于是，若想把棋复杂化，那就没问题了。也许因为这是一盘重要的棋，就连名人也避开变化复杂的混战，选择了简明扼要的下法。此后直到中盘，大体便是顺随着黑棋的下法下了。于是，棋局在大竹七段唱独角戏的过程中自然而然地发展成了细棋形势。

本来，按这盘棋里黑棋的下法，最终必定形成细棋，虽然大竹七段每目确保，但白棋看来也很成功。名人并没有采用特殊战术，并没有利用黑棋的劣着，只是顺着黑棋稳健地推进，一面行云流水般应着，一面在下边不慌不忙地描绘白模样，不知不觉之中形成了微妙的棋势。想必这就是名人的圆熟境界吧？名人的棋力既没有因为年老而衰退，也没有因为病痛而受损。

三十一

从圣路加医院回到世田谷宇奈根家中的本因坊秀哉名人，曾发表谈话说：

"回想起来，我七月八日离开这里，夏去秋来前后近八十天没在家了。"

当天，名人在自家附近走了二三百米，这是他近两个月里走得最远的一次。在医院里躺着，腿脚都软了。出院两周之后，才勉强能够坐直。

"五十年来，我已经习惯了正坐，盘腿坐反而难受。在医院里一直躺在床上，所以刚回家时连坐都坐不好，吃饭的时候，就拿一块桌布耷拉在前面，把腿藏在里面，在桌布下盘腿坐着。说是盘腿坐，其实只不过是把两条细腿伸出去罢了。这是以前不曾有过的事。在对局开始之前，如果不能长时间正坐，那就麻烦了，所以我尽可能地正坐，但眼下还不太行。"

名人喜欢看赛马，现在又到了赛马季节，但他的心脏还不大好，于是采取了慎重态度。然而，他还是忍不住：

"我到府中去了，也捎带着练练腿脚。看着赛马不由得高兴起来，觉得浑身涌出一股不可思议的力量，似乎'还能大战一场'。但是，也许是体质虚弱的缘故，回到家里便精疲力竭了。尽管如此，我还是去看了两次赛马，下棋似乎没问题了，因此今天决定十八日前后开始对局。"

以上便是东京日日报社黑崎记者记录的名人谈话。谈话中的"今天",是指十一月九日,也就是说名人的告别赛八月十四日在箱根暂停整三个月后又开始续弈。因为已经临近冬季,对局地点选在伊东的暖香园。

名人夫妇在弟子村岛五段和日本棋院的八幡干事的陪同下,于对局开始前三天即十一月十五日到达暖香园。大竹七段则是十六日到的。

伊豆的蜜橘山美极了,海边的酸橙和其他橙子也一片金黄。十五日天气阴冷,十六日小雨绵绵,电台广播说许多地方下了雪。但是,十七日却是伊豆特有的小阳春天气,风和日丽。名人到音无神社和净池做了运动。这对讨厌散步的名人来说实在是少有的。

箱根对弈前夜,名人曾把理发师唤到旅馆里来,伊东对弈时也曾在十七日让理发师给刮了胡子。同在箱根一样,还是由夫人从后面托着名人的头。

"你们那里也能给染黑发吗?"名人跟理发师喃喃地说着,宁静的目光投向了午后的庭院。

名人是在东京把白发染黑了的。染发出战,似乎同他的性情不大相符。但是,名人难道是因为对局中途病倒,现在刚刚病愈,才这样修饰仪表的么?

名人平时一向留小平头,现在却蓄发梳成分头,而且头发染得黑黑的,叫人感到有些疑惑不解。不过,随着理发师手中剃刀的移动,名人那暗褐色的皮肤便同他那高高突起的颧骨一起全部裸露出来了。

名人的脸色虽不像在箱根时那样苍白浮肿,但看上去却并不十分健康。

我一到暖香园,立即到名人房间拜访,问候他的病情。

"啊,那个……"名人茫然地答道,"来这里的前一天,我到圣路加医院做了检查,当时饭田博士也感到很奇怪。他说不但心脏根本没有好,现在肋膜里又有些浮水了。而且,来到伊东后请医生一检查,又说是支气管炎……可能是感冒了吧。"

"啊?"

我一时无言以对。

"也就是说，以前的病不但没好，现在又添了两种新病，一共三种病了。"

当时，日本棋院和报社的人也都在场。

"先生，您的身体情况，请不要对大竹讲……"

"为什么？"名人面带诧异的神色。

"只怕大竹又会唠叨起来，把事情弄复杂了……"

"事实就是如此嘛。瞒着他总不好。"

"我说，还是不告诉大竹先生的好。若不然，他又会像在箱根时那样，嫌你是个病人。"

名人一言不发。

别人问到身体情况时，名人总是毫无顾忌，对任何人都如实相告。

名人断然停止了晚酌的乐趣和吸烟的习惯。在箱根，名人几乎不走动；在伊东，他却尽量外出，想多吃点东西。把白发染黑恐怕也是这种决心的一种表现。

当我问及这盘棋赛结束后，是按往年惯例到热海或伊东避寒呢，还是再去住院时，名人顿时开心地答道：

"哎，说实在话，问题是在那之前会不会病倒……"

他曾经说过，自己以前之所以能战而不倒，也许就是因为自己"大大咧咧"。

三十二

在暖香园，对弈的前一天晚上更换了对局室的铺席。十一月十八日早晨，一走进房间便有一股新席的气味，小杉四段已从奈良屋把在箱根使用的那块有名的棋盘拿来了。名人和大竹七段就座后，打开棋盒盖子一看，黑子上有一层夏天长的霉点。连旅馆的掌柜和女佣都来帮忙，当场擦掉了这些点。

名人的100手启封时，已是上午十点半了。

那就是黑99手对白中央虎形刺，白100手粘。在箱根的最后一天，名人仅下了这一手。终局之后，名人讲评说：

"白100手粘，虽说是病重，住院前夕中途暂停的一手，但还是考虑欠周，不免有些遗憾。当时这里应当脱先，在'18·十二'位应，以便巩固右角的白空。黑既然刺了，势必会断，但即使被断，白棋也没什么难处。如果白100手固守地域，黑棋恐怕就处于不容盲目乐观的形势。"

但是，白100手既不是一着坏棋，也不能说这一手破坏了整个形势。大竹七段刺虎时，估计名人理所当然地会接，第三者也认为名人理所当然地会接。

由此看来，虽然白100是封盘手，但大竹七段理应在三个月前就一清二楚的。下面的黑101手只有侵入右下角白空的一着了。而且，在我们这些外行看来，只有二路跳进的一手可走。可是，直到十二点午休时间，大竹七段也没有走出这一步棋。

午休时间，名人到院子里来了。这也是罕见的。梅枝和松叶都油亮油亮的。八角金盘和大吴风草花开似锦。大竹七段房间下面的山茶丛中，提前开了一朵带斑点的花。名人在花前停下，看看那朵茶花。

下午，松影映在对局室的拉窗上，绣眼鸟也飞来鸣唱，大鲤鱼则在廊前的泉水里游动。箱根的奈良旅馆养的是锦鲤，但这家旅馆喂的则是黑鲤。

七段总也不走黑101手，就连名人似乎也等累了，他静静地闭上眼睛，如同进入梦乡一般。

"这地方不好下。"一旁观战的安永四段嘟哝一句，便盘腿打坐，闭上了眼睛。

这有什么可难的？当时我甚至怀疑七段迟迟不下"18·十三"位一间跳，是故意磨时间，工作人员也都万分焦急。但是，事后七段谈到对局者感想时，说自己当时犹豫得很，不知是该跳在"18·十三"位，还是要爬在"18·十二"位上；名人在讲评时也说这两种走法的"得失难以判断"。尽管如此，作为重开对局的第一手，大竹七段竟然花了三个半小时，毕竟给人一种反常的感觉。这一手一直下到秋阳西沉，电灯点亮。

名人白棋102手向黑一间跳冲，仅仅用了五分钟时间。七段走黑105手又思考了四十二分钟。在伊东的第一天，只下了五手，黑105手封盘。

这一天花费的时间，名人仅仅十分钟，而大竹七段却长达四小时十四分钟。从开赛起合计起来，黑棋所花时间已达二十一小时二十分钟，业已超过四十小时这个前所未有的规定时间的一半。

列席的小野田六段和岩本五段去参加日本棋院的段位晋升大赛，这一天没有露面。

我在箱根曾听岩本六段说：

"最近，大竹先生的棋很阴暗！"

"围棋也有阴暗和明快之分吗？"

"当然有。这是一种围棋性格上的色彩。哎，棋就是阴郁呀，让人感到心情沉重。当然这种阴暗和明快与胜负无关，所以我并不是说大竹先生不行了……"

大竹七段在日本棋院的春季段位晋升大赛上是八盘全负，可在报社选拔名人告别赛对手的冠军争夺赛中却大获全胜，他的成绩很不稳定，简直叫人吃惊不已。

黑棋对付名人的下法也不能认为是明快的。给人的印象，仿佛是从地底挣扎出来，掐住喉咙在嘶叫，让人心情沉重压抑。他的棋不像是力量凝聚后的迸发那么自由流畅。那下法，似乎是一开头就不轻松，全凭后来一点一点地蚕食。

我还听说棋手的性格大致也有两类：一类是下棋时总觉得自己不行，另一类是下棋时总以为自己很行。如果说大竹七段是前者，那么吴清源六段就是后者。

不行型的七段,在他本人也认为非常细微的这盘棋里,如果没有万无一失的把握,恐怕是不会轻易下出一子的。

三十三

在伊东的第一天过后,果然产生了纠纷。结果连下次续弈的日子都无法决定。

和在箱根时一样,是大竹七段不同意以名人生病为由要求改变对局条件。七段比在箱根时还固执。这恐怕也是因为在箱根有过教训。

纠纷的内幕不能写在观战记里,我已记不清楚,主要是对局日程问题。

中间相隔四天,第五天对局,这是开始时的约定,在箱根就是按此进行的。中间的四天,目的是休养,但封闭在旅馆里,反而更增加了老名人的疲劳。名人的病情加重之后,也有人提出要缩短这四天的休息时间,但大竹七段一直拒不同意。只是把在箱根最后一次比赛提前了一天,即在第四天续弈。但是,那一天,只下了一手。规定的对局日虽然如约而至,但是从上午十时到下午四时,这个规定最终还是给打破了。

名人的心脏病已是痼疾,不知何时才能根治,所以圣路加医院的稻田博士恐怕也是硬着头皮同意去伊东的,不过他希望尽可能在一个月之内把这盘棋下完。在伊东的第一天,名人坐在棋盘前时,眼睑就有些浮肿。

名人担心发病,想早日解脱出来。报社也千方百计想让这盘颇受读者欢迎的棋赛下到最后。日子拖长了,不保险。办法只有缩短对局日之间的休息时间。但是,大竹七段却不肯答应。

"作为大竹的老朋友,我去求求看。"村岛五段说。

村岛和大竹都是作为关西的少年棋手来到东京的,村岛进入本因坊门下,大竹成了铃木七段的门下,但一来二人早有友情,二来又有棋手之间的交往,当时村岛五段似乎非常乐观,以为只要自己说明缘由好言相劝,大竹七段是会理解的。可是,村岛五段连名人身体不好的事也都照实说了，结果反而使大竹七段更强硬，质问工作人员说："你们是在向我隐瞒名人的病情，让我同病人对弈的吗？"

大竹七段对名人的弟子村岛五段一直住在对局的旅馆里并同名人会晤，恐怕早就很恼火，认为这有损棋赛的神圣。前田六段是名人的弟子、七段的妹夫，他即使到箱根来，也从不在名人房间里待，而是另找住处。严肃的对局条件，不能跟友情、人情纠缠在一起，否则将会使比赛变质。这恐怕也让七段心里窝火。

而七段最不情愿的，莫过于要同一位年老有病的人弈战，对手又正好是名人，这使七段的处境就更加困难。

协商闹得很僵，大竹七段声称不再续弈。同在箱根时一样，夫人又带着孩子从平塚前来劝解。还请来一位名叫东乡的手掌疗法的医师。大竹七段在同事中也推荐此人的治疗方法，所以东乡在棋手中间也很有名气。七段不仅信服东乡的治疗，生活上似乎也很尊重东乡的意见。东乡有点修行者的味道。每天早晨必读《法华经》的七段有时对人十分信赖，为人也极重情义。

"东乡先生的话，大竹七段一定会听的。东乡先生的意见好像是让大竹先生继续下，所以……"工作人员说。

大竹七段说机会难得，劝我让东乡检查一下身体。他亲切而热心。我到七段房间后，东乡用手掌摸摸我的身体，马上就说：

"没有什么不好的。身体虽然瘦弱，但能长寿。"然后，他又把手掌朝向我的胸部。片刻之后，我自己一摸，只有右胸的棉袍温乎起来。这很不可思议。东乡只是让手掌靠近我，并没有接触我，而且是左右两边做同样的动作，但棉袍的右边温乎乎的，左边却冷飕飕的。据东乡说，那是右胸类似毒素的东西经过治疗排出体外的温度。我肺部和肋膜不曾有过自觉症状，X光透视也未见异常，但有时感到右胸发闷，也许是什么时候得过小毛病。因为有这个病根，右胸显出了东乡手掌疗法的灵验，即便这样，热量竟能透过棉袍，这使人大为惊讶。

东乡对我也说，这盘棋是大竹七段的重大使命；如果放弃比赛，七段会一辈子遭世人责难。

名人只是等待工作人员同七段交涉的结果，别无他事可做。因为谁也不向名人透露详细情况，所以他大约还不知道事情已经闹到对方扬言要放弃比赛的地步。但是，成天无所事事，实在叫人烦闷。有时名人便到川奈饭店去散心解闷，也邀请过我。第二天，我把大竹七段邀了出来。

在我看来，七段虽然扬言要放弃棋赛，但却没有回家，而是留在对局场地所在的旅馆里，所以他总有一天会接受劝解做出让步的。果然不出所料，二十三日终于达成了每三天对局一次、每次下午四时中途暂停的协议。在十八日中途暂停后的第五天，问题解决了。

在箱根，每五天对局一次改为每四天对局一次时，七段曾说：

"我休息三天，消除不了疲劳。一天下两个半小时，使不出劲来。"

但是，现在却缩短成中间休息两天了。

三十四

然而，好不容易达成妥协，又碰上了暗礁。

听说达成妥协之后，名人立时便对工作人员说：

"赶快从明天开始吧！"

但是，大竹七段却提出明天休息一天，后天再续弈。

名人一直心情沮丧，早已等得不耐烦，一旦决定续弈，就精神抖擞，恨不得马上对阵。他的表现是单纯的。但是，七段却是内心复杂。几天的纠纷使他的头脑已经疲惫不堪，他想好好静下心来，重新做好续弈的思想准备。两人的性格截然不同。另外，由于这些天来的劳心费神，七段一直在闹肚子。带到旅馆来的孩子又患感冒，发高烧。疼爱孩子的七段，甚是放心不下。明天无论如何也不能上阵。

但是，作为工作人员来说，让名人一直空等到现在，事情办得非常不漂亮。他们对难得高兴起来的名人，说不出因为大竹七段的关系还要延长一天的话来。名人的所谓"明天开始"，是没有商量余地的。又由于名人和七段的地位不同，所以便着手说服七段。七段勃然大怒。因为正在气头上，所以更加厉害。七段声称放弃这盘棋赛。

日本棋院的八幡干事和日日新闻社的五井记者，闷闷不乐地坐在二层的一间小屋里，仿佛都很疲乏似的。大家都是一副束手无策、自暴自弃的样子。两人一向寡言少语，不善言谈。晚饭后，我也在那个房间里。旅馆的女佣来找我，她说：

"大竹先生说有事要跟浦上先生讲，正在另一个房间里等您。"

"跟我……"

我感到意外。他们两人也看着我。女佣引我过去，只见大竹七段一个人坐在一个大房间里。房间里有火盆，但还是冷飕飕的。

"冒昧地把您请来，真对不起。一向承先生多方关照，但我决定，无论如何也要停止这盘棋赛了。照这样子，实在不能再下了。"七段开门见山地说道。

"哦？"

"所以，我想当面向先生致意……"

我不过是个观战记者，无须特意向我致意，但他既然这样郑重其事，表示彼此的友好，所以我的地位也就不同了。我不能只说声"是吗？"就不闻不问。

从箱根发生纠纷以来，我一直采取旁观态度，事情与我无关，我也全不插嘴。现在，七段并不是跟我商量，而是向我通报。既然当面听七段诉苦，我这才动了心思，觉得我可以谈谈自己的意见，如果能够调停转圜的话……

我大致是这样说的：作为秀哉名人告别赛的对手，大竹七段是靠自己个人的力量进行着战斗，但这一战又不是大竹个人的事。是作为下一时代的选手，是作为继承历史潮流的代表同名人对阵的。大竹七段被选出来之前，曾经举办过历时近一年的"名人告别赛挑战者选拔赛"。首先在六段级里，久保松、前田取胜，加上铃木、濑越、加藤、大竹七段，进行了六人循环赛。大竹七段五战全胜。铃木和久保松两位恩师也被他打败了。听说铃木七段风华正茂之年本来是有可能在让先情况下战胜名人，再在互先情况下连续战斗下去的，但名人没有给他这个机会，这给他留下了终身遗憾。让这位老恩师重新获得一次同名人对弈的机会，本来是做弟子应尽的人情，但大竹七段还是击败了铃木。另外，争夺最后胜负的竟是四战四胜的久保松和大竹师弟二人。这样一来，也有另外一层意思，即大竹七段是代替两位恩师向名人挑战的。也就是说，同铃木、久保松这样的元老相比，年轻的大竹七段倒是不折不扣的现役代表棋手。而且，大竹七段最要好的艺友和棋敌吴清源六段虽然可同他并驾齐驱，是位代表性人物，但在五年前曾以新布局方式败在名人手下。即使吴清源取得优胜，但当时他只是五段，所以对名人并不是真正平分秋色的让先比赛，更不可能参加名人告别赛。上一次名人的围棋比赛，可以追溯到十二三年以前，对手是雁金七段。但是，那只是日本棋院和棋正社的一次对抗赛，尽管雁金七段是名人的宿敌，但老早以前就已成了名人的手下败将。只不过名人又胜一次罢了。因此，"不败的名人"最后一次围棋比赛，便是这盘告别赛。它同名人与雁金七段和吴六段进行的赛事意义不同。虽说大竹七段即使战胜名人也不会立刻引发出下届名人的问题来，但告别赛本身就是一个时代的转折和时代的交接，此后围棋界将会出现新的活力。中断告别赛就如同要阻挡历史潮流一样。大竹七段的责任重大，倘凭着自己的感情，个人的缘故放弃棋赛，其结果会怎样呢？大竹七段到名人现在的年岁，还有三十五年。也就是说，这比七段出生后活到今天的时间，还长五年。七段是在围棋昌盛时期的日本棋院里成长起来的，相比之下，名人过去付出的辛劳是完全不同的。名人实际上承担了围棋从明治草创期经过勃兴到近年的昌盛等全过程，是围棋界里首屈一指的人物。成全他六十五年生涯的告别赛，难道不是后继者的义务吗？在箱根，尽管名人有病人常见的任性，但是老人毕竟忍着病痛坚持了棋赛。眼下他虽然有病，却决心要在伊东下完这盘棋，甚至还染了头发来。他是不惜拼命啊。再说，年轻的对手倒放弃了比赛，出了这种事，世人都会同情名人，大竹七段定将成为众矢之的。哪怕七段的理由再正当，结局只会争论不休或是相互攻讦，世人根本不可能了解事情的真相。这是一次具有历史意义的告别赛，所以，大竹七段放弃比赛一事也将留在围棋史上。不管怎么说，七段肩负着下一代的责任。如果就此放弃棋赛，那么，对终局胜败的揣测，恐怕就要沸沸扬扬，变成丑恶的街谈巷议。年轻的后进，破坏病中的老名人的告别赛，这合适吗？

话虽然是断断续续，却讲了不少。然而，七段仍无动于衷，没有表示要继续比赛。当然，七段的理由是正当的，而且一再忍让，心中郁积着不满。这次刚一让步，对方就不顾别人的具体情况，立即要从明天开始。这样根本下不好棋，所以不下是良心所迫。

"那么，推迟一天，从后天开始，可以吗？"我说。

"哎，可以的。不过已经不行了。"

"大竹先生后天可以，对吧？"我又叮问一遍。但是，我没有说要同名人商量，便向大竹七段告辞了。七段再次向我致意，表示要放弃棋赛。

我又回到工作人员的房间。五井记者曲肱而枕地躺着：

"大竹先生说他不下了吧？"

"是的，他说要把这件事先告诉我！"

此时，八幡干事也弯着肥胖的背部靠在桌子上。

"不过，说是推迟一天也可以，所以要不要我去试试看，请名人推迟一天？"我说，"由我出面跟名人讲可以吗？"

来到名人房间一坐定，我便开口说：

"说实话，我是有事来求先生的……"

然后，又说：

"本来不该由我来提这种要求，这纯粹是越俎代庖，不过明天的对局能不能请您改在后天呢？大竹先生说他希望推迟一天。带到旅馆来的小孩子生病发高烧，大竹先生很不放心，听说他自己也在闹肚子……"

名人茫然地听着，但却爽快地答道：

"可以。"

"那就这样定了！"

我顿时热泪盈眶。这完全出乎我的意料。

事情没费吹灰之力就解决了，但我不便即刻离去，便同名人夫人聊了几句。其后，对延期的事，对对手大竹七段，名人只字未提。推迟一天，表面看上去好像无关紧要，但名人早已等得不耐烦，眼看着明天就要决战，那股摩拳擦掌的气势现在遭到挫折，这对争夺胜负的棋手来说，可绝不是一个无关紧要的问题。连工作人员都不敢贸然同名人提出。名人肯定觉察到我来求情是万不得已的，但名人若无其事的应允，使我深为感动。

我到工作人员的房间通知他们，然后来到了大竹七段的房间。

"名人说推迟一天，后天也可以！"

七段似乎很感意外。

"这等于名人对大竹先生做了一次让步，今后如果遇到什么问题，也请大竹先生向名人做些让步吧！"我说。

正在床边照料病孩的夫人，恭敬地向我道谢。房间里很凌乱。

三十五

约定的后天即十一月二十五日这天，棋赛又接着进行了。从十八日算起相隔七天。列席棋赛的小野田六段和岩本六段，因在棋院段位晋升大赛中轮空，所以头一天夜里也都赶来了。

名人用绯红缎面的坐垫配以紫色凭肘，有如僧侣座席。本因坊家自围棋界四大门派总统领、名人日海即算砂以来，都是僧籍。

"现在的名人也是出家之人，僧名日温，并有袈裟。"八幡干事说，对局室里挂着一幅半峰[1]匾额，上面写着"生涯一片山水"几个大字。我看着他那右半边偏低的字体，想起报上有关这位高田早苗博士病危的报道。另一幅匾额是中洲即三岛毅[2]博士的伊东十二胜记，旁边的八铺席房间里挂着云水的流放诗挂轴。

名人身旁是个很大的椭圆形桐木火盆，因为有些伤风的症状，身后又放了一个长方形火盆，开水正冒着热气。七段劝名人自便，名人便围上围巾，身上裹着一件里面是毛线外面类似披风的防寒服。听说他有点低烧。

黑105封盘手启封，名人用两分钟下了白106手，但大竹七段又进行了长考，并且说着梦呓般的话：

"真怪呀！时间用完啦？用完四十小时，就连豪杰也会吃惊。这是破天荒嘛！白白浪费时间吗？这棋一分钟就能下出来嘛，可……"

阴沉的天空，鹎鸟鸣叫不停。来到廊前，只见泉边不合时令地开着两朵杜鹃。花枝上也有花蕾。黄鹡鸰飞近走廊。远处传来温泉抽水的马达声。

七段下黑107手用了一小时三分。黑101侵入右下白模样这手，是先手十四五目，黑107在右下角扩展地盘这手，是后手二十目左右，大家一致认为这两大实利都将归为黑方，是占了黑棋先下的便宜。

不过，在这里先手又轮到白棋了。名人表情严肃地闭着眼睛，平静地调整着呼吸，不觉之中把脸涨成了紫铜色。双颊的肌肉微微地抽动着。起风的声音，法华大鼓通过的声响，他仿佛都不曾听见。名人还是用了四十七分钟才下出一手来。这是名人在伊东唯一的一次长考。不过，接下来的黑109手，大竹七段又用了两小时四十三分，并成为封盘手。这一天，总共只进行了四手。从消耗的时间来说，七段是三小时四十六分，而

---

[1] 高田早苗（教育家、政治家），号半峰。
[2] 三岛毅（汉学家），又名三岛中洲。

名人只用了四十九分钟。

"生死存亡在此一举的地方，多得很啊！真是凶狠的一手啊！"前去午休时，七段半开玩笑地说。

白108手是一手绝妙的棋，它有威胁左上角黑棋和削减中原黑厚势的两层含义，同时兼有守卫左边白棋的作用。吴清源在解说中也这样说：

"白108这手棋，是非常难的地方。我们也都怀着极大的兴趣，看名人究竟会把这一手下到什么地方。"

三十六

中间休息两天之后，对局的第三天早上，名人和七段两人都说肚子疼。听说大竹七段五点钟就疼醒了。

下完黑109手封盘后，七段立刻就脱下裙裤出去了，返回座位看到白110手后便吃了一惊：

"已经下好啦？"

"你不在就下了，对不起。……"名人说。七段交抱双臂听到有风声，便说：

"还不到刮寒风的时候吧。称作寒风恐怕也可以，已经是十一月二十八日了嘛。"

昨夜的西风，清晨虽已平息，但还不时掠过长空。

白108手盯着左上角的黑棋，所以七段以黑109和111手守角，完全活了。这个角上黑棋的形如同棋谱难题一般，有多种多样的变化，若被白棋打入的话，不是死就是劫。

"这个角再不补一手就不行啦。债欠得太久了。欠债总得付出高额利息嘛。"黑109手启封时，大竹七段说。而且，这个角的谜也由黑棋消除而变得平稳了。

今天非同往常，上午十一点之前便进行了五手。但是，因为正值黑

115手终于要以胜败做赌,黑将侵削白棋大模样之时,所以七段是不会轻易下这一手棋的。

名人一边等待黑棋走子,一边谈起热海的重箱和泽庄等鳗鱼铺的话题。他还讲了过往的细节,说是当时火车只通到横滨,然后要乘轿子,在小田原住一晚上,最后才到热海。

"我十三岁左右,五十年前……"

"真是老话了!那时家父还不知出生了没有……"大竹七段笑着说。

七段思考过程中,说是肚子疼,离开两三次。他不在时,名人说:

"真是有耐性呀。已经一个多小时了吧?"

"快一个半小时了。"负责记录的少女答道,这时正午的汽笛响了。少女用其拿手的计时技术,估算了汽笛长鸣的时间:

"正好响了一分钟。发尾音时是第五十五秒。"

回到座位的七段,在额头上擦冬青油,然后使劲搓了搓手指。他身旁还放着微笑牌眼药,大家都在拭目以待,估计这样下去,十二点三十分午休以前是不会落子的,谁知十二点零八分时他却"啪"的一声又下了一手。

"唔。"依在扶手上的名人不由得小声说道。他端正坐姿,收紧下颚,睁开上眼皮,双眼凝视棋盘,就像要把它看穿一样。名人眼皮厚,从睫毛到眼球之间那道深深的界限使他凝视棋盘的双眸显得清澈生辉。

黑115手是极其坚实的一手,白棋必须坚守中央的地盘。这时,到了午休的时间。

下午,大竹七段先在棋盘前面坐下,然后又起身回到房间,在咽部涂了药这才过来。那药散发出一股气味。他还点了眼药,揣了两个怀炉。

白116手用了二十二分钟,其后直到白120手下得都很迅速。白120手形式上是一种稳健而缓慢的应手,但名人却在处于劣势的右下三角地带严密地控制了局势。那是一种决定胜负的气势。因为稍一疏忽就将损失一目以上,所以在这种细局里是不能让步的。而且,下这手微妙的、也许胜负见分晓的棋，名人仅用了一分钟，这也使对手心惊胆战。更何况，在下白120手之前，名人恐怕早就开始点目了吧？名人微微颤着脑袋，快速地点着盘上的目数——这种目算，简直可怖。

有人议论说，这盘棋的胜负仅在一目上下。如果在这里让白棋争得两目，那么黑棋也必须加强攻势。大竹七段如坐针毡，那充满稚气的圆脸上，第一次暴起了青筋。扇子扇得噼啪作响。

连怕冷的名人也展开扇子，神经质地扇了起来。我不忍心再看他们两人。过了一会儿，名人如释重负，轻松起来。执子将下的七段脱掉外袢说：

"思考起来没完没了。我都热了。对不起。"

受其影响，名人也用双手把衣领向后翻起，向前伸了伸脖颈。动作很是滑稽。

"真热，真热。思考时间又长了。真糟糕！——看来要下败着啦！好像要出问题呀！"大竹七段似乎在控制急躁情绪。经过一小时四十四分钟的长考，黑121手于下午三时四十三分封盘。

在伊东重开弈战三天以来的对局里，从黑101手到黑121手，共进行二十一手。至于双方所费时间，黑方为十一小时四十八分钟，但白方仅用一小时三十七分钟。如果是平常的棋赛，仅这十一手，大竹七段就用完规定时间了。

白黑双方耗时上的极度悬殊，只能认为是名人和七段在心理上和生理上存在着某种差异。其实，费时推敲原本也是名人的棋风。

三十七

每到晚上总刮西风。但是，十二月一日对局这天早晨，天气却格外晴朗，犹如什么地方升起了阳气一般。

昨天白天，名人下过将棋之后，又到镇上打了台球。晚上同岩本六段、村岛五段、八幡干事等人搓麻将，直到夜里十一点。今天早上，他不到八点就起床，到院子里散了步。院子里落满了红蜻蜓。

大竹七段的房间在二层，下面的枫叶还有一半是绿色。七段七点半起床。他说肚子很疼，说不定要病倒。桌子上放着十多种药。

老名人感冒似乎已好，年轻的七段身体却好像不断出毛病。七段比名人更加神经质，从他们二人的体形外表却看不出来。名人一离开对局场地，就竭力忘却棋局，耽于其他比赛。在自己的房间里，压根儿不碰棋子。七段即使在休息的日子里，似乎也要面向棋盘不停地研究中途暂停的棋势。他们不仅年龄不同，就是气质也是两样。

"神鹰号飞机到了吧？昨天晚上十点半……真早啊！"十二月一日这天早晨，名人来到工作人员房间里说。

面朝东南的对局室的拉窗上，映照着灿烂的朝阳。

但是，续弈之前却发生了一桩怪事。

八幡干事让对局者看过封印，然后拆开信封封口，手拿棋谱把身子探伸在棋盘上方，同时在棋谱上寻找黑棋封盘的121手，但却没有找到。

封盘的一手一般都是背着对方和工作人员由轮到封盘的棋手自己写到棋谱上并放进信封里的。上次中途暂停时，大竹七段是到走廊里写的。对局者在那个信封上加上封印，又装到另一个大信封里，最后是八幡干事加封的。这个大信封保存在旅馆的保险柜里，一直到下次对弈的早晨为止。所以，名人也好，八幡也好，都不知道大竹七段封盘的那一手。不过，因为旁人也有种种猜测，所以大体上可以估计出来。更何况封盘的黑121手是这盘棋的高潮所在，连我们这些观战的人也都屏息关注它到底会下在什么地方。

当然不会找不到。但八幡性急地扫视棋谱，一时竟没找到。他好不容易才找到，"啊"的一声摆上了黑子。但我离棋盘较远，不知道黑子下在什么地方，即使知道，也弄不清楚其用意何在。那一手下在上边了，远离酣战的中原。就连外行人也会觉察到，那一手简直就是打劫。我心中顿时笼罩上一层阴影，很不平静。难道大竹七段下的这一手是为封盘而封盘吗？难道他是把封盘手当作战术使用了吗？我怀疑，这种做法无耻而卑劣。

"我以为会走中原呢……"八幡干事苦笑着离开棋盘。

正值黑棋从右下朝耸立在中央的白模样进行削减的鏖战当中，照理不可能抽身到别的地方。八幡干事在中央到右下的战场上搜索，也是理所当然的。

名人针对黑121手，走白122手，使上边白棋做眼成活。如果疏忽，一团八目白棋就会死掉。那就等于没有应劫了。

七段把手伸进棋盒抓起了棋子，但他还是思考了好一会儿。名人则握拳膝上，歪着脑袋，屏住了气息。

黑123手用时三分钟，果然回手削减白地，先行侵入右下。然后，又以黑127手再度指向中央。黑129手则终于杀入白地之中。也就是说，打掉了刚才名人白120手扩大成三角的头部。

"因为受白强走120手的控制，所以黑也决心使出强走123至129手的手段。这种下法，在细棋里经常出现。这是要一决胜负的气势。"吴六段这样解说。

但是，名人却抛开黑棋的拼命攻击，从那里腾出手来反击右边，制止黑棋长出。我大吃一惊。这一手完全出人意料。我像中了名人的阴气一样，感到紧张起来。难道名人发现大竹七段独特的目标129手也有隙可乘，因而才摇身一变杀的回马枪吗？抑或是为歼敌人，不惜壮士断臂，以求激烈搏杀？总之，这白130手甚至让人感到它与其说是一决胜负的一种气势，莫如说是名人愤怒的一手。

"这可不得了，真不得了啊！……"大竹七段反复地说，同时思考着接下去的黑131手，临到起身去吃午饭时，他又说：

"干得太好了。下出了厉害的一手。实在惊天动地呀！这一手填了空眼，所以我被捆住了手脚……"

列席棋赛的岩本六段也感叹地说：

"所谓战争恐怕也就是这个样子吧？"

他的意思是说，实战当中常常会发生难以预料的事件，并因而决定命运。白130手就是如此。这一手使得对局者的腹案和研究，以及专业棋手（外行人自不必说）的估计，顿时全都化为乌有了。

我这个门外汉并不知道白130这一手正是"不败名人"的败着。

三十八

由于棋局非同寻常，午休时，不知道是我无意中跟着名人还是名人无意中邀着我们，回到名人房间刚刚坐下，名人就说：

"这盘棋算是完了。大竹封盘的那一手把棋给糟蹋了。就像在一幅精心描绘的图画上抹了一块黑一样。"名人声音虽小，但语气激烈。

"看到那一手时，真想干脆放弃算了。意思就是到此为止吧……我想也许放弃比较好。但是，下不了决心，又改变主意了。"

我记不清当时是八幡干事在场，还是五井记者在场，或者两人都在场，反正我们都一言未发。

"他是先下上那样一手，然后再利用两天休息时间仔细研究啊！太狡猾了。"名人倾吐了真情。

我们不便答话——既不能附和名人，也不好为七段辩护。但我们与名人抱有同感。

只是我万万没有觉察到当时名人会那样激愤和失望，竟致想放弃棋赛。面对棋盘的名人并没有把感情流露在表情和举止上。谁也没有发现名人内心的波澜如此巨大。

不过，当时八幡干事在棋谱上一时找不到黑棋封盘的121手，最后好不容易才找到，我们只顾注意棋盘，根本没留心名人。但是，名人在棋赛宣告开始，一分钟之内便下出了接下去的白122手。就是说，我们不可能知道名人内心的波动。而且这一分钟也不是八幡干事找到封盘手之后的那一分钟，到开始计时还有一段时间。尽管如此，名人在短暂的时间里就控制住了自己的情绪，对局态度没有丝毫改变。

名人当时若无其事地进行续弈，现在意外地听到他愤怒的话语，这更使我的内心受到震撼。从六月开始告别赛，一直坚持到十二月的今天，我对名人似乎更能够理解了。

名人始终把这盘棋视为艺术作品。如果把它看作一幅画，那就是在他兴致达到高潮、心情激动不已之时，突然有人在画面上抹了一块黑。在黑白双方轮番落子中，围棋也存在着创造意图和构思，蕴含着音乐一般的心声和旋律。如果突然跳出一个怪音，或者二重奏的一方突然弹出变调，整首乐曲就算毁了。围棋名局有时也会由于对方看错和看漏而最终毁掉。总而言之，对大竹七段的黑121手，大家都深感意外，充满震惊、奇怪和怀疑，所以它突然破坏了这盘棋的节奏和旋律，这是无可争议的。

果然，这封盘的一手棋，在棋坛和社会上，遭到物议。在这盘棋的这个地方下黑121手，我们外行的确感到异样和反常，很不舒服。但是，在专业棋手中，后来也有人认为在这里先下黑121手是适时的。

大竹七段在"对局者感想"中这样说道：

"黑121这一手，是我早晚要下的。"

在吴六段的解说当中，对黑121手的意义只是一带而过：在白走"5·一""6·一"一扳一接之后，"即使黑下121，白122不接而走'8·一'也能活。这样，黑打劫就难奏效"。大竹七段肯定也是出于这种意义下的那手棋。

因为正值中原鏖战之际，又是封盘的一手，所以惹怒了名人，让人怀疑。也就是说，中途暂停的一手即当天最后一手遇到困难时，作为缓兵之计先下出黑121这样一手，在三天后续弈之前，尽可以对今天最后应下的这一手进行充分研究。就是在日本棋院的段位晋升大赛当中，在最后一分钟迫近开始读秒之后，有的棋手也是被迫先走打劫之类的一手，以便再延长一分钟寿命。有的棋手寻找窍门，希望中途暂停和封盘的一手也都对自己有利。新的规则产生新的战术。伊东续弈之后，接连四次都是黑棋封盘，恐怕绝非全是偶然。"如果放松缓走白120手，那是不能令人满意的。"——对名人如此全神贯注的一手，应着却是黑121。

总之，大竹七段的黑121手使当天早上的名人愤怒、失望和动摇，这是事实。

名人在下完棋后的讲评当中，只字未提黑121手。

然而，一年后，在《名人围棋全集》中关于《棋谱选集》的讲评里，名人却明确表示："现在是黑121手能够奏效的机会。"又说："要注意，如果犹豫（让白下扳接之后），黑121手有可能发挥不了效用。"

既然对弈的对手名人如此肯定，那一手恐怕也就不存在问题了。名人生气，是因为当时感到意外。怀疑大竹七段的用心，那是大发雷霆时的误解。

名人也许是自愧不如，才在这里特意提及黑121这一手的。然而，《棋谱选集》的出版是在告别赛结束两年以后，而且就是他去世半年之前，莫非他是想起大竹七段曾因黑121一手成为人们议论中心，因此才心平气和地对这一手予以肯定的吗？

大竹七段所说的"早晚"，是否就是名人所讲的"现在"，对我这个外行来说，还仍然是一个谜。

三十九

名人为什么会下出白130这一败着，这似乎也是一个谜。

名人下这一手思考了二十七分钟，是上午十一时三十四分下的。思考近半个小时却下错了棋，这虽属偶然，但名人为什么不再等一小时，拖到午休过后呢？事后，我很为他惋惜。离开棋盘休息一个小时，也许就能下出正着，不会一时迷住了心窍吧？白棋的规定时间还剩二十三个小时之多。一两个小时根本算不了什么。然而，名人没有把午休作为战术使用。黑131手却赶上了午休时间。

白130手是个类似回马枪的一手，对此大竹七段也说"被捆住了手脚"，吴六段也解释说："这是个微妙之处，也就是说黑129断后，白棋的意思似乎是先以130手便宜一下。"但是面对黑棋的拼死之断，白棋不能稍有疏忽松懈。在双方激烈对峙之时，如果一方坚持不住，就将一败涂地。

自伊东棋赛重开以来，大竹七段一直是推敲又推敲，坚持再坚持，慎重而万无一失。而且，黑棋昂扬之力爆发的结果，就是129手的断。我们这些人对白130手的失误都大吃一惊，七段恐怕没有像我们那样心惊胆寒。如果白棋吃掉右边的黑四目，那么黑棋就只有踏破中央的白地。七段没有应白130手，而是把黑129手扩展到131手。果然，名人转过头来用132手应付中央的局面了。恐怕先以白130手应黑129手就好了。

名人在讲评中感叹道：

"白130手，这是败着。这一手暂且断在'17·九'上，是等待黑棋回答的一步。倘若黑棋应在'17·八'上，那么130手就正确了。也就是说，即使接下去黑131手长，白棋也用不着顾忌黑棋在'16·十二'的跳进，所以就能悠然自得地防备在'12·十一'上。从其他任何一个变化上来看，局势也都比棋谱要复杂，是一场相当细微的争夺战。遭到黑133手以后的大举进攻，这正是白棋的致命之伤。后来，虽竭力扳回，但已无法挽狂澜于既倒。"

白棋这决定命运的一手，也许是名人心理或生理上的一个破绽。白130手看上去既厉害又老练，当时我这个外行以为名人要反守为攻了，但又感到名人似已忍无可忍，甚至于大动肝火了。可是，据说如果白棋能对黑棋先断一手，这一手也就好了。白130这一败着未必是名人今早对大竹七段封盘一手感到愤怒的余波，但谁知道呢。即使名人自己也未必知道自己心中的命运波澜和妖魔之风。

名人下出白130手之后，不知从哪里传来了一阵尺八声，使盘面上的风暴略有缓和。名人侧耳倾听，显出一副若有所思的神态，口里说：

"高高山上看谷底，瓜儿茄子花盛开……初学尺八，都要先学这一首。还有一种乐器比尺八少一个孔，叫竖笛。"

黑131这一手，中间隔着午休，大竹七段用心思考一小时十五分钟，下午二时曾一度抓起棋子，但马上又"哎呀"一声思考起来，一分钟以后才落子。

看到黑131这手，名人笔直地挺起胸脯，探着头，焦躁地叩击桐木火盆的边缘。一边敏锐地扫视着盘面，一边盘算起来。

黑133手再断黑129手断过的白棋三角的另一方，叫吃三目，然后直到黑139手连续叫吃，迅速推进，发生了大竹七段所谓的"惊天动地"的重大变化。黑子冲进了白模样的正中央。我感到仿佛听见了白阵轰然崩塌的声音。

白140手是直接逃脱好呢，还是吃掉旁边的两目黑子好呢？名人一个劲儿地开合手中的扇子：

"弄不清楚。好像都一样。弄不清楚。"他下意识地低声嘟囔着，"弄不清楚。弄不清楚。"

但是，这次也是意外地快，只用二十八分钟就下出来了。过了一会儿，三点钟的点心送上来了，名人便对七段说：

"吃些蒸寿司如何？"

"我肚子不大好……"

"用寿司治治如何？"名人又说。

大竹七段谈到名人的白140手时说：

"我以为这手就该封盘了，可他还要下。……不停地下，真吃不消啊！这么被迫地下，再累人不过了。"

名人一直下到白144手，黑145手封盘。大竹七段抓起棋子刚要下，但又思考起来，这时到了中途暂停时间。名人寂寥地环视一下盘面，一动也没动。他的下眼睑发热，有些浮肿。在伊东对局过程中，名人一再地看表。

四十

"我想，如果今天能下完，就下完吧。"十二月四日早晨，名人对工作人员说。在上午对局过程中，他对大竹七段也说："今天下完它吧。"当时，七段默默地点了点头。

这盘长达半年之久的棋赛今天终于要结束了？一想到这里，我这个忠实的观战记者心情也激动不已。名人的败局早已有目共睹。

虽然时间还是上午，但七段从棋盘前起身出去时，名人看着我们说："都下满了。没地方可下了。"然后，他轻轻地微微一笑。

不知是什么时候叫的理发师，今天早上名人把头剃得像和尚似的。来伊东的时候，将住院时留的长发梳成分头，还把白发染黑了，可是现在又突然理成极短的平头。给人的印象似乎名人会装模作样，但他仿佛把什么东西洗掉了一样，显得容光焕发，简直返老还童了。

四日是星期天，院里开了一两朵梅花。从星期六起，客人有些拥挤，所以今天把对局室迁到新馆。名人的隔壁一向是我住着。名人的房间在新馆里边，在他上面二楼的两个房间，头天晚上由棋赛的工作人员占据。也就是说，不接待其他客人以保证名人睡眠。大竹七段本来住新馆的二楼，但昨天还是前天搬到了一楼。他说身体不好，懒得上下楼。

新馆面朝正南，庭院开阔，阳光直落到棋盘近处。等待封盘的黑145手启封的工夫，名人也歪头凝视着棋盘，紧锁双眉，一副严峻的神态。也许是因为胜利在望，大竹七段取子布棋的速度也快了。

即将进入终盘以后，棋手的紧张程度，有别于布局和中盘阶段。高度紧张的神经更加敏感。连探身下棋的姿势都会带上威严。宛如锐利的尖刀在交锋，呼吸都会急促兴奋起来。仿佛智慧的火花正在闪烁。

若是普通的棋赛，大竹七段到最后才会全力以赴，甚至最后一分钟能下出一百手。但是，在这盘棋赛里，尽管还有六七个小时的余裕，一旦进入终盘，七段竟也顺着竞争意识的急流奔腾而下，一往无前。他好像在催促自己，时时不由自主地把手伸进棋盒，而后又突然陷入沉思之中。连名人有时也抓起棋子，然后又犹豫起来。

这种终盘，令人心旷神怡，有一种美感，宛如灵敏的机械、精确的数理在飞速运作，同时又秩序井然。虽说是一场战斗，但却以美的形式出现。目不斜视的棋手更增美感。

从黑177手到180手左右，大竹七段似乎思如泉涌，为之心醉神迷。他那丰满的圆脸，好像是完美无缺的佛面。也许是因为进入了艺道的法悦境地，那张脸神圣庄严，简直无法形容。看来他根本想不起肚子不好之类的事情。

也许是因为放心不下而不便待在房间里，大竹七段夫人刚才一直在庭院里抱着那个桃太郎一般可爱的婴儿，从远处向对局室方向张望着。

海边传来汽笛的长鸣，正好停息，下出白186手的名人突然抬头朝我们这边和蔼可亲地招呼道：

"这里空着呢！这有空位子呀！"

今天，小野田六段因秋季段位晋升大赛已经结束，也到场前来列席棋赛。此外，八幡干事、五井和砂田两位记者、东京日日新闻社的伊东通讯员等，这盘棋赛的工作人员全都聚集过来观看着即将逼近的终盘。大家憋屈地挤在靠近隔壁房间的角落里，有的人竟站在隔扇后边。名人意思是叫他们过这边来观看。

大竹七段的佛面也是昙花一现，很快又斗志昂扬，充满活力。名人瘦小的身躯着实坐得端庄稳重，看上去显得很高大，简直能使四周鸦雀无声，他片刻不停地盘算着。七段下过黑191手之后，名人马上把头缩了回来，猛地睁大眼睛，两膝朝前凑了凑。两人的扇子扇得声音大作。黑走195手后便到午休了。

下午,又搬回旧馆六号房间往常的对局室。中午过后天阴了起来,乌鸦不停地聒噪。棋盘上方点了灯。一百瓦的灯泡太亮,用了六十瓦的。棋子映在棋盘上的影子,依稀能分辨出颜色来。可能是出于旅馆的良苦用心,要装饰一下这最后一天比赛。壁龛的挂轴换上了川端玉章的山水双幅画,供着骑在大象上的佛像,旁边摆着胡萝卜、黄瓜、西红柿、香菇和鸭儿芹等供品。

我听说像这盘棋这样的大赛,接近终盘时,残酷得目不忍睹。可是,名人不动声色。仅从态度上,根本看不出名人失败。从200手左右开始,名人面颊上也带上了红潮,破天荒地摘掉了围巾,情绪激昂起来,但是姿态依旧凛然如故。黑237手结束时,名人早已平静下来。他默默地填上一个眼,这时,小野田六段问道:

"是五目吧?"

"嗯,五目……"名人低声地说,抬起微肿的眼睑,已不想复盘了。终局时间是下午二时四十二分。

次日,谈完对局者感想之后,名人这才微笑着自己复了盘:

"当时没有复盘就定为五目,但是……估计是六十八对七十三。实际复盘一下可能会更少一些。"

结果是黑五十六目,白五十一目。

在白130这手败着导致黑棋破坏白棋之前,谁也没有料到,会有五目之差。名人说,白130手之后,在160手前后,忽略了"17·十八"的先手之断也是失策,失去了"多少缩小几分败差"的机会。由此看来,即使存在白130这个败着,差距也该在五目以下为三目左右,所以如果没有白130这手败着,同时不发生"惊天动地"的巨大变化的话,那么这盘棋的胜负又将如何呢?黑棋会输吗?外行人是弄不清楚的,但我不认为黑棋会输。看着大竹七段参与这盘棋赛的决心和态度,我几乎相信:就是咬碎棋子,黑棋也非要取胜不可。

但是,话又说回来,六十五岁的老名人在病痛折磨之下,能令对手，当今棋坛头号人物的拼命追杀基本失去先手之效，应当说下得非常精彩。他不利用黑棋的恶手，又不施展计谋，而是自然而然地把棋赛引向微妙的胜负。恐怕是他对病情的不安，使他最后失去了耐性。

"不败的名人"在告别赛中终于败北。

"听说名人一向主张，唯有对第二把手，也就是仅次于自己的人，要全力以赴地应战。"一位弟子说。名人是否亲口说过这样的话姑且不论，但是名人一生始终奉行这个原则。

终局次日，我从伊东回到镰仓的家，还不等长达六十六天之久的战记完稿，就像要从这盘棋赛中逃脱出来一样，很快就踏上了前往伊势、京都旅游的征途。

名人依然留在伊东，听说他体重都增加了一公斤多，变成三十一公斤了。还听说他曾带着二十面盘石去士兵疗养院慰问伤员。昭和十三年年底，当时温泉旅馆已经开始用来充当伤兵疗养院了。

四十一

告别赛后第三年，因是正月时的事，所以也就是棋赛过去一年多一些的时候，名人的内弟高桥四段在镰仓私邸教授围棋，名人带着入门弟子前田六段和村岛五段二人出席了那里的开学仪式。那一天是正月初七。我同名人久别重逢。

名人坚持着下两局练习棋，看上去他有些吃不消。手指已捏不紧棋子，下子如同轻轻掉落一般，简直没有声音。下第二局时，有时呼吸艰难，眼睑开始有些浮肿。我想起了在箱根时的名人，尽管形象并非那么鲜明。名人的病情没有好转。

今天对手是非专业棋手，本来不存在任何问题，可是名人还是很快就进入了忘我的境地。因为去海滨饭店吃晚饭的时间到了，第二局下到黑130手就告一段落了。这盘棋对手是个很厉害的业余初段，胜了四目。黑棋的棋风是中盘加力,它破坏了白棋的大模样,形成了白棋稍薄的棋局。

"黑棋好像挺好的吧?"我问高桥四段。

"嗯,黑棋要胜了,黑棋厚实,白棋处境困难呀。"四段说。

"名人似乎也恍惚了。他和以前大不一样,变得脆弱了。已经真的下不了棋了。那次告别赛以来,他明显衰老了。"

"好像突然上了年纪似的。"

"嗯,最近完全变成一位性情温和的老人了……如果告别赛取胜的话,他恐怕就不会这个样子了。"

在海滨饭店告别时,我同名人相约道:

"改日在热海再会。"

一月十五日,名人夫妇到达热海的鳞屋旅馆。那以前,我一直滞留在聚乐旅馆。十六日下午,我们夫妻二人走访了鳞屋旅馆。名人立刻拿出将棋棋盘,同我下了两局。我的将棋水平较差,同时又提不起精神来,所以尽管他让我两马,我还是不堪一击地败下阵来。名人再三挽留我们,说是吃过晚饭要好好谈一谈。

"今天太冷,我们就告辞了。以后找个暖和日子,再陪您去重箱店或竹叶铺吧。"我说。那一日,天上好像飘着雪花。名人是喜欢吃鳗鱼的。我回去之后,名人洗了热水澡。听说是夫人从后面把手伸进名人两腋下支撑着他洗的。过一会儿,名人就寝,后来就胸部疼痛,呼吸困难起来。而且,第三天黎明前便与世长辞了。噩耗是高桥四段用电话通知我的。我打开套窗,太阳还没有出来。我想:不会是我们前天的造访损害了名人的身体健康吧!

"前天,名人极力挽留我们同他一起吃晚饭,可是……"妻子说。

"是啊!"

"名人夫人也是那样地挽留,可我们硬是要回家,我觉得很不好。他们已经吩咐女佣带我们进屋。"

"我知道。我担心天冷,怕对名人身体有什么不好……"

"他会这样理解吗?……难得他有这份心意,他会不会不高兴呢?……看样子他是真心实意不愿让我们回去的。老老实实听他的就好了。他是不是有些寂寞啊?"

"好像是有些寂寞。唉,不过他总是这个样子的。"

"那天很冷,他还特意送到门口……"

"别说了,够了……讨厌,我已经厌烦了。有人会离我死去,我已经厌烦了。"

名人的遗体当天就被运回东京,从旅馆正门搬上汽车时,裹在被子里,细细小小的,像空的一样。我们站在不远的地方,等着汽车出发:

"没有花!喂,花店在哪里?去买束花来!车要开了,赶快……"我吩咐妻子说。妻子跑着回来。我将花束递给坐在灵车里的名人夫人。

(1938—1952年)

岁月　ひもつきも

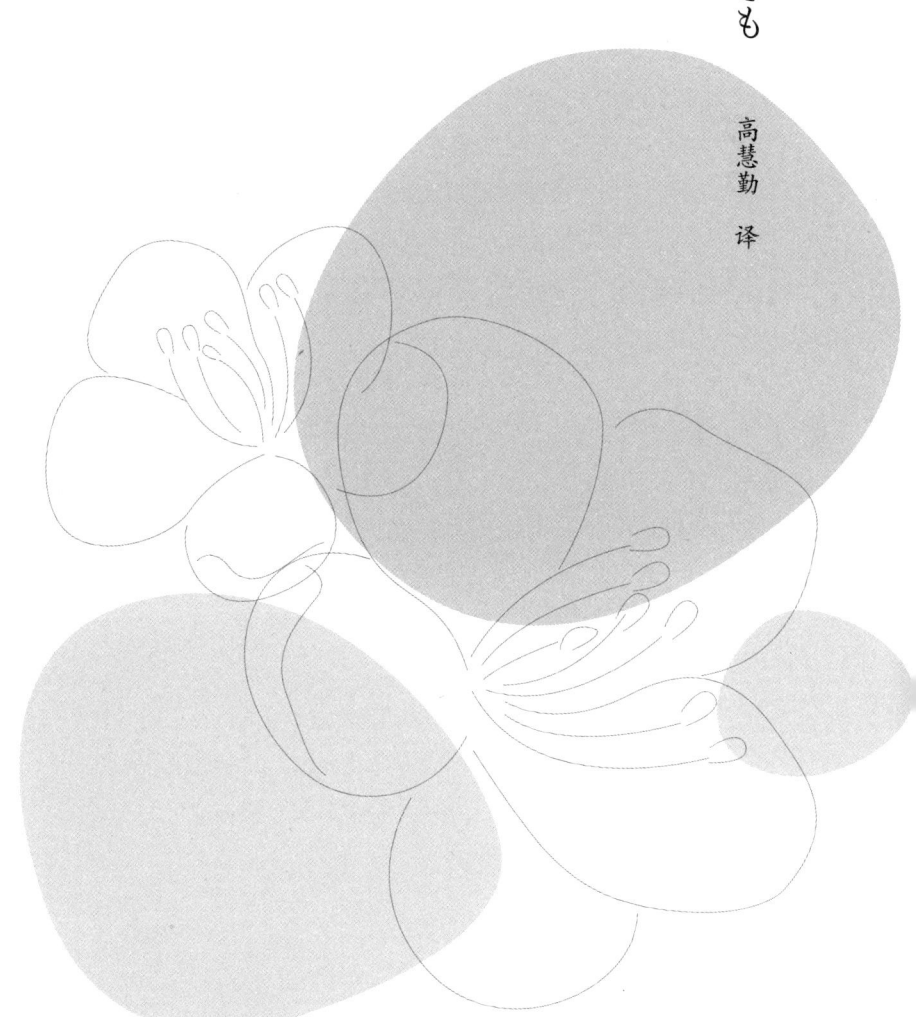

高慧勤　译

光悦[1]会上

一

京都时值秋日,阵雨频频,今天就雨意颇浓。

经过大德寺,一回头,比睿山顶已笼罩着一层薄薄的雨云。

为打听去光悦寺的路,便停下车来。

"爸,您也不认路么?"

"战前去过一次,那天风和日丽,是走着去的,一直走到大德寺的孤篷庵前。再说,那已经是十年前的事了。"

父亲把帽子撂在旅馆里了。看他秃头光光,松子一时兴起,想回忆一下十年前父亲的头是什么样子。可真一点儿都记不得了。不过,他那又大又圆的脑袋上,要是稀稀拉拉还留下几根头发,反而显得滑稽。

一会儿,松子见司机停下车,一心等着向过路人问路,对他的耐性,觉得很可笑。

这条仿佛是郊外的乡村小路上,走来两位老婆婆。

"打这儿拐过去就成。鹰峰那儿有茶会,去的全是这样的汽车,密密麻麻的。"

司机将头从车窗缩进来,老婆婆又补充说:

---

[1] 本阿弥光悦(1558—1637),江户(1603—1867)初期艺术家,世代以鉴定刀剑为业。至光悦一代,在书法、绘画、陶瓷、漆器等方面均有极高造诣。按祖传所制茶道用碗"乐家茶碗",为茶具中的名品。晚年隐居于幕府将军德川家康所赐洛北鹰峰,这里逐渐形成光悦村。

"用不着再打听啦,一直开到有白墙的庙前就到了。"

在狭窄的小路上开了一会儿,便来到那座寺院的白色围墙前。

"源光庵……"

松子念着寺名。

寺前似乎有一条路,"密密麻麻的"汽车能一直通到茶会那里。松子他们这辆车刚才开错了路。

光悦寺的门前,有座颇具乡村风格的房屋,从茶会上出来的人都挤在那房前的屋檐下。阵雨似停似下。也许并非为避雨,而是在等车。

"爸,乐先生站在那儿呢。"

"什么?"

父亲声音呆滞地反问。

松子已经打开车门,又不好意思用手指人家,便自己先下车。候在车旁,摆出帮大胖子父亲下车的姿势。举步之前,松子半带犹疑,微微点了点头。可是,乐先生并没发觉有人同自己打招呼。

他好像逮着松子他们乘来的出租车,坐上去就开走了。

松子在光悦寺的铺路石上边走边说:

"那位胖胖的,就是乐先生呀。不过没有爸您这么胖……"

"还挺年轻嘛。"父亲说。

今年春天,当代掌门人乐吉左卫门先生应邀去镰仓,在圆觉寺展出乐家茶碗[1]。会上,松子认识了乐家的当代传人。

大厅里,在壁龛和条桌上,陈列着乐家历代制作的茶碗,有初祖长次郎、二祖常庆、三祖道入,直到十二祖弘入、十三祖惺入的作品。同时有每件作品的制艺特色的介绍。并且,还用京都带来的陶土,现场表演茶碗的做法。乐先生讲话的样子,气度豪迈,简明扼要,听来痛快。壁龛和

---

[1] 京都人长次郎(1516—1592),得茶道名家千利休指导,烧制成的茶具为丰臣秀吉所喜,赐以"乐"印,遂用为家号,所制茶碗便被称为"乐家茶碗",按釉色分白、黑、赤三种,其技艺世代所宝,相传至今。

条桌上摆着四五十件乐家茶碗,以及名贵的参考器物,竟让众多的观众拿在手上随意把玩,真叫松子惊讶不已。心想,这就是乐先生的为人吧？所以,那次茶会令人愉快,而且意味深长。

松子那时因失眠而日渐虚弱,连看绿叶都觉得刺眼。可是正因此,长次郎和道入等人的茶碗,看上去反而显得美得那么水灵。当时的松子,只要稍一招惹就会哭出来。因此,手中的茶碗也应有知,她是以心去感受的。那半天工夫,居然能让她忘掉爱情的哀痛。

于是,圆觉寺乐家茶碗展便给松子留下了印象。回想起来,当时她虽然忍着没哭,却似乎有一滴清泪,不知落进乐家的哪只茶碗里了。

松子怕抛头露面,便站在与会的一百五十来人的后面,仿佛藏在人群里,所以,乐先生不可能认识松子。

二

在光悦寺正殿前接待处,父亲付会费的工夫,松子在观赏白山茶花。那是僧房门旁的一棵,老大的树,给修剪成椭圆形。满树繁花,一片烂漫。

十一月十三日,从上午十点开始,为本阿弥光悦做佛事,十二、十三连着两天,有追荐茶会。大茶会上要展出珍品名器,与东京的大师会同样知名。松子他们乘的是明星号夜车,十三日早晨五点到的京都,在旅馆稍事休息,过午便出来了。

佛事早已结束。松子和父亲依然去参拜了正殿,又从正殿经过僧房来到院子里。木屐上,粘着潮湿的泥土。院子中间的太虚庵很拥挤,所以,先去了后面的骑牛庵。

今年的骑牛庵,由光悦会东京分会主持点茶。虽说是浓茶,一天之间竟有三百来位客人,于是,便在休息室里点茶,茶室只供参观茶具。再说,松子的父亲朝井并非茶道圈里的人,特意从东京赶来,他不过是想,女儿既然学茶道,该让她来一次,到光悦会上见识见识。

"芭蕾和茶道,似乎是战后你们这些小姐家的时髦玩意儿吧。芭蕾和茶道,搭配得真是妙极。这也是和魂洋才的新形式哩。跳芭蕾要打扮得高雅洋气,茶会上,则要穿华丽的日本和服……"父亲这样打趣女儿。

然而,朝井事先并没忘记提醒松子:不要把光悦会这样的大茶会当成茶道中的庙会,以为在华丽的人群中发现不了茶道的根本精神和形式,那样,就大错特错了。朝井知道,女儿为了抚平内心的波澜才去学点茶的。所以,他怕来到这天下第一大茶会,反使松子对茶道的幻想破灭。

骑牛庵的休息室里,有一幅画着葡萄的彩色挂轴,说是光悦之孙空中斋光甫的手笔,朝井正看得好稀罕。

"爸!"松子小声招呼说。刚点好的茶已被麻利地端了过来。

前一拨客人正在茶室里面,朝井便在松荫下等着,回首向后山一望,忽然发现道:

"咦?变成秃山了!是战争时期砍光的吧?"

两峰呈圆形,山容端正,该是光悦当年朝夕眺望的小山。记得战前来的那次,正是满山青翠,怡情悦目。两座山峰,一座叫鹰峰,一座叫鹫峰,光悦寺则坐落在鹰峰。光悦经营的艺术村如今早已荡然无存,现在的寺院与茶室,历史不算太久,可是,两个圆圆的山峰已然变得光秃秃的了。

有诗句云:"两山遥相对,阵雨纷洒光悦寺。""黄昏日落时,阵雨霏微望山头。"秃山上究竟下没下阵雨呢?朝井摊开手掌试了试,雨丝竟细得测不出来。两山峡谷中,有间奇怪的小屋。

"说是在挖锰矿呢。"一位像是点茶师傅的妇女告诉说。

前面的客人像是出来了,一回头,从茶室右侧的山边,远远能望见京都的街市。

没分什么顺序,父女俩排在第四、第五位。松子跟在父亲后面走进茶室,在暗淡的壁龛里,伊贺花瓶的色泽,好似微光莹然一点,一眼就把她给吸引住了。那瓶宛如一枚神秘的夜光贝,在海底熠熠生辉;经水打湿后,格外艳丽妖娆。伊贺瓷的釉面青里透黄,给周围那片微明薄暗一衬托，愈益显出蓝莹莹的光泽。走近跟前，花瓶下半截灰里透黑的部分，也带着水。花瓶上面有耳，立在那里显得强劲飒爽。

墙上挂的是寸松庵的色纸[1]，上面题的诗是："山村秋日分外寂"。茶釜是东山殿[2]所喜欢的芦屋釜，釜上的松树系光信绘制的底样。茶碗是光悦手制的黑乐碗，为七品中的"雨云"，松子以前曾耳闻其名。本来打算传到跟前时仔细欣赏一番，可是，茶室内光线略暗，加上自己的影子，釉药流过黑地上形成的花纹，使人联想起雨云这一景色，却没太看清。茶勺是空中斋的"共筒"，据说是他八十二岁时所作，上面刻的题款，字体细密，看起来也很吃力。茶叶罐是"中兴名品"[3]，水罐是"云州藏帐"，总之，俱是名贵之物。但是，松子的目光依然时时投向壁龛里的花瓶。在暗淡的光线中，别的茶具，远不及伊贺瓷釉那么润泽优美。

那插着白茶花，如同蓝色的萤火虫般的光泽，让松子看出了神，等那只古铜"砂张"废水罐传到膝前时，松子懵懵懂懂居然伸手拿了起来。

"当心沾上手垢……"

旁边的客人悄声对松子说。可是坐在主人席上的主持人说：

"没关系，不怕的，请吧。待会儿再擦……"

古铜"砂张"，既不能沾上手垢，也不能用粗布擦，不然的话，会留下划痕的。

三

太虚庵的活动今年由名古屋分会主持。

低矮的栅栏，是将竹子弯起来编成的，人称"光悦篱笆"。在墙外等的工夫，松子对父亲说：

---

1 用以书写和歌、俳句或用以绘画等特制的方形厚纸板，上面饰以金箔、彩色花纹等。
2 因室町幕府第八代将军足利义政（1436—1490）晚年出家隐居京都东山而得名。
3 江户初期，茶人小堀远州（1579—1674）所选定的茶具精品，称为中兴名品。

"里千家[1]的二少爷也来了。"

"你认识不少人嘛。"

"从《淡交》上的照片认识的……"

松子正目送那人的背影，赶紧闭上嘴，缩回身子，躲在父亲的身后。

一位高个子青年与里千家的二少爷交臂而过，正向这边走来。他好像认出松子，脚步停了一下，似乎改变主意，径直走了过来。

"想不到在这里遇上……"

"爸，是高谷先生……"松子说。在提醒父亲之际，自己也尽量镇静下来。

"哦——"

比起高谷，做父亲的似乎更不放心女儿，站在那里，不动声色地像在回护女儿，一边给高谷还了一礼。

"我是到京都来，正好碰上了……"高谷挑了挑浓眉，"特地从东京来的人，真不少呢。"

"就你一个人？……"朝井慢条斯理地问。

"唔……"

高谷避而不答。

"玄琢的茶会去过了么？还是这就去？我因顺路已经先去过了。如果不碍事，我送送你们。"

"不必了，谢谢。"

太虚庵的壁龛里，也是在伊贺瓶里插着含苞待放的白茶花，还挂了一方升形色纸。松子因为遇见高谷幸二，心神不定，上面的诗没看懂。一只两侧花纹各不相同的高丽产伊罗保茶碗，也没太看清楚。心里乱糟糟的，觉得幸二准等在外面，可又怕走出茶室。

果不其然，幸二等在外面。

---

1 日本茶道流派之一，由千利休之孙宗旦的第四子宗室开创。

"又下起阵雨来了。我送你们过去吧。"

松子望着父亲，可幸二的车已经停在那里。

正要随父亲上车，一眼瞥见后面座位上搭着一条漂亮的女人围巾和外套，松子不禁怔在那里。幸二在门边等着。松子感到朝幸二的那侧脸颊火辣辣的。她身子前倾，尽量不碰身后的女人衣物。

一转眼就到了玄琢的土桥别墅。

"那么，我在此失陪了。"幸二在大门口告辞说，"这是旅馆的车，你们回去时可用。"

"不必了。回去时，打算走到大德寺……多谢了。"

"要是下雨就麻烦了。我可以坐同伴的车。请不用客气……"

幸二向后退了两三步，像是把车硬塞给朝井似的，然后才正面望着松子，眼里满含着忧愁。

"再见。"

松子垂着目光说：

"幸二少爷，车里的东西……"

"啊，对了。"

幸二举止失措地踅回去，笨手笨脚地一把抱起女外套和围巾。要是叠起来交给他就好了，松子虽想到，却已来不及了。

四

走进土桥别墅的大客厅，已经有四五十位客人先期等在那里。朝井吃了一惊：

"是雪舟啊！"说完，就从坐着的人群中间挤了过去，靠近壁龛。

挂的是雪舟的一幅山水画，上有牧松和了庵的题跋。这是国宝名画。

画的正中，两棵松树高高屹立在磐石之间，枝叶舒展。同周围的岩石、房屋，以及石山相比，两棵松树显得大得多。并且，比对岸的水平线,远处的山峦也高出不少。水面渐渐渐阔,波平如镜。天高云淡,深邃寥远。显示出雪舟精湛的透视技法。松树后面的岩石下,有茅屋一椽。一位高士,后随书童,正在岩石间开出的小路上拾级而上。人物所处的位置,就在松树前,与松树屹立的磐石相连的石板下。画面上两棵松树,是硕大的中心,如同雪舟其人。

朝井在壁龛前一直没有动弹。

"这是可遇不可求的名画,要用心仔细看。"一面对松子说一面想,真是巧合,"画上的松,可是松子的松呀。"

松子对着画凝坐不动。朝井希望女儿能多看一会儿。

"了庵桂梧的题跋,也是很有名的。"说着,把标有题跋读法的纸搁在松子面前,念道,"永正丁卯上巳前一日,了庵书于云谷寓舍,时年八十有三。这是他去周防,在雪舟的故居写的。牧松遗韵,雪舟仙逝,天末残生,惊破春梦。意思是,先前牧松的题跋,已成遗墨,雪舟也去世了。八十三岁的佛日国师,想起他们两人犹感亲切,不禁又想到自己也垂垂老矣。人间何处卜长生。了庵活到九十一岁。雪舟也活到八十七岁,据说这幅画是他八十岁以后的作品,真是精妙绝伦啊。活到八九十岁,实在是漫长的一生,以松子你们的年轻,还不至于惊破春梦。"

香炉是薄胎青瓷的"千鸟",红地金泥彩花瓷的花瓶,都是珍贵的艺术精品,不过,朝井更希望雪舟的山水能打动松子的心,让她从烦恼中解脱出来,哪怕一小会儿也好。

按照牌上的顺序依次进茶室,等的时间较久,所以朝井便慢慢儿浏览茶会记事。这儿由大阪分会负责,点的淡茶,壁龛里陈列着定家[1]的怀纸[2],

---

1 即藤原定家(1162—1241),镰仓(1180—1333)初期的代表诗人,诗歌理论家与古典学者。所编《新古今和歌集》《小仓百人一首》等诗集至为有名,《每月抄》等为诗歌理论代表著作。

2 书写诗歌、连歌、俳句等正式用纸,尺寸大小、折叠方法、书写格式等均有规定。

花瓶也是伊贺瓷,水罐是仁清[1]的彩绘龙田川,茶碗有中兴名品,以及远州藏帐、云州藏帐这些江户鱼屋碗,替换用碗则是道人的黑乐碗,款识为"腰蓑",釜盖架是青瓷竹节,等等,不一而足。

松子一个人出来站在廊下。见父亲走过来,便说:

"在亮处看,红地金泥彩花瓷显得更漂亮。"不过,在父亲过来之前,她一直惘然望着挨着院子的稻田和对面的小山。

淡茶茶会里人很拥挤,简直是腿挨着腿。"因为这是最后一拨客人了。"主持人是位老者,由他点茶。他说拿出仁清的龙田川水罐,那可是难得有的事。

院里的农舍内,还有一处由京都分会主持的浓茶会,照说那儿展出的也有寸松庵的色纸,极品[2]水釜,茶叶罐是"利休地藏",还有茶勺等,尽是一些名品。因怕天时太晚,朝井便乘了幸二留下的车回去了。

在旅馆洗完澡,从正在对镜化妆的松子身后走过时,朝井说:

"怎么,只涂了上唇?下唇呢?……"觉得奇怪,便停住脚。只把上唇涂红,下唇没有颜色,镜子里看,松子显得很异样。

"哪儿呀。要这样涂。"松子合上双唇,然后将下唇轻轻一抿,便沾上了口红,再用指尖把口红涂匀。

"哦,原来是这样。"

"想涂得淡一点,这样就行。"

朝井心里想,有一阵子没看女儿化妆了,便站在那里瞧着她。

---

1 江户初期的陶工,生卒年不详。
2 日文为"大名物",系指室町中期至茶道集大成者千利休(1522—1591)之前的茶具精品,大多为由中国传入日本的茶具。千利休时代的茶具精品,日文称作"名物",本书译作"名品"。

秋色斑斓

一

在京都站,朝井买了两三种剩报纸,然后乘上特快鸽子号。

因为是下午,早报已在旅馆里看过,旅馆里没有的报纸,车站上的小卖店里倒还有。

天皇驾巡京都大学的时候,学生发生了骚动。那天是十一月十二日,是朝井带女儿到京都前一天的事。十三日,他们从光悦会回到旅馆,看晚报之前,一直不知道京都城里竟然出了那种乱子。

"昨天还出了号外呢。"旅馆女佣说。

"是吗?号外也出了?"

朝井故意用一种特别的说法。将号外变成主语,用的是敬语体。要是说成"还出版了号外吗?"就更好了。

在京都和大阪,不论说什么都爱使用敬语。方才有人说,阵雨"这会儿不下了"。朝井听了觉得很婉转,所以,便在号外后面,用了敬体。

然而,报上登的"骚扰天皇驾临"一事,大标题为《空前未有,不祥之事》,却让朝井很为震惊,也是为了平复自己的情绪,才故意这么说话的。

大学生在正门内列队迎接天皇的汽车,既没山呼万岁,也没唱国歌《君之代》。汽车刚一开过,他们立即唱起了《和平之歌》。不久,又围着天皇的空车,继续唱这首歌。警察拥进校园。于是学生和警察发生冲突,竟高唱起《国际歌》。天皇离开时,汽车是在警察围成的人墙里急忙开走的。

全体学生自治组织——京都大学同学会，本要向天皇递交《致天皇公开质问信》，也未获允准。"公开质问信"也罢，"天皇裕仁台启"这一称呼也罢，朝井感到很不习惯。正像战争结束诏书以及战后宪法所宣称的，天皇，"作为持有主见的个人，希望能致力于世界的和平。身为一国之象征，倘对民众之幸福，世界之和平，毫无任何主见，不能不说是日本之悲剧"。看来，学生们是在呼吁和平，表达他们的意愿。"为了太平洋战争，而成为军国主义的支柱"，在天皇的名义下，"许许多多年轻人魂归大海，呼号连天，含恨而死……"质问信上的这句话，令朝井想起自己的两个儿子，两人都阵亡了，如今只剩下女儿松子一人。小儿子当时还是个学生，便出征上了战场。

现在，学生们害怕天皇再度成为"战争意识形态的支柱"，"重蹈覆辙"，对于曾经有过两个儿子的朝井来说，并不能认为是别人的事。

京都大学事件，和光悦寺茶会，发生在同一天，同一个京都，而他们，竟然在第二天出席茶会之后才知道。

"唉，什么世道都是这么回事。"

朝井自言自语，依然觉得不同寻常。

回想之下，几百年前战国时代武将的茶道，同现时代似乎是不合拍的。

朝井上了火车还在看报，专拣事后报道的那些有关消息看，一边看一边想，松子若是个男孩，又正在念书，会怎么样呢？不过，他跟松子什么也没说。

"爸，今儿好像是七五三[1]节呢。"松子说。

眺望窗外，有三位母亲正领着七、五、三岁大的孩子，走在村里的小河边上。

---

[1] 日本儿童的一个节日。每年11月15日，凡三岁、五岁的男孩与五岁、七岁的女孩，都过此节，以祝贺他们的成长。

火车已驶出很远，松子仍回头望着他们。

朝井心里思忖，松子准是想起自己小时候的事，想着离弃她的母亲吧。

二

秋意浓，红叶飘零洒满庭。——正如松子在京都茶会上看到的这首和歌所描写的，才离开三四天工夫，回来一看，镰仓家里的院子，也红叶飘零，落了许多。可是，镰仓的红叶不及京都的美，而且也红得晚。

因为松子家坐落在一个小小的山谷里，大门上的信箱，也洒上了落叶。

信箱里，有一封松子母亲化名的来信。

"是叫谁写的呢？"松子打量着信封上的笔迹。

即使是化名，要是信封上的字是母亲的亲笔，父亲也会认出来。山垣绫子这个化名，用的是松子同学的名字。但是信封的字，却不是绫子写的。倘若真绫子和假绫子同时来信，叫父亲看到了，字体不一样，想必会引起他的疑心。

松子把母亲的信从毛衣下面藏到怀里，回到自己的房间。

十一月十七日，镰仓近代美术馆开馆招待日那天，母亲说她要来。信上还说，希望十二点整，在八幡宫的舞殿那里见一面。

"十七号？不就是今天么？真糟糕！"

母亲既然到了镰仓，难免碰上熟人。一想到母亲丢人的事，松子就会脸红。

可是，今天八幡宫里，里千家的掌门人淡淡斋宗匠要向神佛献茶。献茶大概会在舞殿那里举行。那么，松子便得在舞殿周围的人群里与母亲碰面了。

昨天夜里，松子本来已经把今天要穿的和服打点好。看过献茶之后，她还打算到茶会上去。要是穿一身艳丽的和服与母亲会面，那就太惹人注目了。这样一想，便换了一套黑色的西服套裙。

宗匠献茶是十点开始，母亲信上写十二点——松子磨磨蹭蹭不愿意动身，打算十一点半左右到八幡宫，便慢慢走着去。她不愿意遇见学茶道的那些朋友。

她站在进门的拱桥边，向院里张望。有四五个已过中年的女人，提着绸子手袋走了过来。一看样子，便知是教茶道的师傅。

献茶好像已经完毕。舞殿周围走来走去的人，大概是想看看归置茶具吧。

松子赶紧奔了过去，淡淡斋宗匠正上台阶，进神社办公室的门。后身略为显胖，没穿裙裤，衣襟下的白布袜甚干净。松子正瞧着，里千家的二少爷从旁边走了过去。

"啊！"松子险些叫出声来。

他随宗匠出来，本不足怪，可是三四天前，松子在光悦寺刚刚见过他，现在在镰仓又遇上了，再说，在京都看见他时，竟出乎意外，碰上了高谷幸二。

此刻，松子引目四顾，心想，别是幸二又出现了。

然而，幸二同里千家没有任何关系，哪儿会有这种巧合。幸二兄弟的影子依旧盘踞在自己心头，松子不过是看到这个佐证罢了。

献茶的棚子还留在舞殿的台上。松子离开舞殿几步，在一棵大银杏树下等着。

母亲从右面高大的杉林中走到参拜道上，瞧着舞殿那边，没有发现松子。松子小跑过去，直到母亲能看见的地方。

母亲站住不动了，等着松子走过去。

"你爸他……"母亲先开口问道。

"我爸？"

松子一时张口结舌，答不上来，便重复母亲的问话。

母亲的意思大概是问候父亲的安好，未必在问父亲是否也跟着一起来。

"妈好么？"松子反问。

"嗯，谢谢了。"母亲目不转睛地望着松子，"信是什么时候到的？"

"今天早上。"

"是么？真险些见不到了呢。原想寄快信来着，怕给你爸发现，就没寄快信。要是我生个病什么的，连电话都不能给你打。"

母亲那黑黑的眼睛，好似湿润了。她并不是那种随便什么时候，碰见随便什么人就会流泪的人，可是，现在眼里显然含着泪光。她这个人，有时也会这样。

三

松子知道，母亲不是一个人来的，是跟她那位年轻的情人绀野一起来的。

绀野准是在近代美术馆里等着。母亲和松子会面的时间，究竟能有多大一会儿呢？

松子一想到自己同母亲会面，竟要背着父亲，还要背着绀野，简直像个被追捕的逃犯。

母亲或许意识到，自己呆呆地看女儿的模样，实在看得太久了，便说：

"很久没来了，镰仓可真好啊。"抬头望着黄灿灿的大银杏树上面的天空，"我想起，从前在家里时，每逢从东京回来，在镰仓站一下车，就大口地吸气，心里好舒坦。跟你也这样说过，对吧？现在这个季节，秋末冬初，镰仓正是好时候。"

"是呀，"松子点了点头，"不过，我还是常常央求爸，搬到东京去住。"

"你爸他怎么说？"

"他说没那笔钱置房子。"

"是么？我不在了，松子也难得到东京一趟。你爸他照旧那么难伺候么？"

"这个么，怎么说呢？"

"怕是比从前好些吧。我不在，家里有松子操持，大概一切都会弄得妥妥帖帖的。"

"怎么会妥妥帖帖呢？妈不在……"

母亲背过身子去，走下石阶，垂着头，松子望着母亲的脖颈。头发拢在上面，发际很短，脖颈看着很细，显得很年轻。

"不过，我倒觉得，我不在以后，你爸他一定是变了。两个儿子接连死在战场上，那次，他人就变得好厉害哟。那样子松子也见过，总该记得的吧？"

"嗯。"

"现在想想，要说呢，这话可有点儿不中听，这些年我过的日子，真跟奴隶一样。前一房太太，也是这个情景。我八成是前房太太一手调教出来的，是学她的样儿。我也寻思，跟你爸，还有前房太太，咱们身份不比人家。再说，我在太太之后，前面又有两位少爷，就只有老老实实当奴隶了。一来敬重你爸，二来年纪又差得多，只有顺从的份儿，哪还顾得上抱怨？这样呢，倒也相安无事。二十年前女人的事，你松子现在哪儿会知道？"

"会不知道么？"

"还是不知道的好呀。我也琢磨过，我这样做人，要是也传给了你，在两个哥哥面前总是低三下四的，那可就糟了。生你的时候，甚至还想过，幸好是个女孩儿。没料到，你两个哥哥都被打死了。我好难过哟。前房孩子死了，自己的孩子倒留下来了不是？"

"那不能怪妈。还不是因为打仗！"

"不管怪谁，反正你爸死了俩儿子，这可是错不了的。打那以后，你爸他就变了。忽然对我特别温存，知道心疼我，他当时的心情，真叫我难受得受不了。我尽心尽力，从没把两位少爷当别人的孩子待，人都操劳老了。可是，人一死，对你爸跟我来说，一边是亲生，一边是继子，那份伤心,难道会有什么不同么?就这样,我自己疑心起来,简直是坐立不安呀。因为亲生的女儿松子还活得好好的么!"

"那么说,为了哥哥他们,我也去殉死,妈就心安理得了吗?……"松子正半带调侃地说着,忽地一阵气愤,便说道,"哪有那种蠢事?妈在心里就一直这么折磨自己。"

"我要是一心一意只顾你爸,就会这么折磨自己。"

"妈太可怜了。"

"松子,"叫了一声后,又犹疑地颤着声音说,"生了你之后,本来还能再生。可是没生。"

"哟——"

松子好似挨了一记冰凉的鞭子,心口不由得抽紧了。

"其实是,你哥他们死后,你爸叫我再生个孩子。"

"是么?"

"我好伤心哟!这可不是叫你生,就能生出来的呀!"

"这话可太过分了,妈就那么老老实实听着?"

"你爸说,想要个孩子,我明白,是想要个男孩儿。我呢,能生,也想生来着。可是,妈心里好苦哟。"

松子由气愤,转而对父亲感到憎恶。甚至认为,父亲犯了一个不可原谅的过错,那岂不是扼杀母亲的感情么?

"妈的事,爸至今也没说过什么不是。他说,妈是个很有良心的人呢。"

"有良心的人……"

"嗯。可是,他竟然污辱了一个有良心的人的心灵。"

"那倒没有。不过,还有好多事,以前一直没告诉你。"

松子领首问道:

"妈现在怎么样?"

母亲只轻轻摇了摇头。

松子原打算问，现在幸福么？

有六七位小姐，穿着华丽的和服从松子她们身边走过。

"像是去茶会哩。"母亲说。

"方才在这儿有里千家掌门人献茶来着。她们大概是从茶会上回来的吧？"松子目送着那几位小姐，"除了这儿的茶会，还有四个茶会分散在城里，会员包了大轿车往各处跑。"

四

献茶式的第二天是星期日，在长谷大佛殿，有每月例行的镰仓茶话会。

茶话会既不喝抹茶，也不饮煎茶，而是一面品尝各国名点，一面随意闲谈的集会。会员有三十多人，都是住在镰仓的作家、画家、音乐家和演员，另外还有美容师和西服裁缝。也有像松子父亲一类的实业家。

这个月的糕点是由下谷武隈做的秋什锦。每位客人面前放着一只银座的平塚制作的小竹篮，里面摆着做成秋天落叶形的脆点心。有枫叶、银杏叶、樱叶、松叶、常春藤叶、菊叶等形状，上面配以银杏和松露。银杏有两个，一个带壳，一个不带壳。枫叶则一枚红的，一枚黄的；松叶是，一枚发黄的，一枚发红的。装点心的小篮子像山村用的捡柴筐，颇有野趣，筐上还有背带。

会员中精通点心的行家谈起什锦点心来，把各种树叶形的做法，和上色的技巧，说得周详备至。可是，这种用心细巧的优美传说，正日益失传，不由得令人叹息。

散会之后，出了大门，松子无意中一抬头，见大佛[1]的侧面庄严雄伟，露在墙头上。天空已经暮色苍茫，大佛显得暗幽幽的。

"这会也好些日子没来了，来看看倒挺有意思。"父亲对松子说，

---

[1] 即镰仓大佛，位于长谷高德院内，系阿弥陀佛铜像，身高11.36米，铸于1252年。

"昨天的茶会怎么样?"

"嗯。"

因为和母亲约会,结果便没有去茶会。所以,松子拿不定主意,究竟要不要告诉父亲。

"他们说发了七百张会员券,大概就跟上下班时的电车那么挤。听说品茶时,一个挨一个,坐了三排。"

"那比光悦会还要挤嘛。"

松子的话里,已经暗示自己没去茶会,可是父亲似乎没听出来。

父亲用左手提着小竹篮上的背带,一面走,一面欣赏篮子里的什锦点心。背带是用竹篾编成的,挺细巧。

松子也学父亲的样,把竹篮提到齐胸处。同样的东西有两种,真想分给母亲一份儿。这点心就跟母亲一样温馨。

"在京都若是多待上两三天,等看过红叶再回来就好了。是看到这点心,才有这念头的。真是本末倒置啊。"父亲笑了笑又说,"坐了幸二君的汽车,连谢都没谢一声就回来了。心里一直惦着这回事,所以,昨天给幸二君打了电话,向他道了谢。听说是跟他嫂子一起去的京都。车里放的女外套大概是……"

松子只管低着头。

"说是他哥哥的病仍不见好。老公病在床上,倒跟着老公的弟弟去京都玩,宗广君的媳妇也不像话啊。"

幸二的哥哥宗广甩了松子,同卷子结了婚,然而,没出三天便吐了血,打那以后一直卧病在床。

温情脉脉

一

朝井家是用煤气炉取暖的。

父亲的起居室、饭厅和客厅,一共有三个炉子,一个月的煤气费超过了四千五百日元,松子在付款之前,先去起居室告诉父亲。

"是么?那不挺好么?冬天你都没觉得冷。这是人工对自然的胜利呀。"父亲说。

松子释然地笑着说:

"既是人工的胜利,那就算啦。"

"比比纳的税,便宜多了。煤气费还不到税款的十分之一,可是,国家能不能像煤气炉那样给我们温暖却是个疑问。煤气炉倒是实实在在能让我们暖暖和和的。"

收款人正等着,松子站起来刚要走开,朝井又将她叫住说:

"松子,还有话要说,回头来一下。"

"唉,就来。"

松子回到起居室,隔着炉子坐下来说道:

"我把您关于国家和煤气炉的话说给收款人听,他好高兴呢。"

父亲靠着地炉旁的小几,没有火盆。煤气炉正好烤着他的后背。

这间只有四席半大的房间,朝井既不叫它茶室,也不叫它书房,而是称作自己的起居室。地炉上坐着一个带梁的铁罐,像把铁壶似的。

"我说的国家和煤气炉的事,的确是个疑问哩。炉子暖和觉得出来，国家的冷暖就无从知晓。至少炉子不会把我两个儿子征走杀掉吧。虽说忘记关上煤气阀，睡着了也是会死人的。"

"瞧您说的，爸！"

"当然，点着火，火苗着着就不要紧了。"

"水好像开了，给您点杯茶吧？"

"好吧。本来说好今年冬天买只茶釜，结果一直用这只铁壶凑合……"

松子从父亲身后的壁橱里取出点茶用具，拿开水边烫着碗边对朝井说：

"你妈妈的那团火，这一向怎么样？"

"什么？"

松子仰起脸来。

"那也跟煤气一样，火一灭，就有毒，岂不危险？"

松子一声不吭，水勺直颤，开水洒了出来。

"松子！最近见过你妈妈吧？"

松子的手抖得厉害，茶刷碰到碗边上的声音使她一惊。

"茶道讲从容镇静……"父亲戏谑地说，语调也放和缓了，"别把茶碗敲坏呀！"

松子手腕仍旧不听使唤。

"或许是客人不好也难说。庵内庵外不得闲谈世事，此为古训。《南坊录》[1]上这么说的，是不是？"父亲两手握着筒形茶碗说，"不过呢，这儿既非草庵，也非茶室。有煤气炉的茶室，想必是美国式的吧。美国人占领了日本，冬天室内的温度，可真叫日本人惊讶得了不得哩。当然喽，这并不是说寒冷的茶室文化就低……"

松子这才松了一口气，眼中好似含着泪水。

"话又说回来，茶室里毕竟暖和一些的好。《南坊录》上还说，茶

---

[1] 日本的茶道著作，由千利休的高徒南坊宗启所作，共九卷，其中后二卷为立花实山所续写。

室应冬暖夏凉,炭火须能沸水,茶宜甘醇可口,此乃点茶之要诀。其实,所谓温暖,并非指实际室温,煤气炉要烧得多暖和,而是指待客之心与待客之法,使人确乎感到温煦宜人。"

"爸,趁茶还没凉,您快喝吧。"

"哎呀,抱歉。"父亲啜着茶,"方才我要跟你说的话,关于你妈妈的事,本意上可不是什么'闲谈世事'。是要说说心里话。打算'温煦融洽'地说说她的事。"

"是。"

"去看过你妈妈吧?"

"看过。"

巧舌如簧,来套真情,但松子丝毫没有怀疑父亲。只不过,心里有些惴惴。

"给八幡大神献茶那天,见了一下。"

"什么?道子到镰仓来了?在镰仓……"朝井眉毛向上一挑,"她竟不顾羞耻,到镰仓出席茶会来了?"

"没到茶会上去。就在八幡宫石阶下面。"

"在石阶下面……你们事先约好,在那里碰头的?"

"这就是爸您所谓的要讲心里话么?"

镰仓又不是你朝井家的"领地"……妈妈上镰仓来,这点自由都没有么?松子很反感,真想回敬父亲一句:"茶道讲从容镇静!"

母亲要坦率得多了,还问候过父亲呢。

母亲到镰仓来,松子当时也觉得像见不得人似的,那是怕引人注目,怕别人风言风语。在镰仓犯了罪就不能到镰仓来,难道母亲是那种人么?

母亲现在的情人约她来近代美术馆,看塞尚和雷诺阿的绘画,要是她拒绝,说镰仓是她前夫住的地方,不肯来,又会怎么样呢?

"那次献茶是刚刚从京都回来后不久的事。是去年十一月吧?打那以后,再没见过你妈妈么?"

"没见过。"

朝井没把茶碗还给松子,自己又斟上开水,慢慢地呷着。

只要拿出这只赤乐茶碗,朝井就常常拿来喝水用,就像品淡茶一样,两手捧着茶碗。从喝水的神态,松子有时能看出父亲的老态。

二

母亲就像煤气一样,点火就着,父亲说这话准是指母亲同绀野相恋的事。父亲想问的,大概是母亲她幸福不幸福吧?

要么,母亲同绀野的事,父亲或许压根儿就不认为是真正的恋爱,也不是正常的幸福。

烈焰熊熊之际固然好,可是一旦熄灭,就会变成致人死命的有毒气体。莫非狂热退潮之后,母亲会自杀不成?也许父亲担心及此,松子心里这么嘀咕。父亲的担心,似乎也传给了自己。

"从去年十一月算来,也快三个月了。这三个月里,你为什么不看看你妈妈?"父亲又问。

"您问为什么……"松子一时答不上来,便反问道,"您为什么问这个呀?"

朝井不由得一怔。

"你倒打一耙!"

"您的意思究竟是不能见还是不见不好?人家弄不清楚嘛。"

"嗯,都有。哈哈,你是想顺着我的意思回答,便先探探口风,好狡猾的丫头!"

"哟,探口风,那是您呢,爸!"

"是吗?"父亲笑了,松子也笑了起来。

"不过,我没见道子。道子也没见我。可是松子既见了我,又见了道子。从这个立场上来说,松子变狡猾,岂不是顺理成章的事?如果我想知道道子现在的情况，除了探松子的口风，哪儿还有别的办法。"

松子低着头，沉默了一会儿说：

"在八幡宫，跟我妈碰头时，她一见面就问，你爸他好么……我一时不知怎样回答才好，便反问，妈好么？"

"你好来这一手，以其人之道还治其人之身！年纪轻轻的，可是坏毛病。双亲离异，女儿就变成这样子了。"

"瞧您说的。"

"对你这一手，你妈妈她怎么说？"

"只说了一句：谢谢了。过了一会儿我又问一遍：妈现在怎么样？她轻轻摇了摇头，没言语。"

"是么？"

朝井抬起手，慢慢来回摩挲着后脑勺。

大概是煤气炉正从背后烤着他那光秃秃的大脑袋，有点发烫了。松子很想摸摸，看父亲光溜溜的后脑勺有多热。可是，粗粗的脖颈，直到头上都堆着松弛的厚肉，即便是自己的父亲，也觉得腻味。

"我同道子已经没了缘分。对吧？"父亲从容不迫地说道，"可是你妈妈和你，可没断了母女关系。哪怕她做出错事的当时，我正恨她的节骨眼上，都没说过这种话，叫你跟她断了母女关系。一来，要断也是断不了的；二来，她待两个继子确实不错。两个儿子虽然没死在她身边，可是临终前，心里准会感谢他们继母的。这是毫无疑问的。一想到这一点，不论我多恼火，多恨她，也从来没打算让你这个亲生女儿同她分开。"

父亲的这番话，松子一时还不得要领。

"尽管是继子，哥哥他们从小跟妈就是母子关系，有十五年之久呢。"

那些岁月里，母亲究竟付出多少牺牲，恐怕连松子也不知道。

"说的正是呢。简直就不像是什么后娘。"

"事到如今，还提这种事，就因为爸还恨妈。"

"我本不想那么一味地恨她，可你妈妈难道就没做招人恨的事么？"

父亲从头上放下手,往茶碗一面倒开水一面说,"不是她扔下你不管,自己出走的吗?反正,现在提这些事也于事无补。不过,我想说的是,松子你的立场。你同我是亲骨肉父女情,同你妈妈,也是亲骨肉,母女关系。即使同你死去的两个哥哥,也是同父同胞亲手足。"

松子点了点头。

"你两个哥哥还在世,你妈妈也还待在这个家的时候,只有你一个人——松子,同这四个人具有血缘上的连带关系。如今,你哥他们死了,你妈妈也离家走了,尽管如此,松子的立场也是改变不了的。原先家里的四个人,死的死,离的离,唯独在松子的血液里,心房里,想必还应保持着这个纽带的吧。也就是说,我的意思是,希望松子日后能为我们四个人祈冥福,念佛号。"

松子望着父亲。

"就说我吧,万一这儿的血管扑哧一断……"朝井又摸着后脑勺说,"后事岂不全要依仗松子么?"

"别说了!爸……"

"说着玩儿的。我的危险不过是脑出血。猝然就会送命,对于死人,用不着担什么心。偶尔能想起他就够了。但是,你妈妈的危险,似乎有许许多多。倘若有朝一日,你妈妈她想抓住你不放,我已打定主意,不会妨碍你们娘儿俩的。你也不必再背着我,偷偷去看你妈妈。因为你呀,就处在人生的这种位置上,有了这样的关系。"

松子觉得,父亲喝着的热水,仿佛流入自己的心田。

"你妈妈她一旦求救,或是寻找安慰,除了你还有谁呢?我要是得了脑出血,那是谁都爱莫能助的。至于你妈妈,能帮就帮她一把,往后说不定会有这种机会的。"

"明白了。我妈她一定会高兴的。"

"难说。我倒不想博得你妈妈的高兴。我说这番话,也没有要你告诉她的意思。我只不过不愿让你左右为难罢了。想尊重你的这种关系,让你能随心所欲自由处理。正像你自由恋爱一样，对父母的爱，也以自由为好。"父亲接着又说，"不过，在我和你妈妈之间，我可不希望你充当什么裁判或是间谍的角色。我明明白白先告诉你。只有这一点，咱们得一言为定。怎么样？绝不能拿自己的感伤，来约束我这个老头子，懂吗？"

"懂了。"

松子语声哽咽，什么话也说不出来。

要是一动不动地坐在那里，保不住会哭出声来，于是，她拿起废水罐走开了。

三

母亲自己说以前过的是"奴隶般的生活"，以及两个前房儿子死后，她有多伤心，松子真想把这些事半带抗议地说给父亲听，结果竟一声都没言语。

回到起居室，父亲已经枕着胳膊躺了下去，把盖腿的小毯子盖在身上。

松子瞧了瞧炉内的火，问：

"给您铺上床吧？"

"好吧。然后，叫个按摩师来。"

松子从院里摘了一枝红梅，把起居室里的花换了。

父亲接受着按摩，睡着了。

父亲愿意"温煦融洽"地跟松子谈母亲的事，就是说，允许松子自由地去看母亲，恢复她们母女间的亲密关系，在告诉松子这话之前，他思前想后，心里一定很痛苦，很寂寞吧。

松子的哥哥战死，母亲感到难过，其中难免掺杂着那种对继子的怜惜，这跟父亲的悲哀恐怕是截然不同的。也许父亲因为丧子之痛，打击之深，日益加剧，由此想到让分离的母女重新联系在一起也未可知。

父亲只要在家，便常常蛰居在这间四席半的小房间里，睡觉也在里面。

要是有母亲在，这间摆着桌子、小橱和炉子的小房间，便铺不下两个被窝了。从前，他和母亲两个人的时候，是在十张席的大客厅里休息。

松子思量道，把一间狭小的起居室当成卧室，父亲内心的那份寂寞，哪怕从感觉上，自己也是知道的。

松子不禁回想起，一个阴雨的冬日，在有乐町的车站上等候高谷宗广，竟等了三个小时。报社外面电屏幕上的新闻，也不知看了有几十遍。上面的文字朝一个方向不断转去，那一条文字同松子的目光之间，隔着纷纷雨丝和冰粒，松子终于死了心站起来，可是两脚已冻得不能走路。她不该一直坐着不动。倘若只等半小时或一小时，还可以在月台上来回走动走动。然而，要等两三个小时，那就只好枯坐在那里了。就算是宗广，也不应让她等上三个小时。明知他不会来，可松子总想：万一呢？结果便一直等了下去。

小腹冻得冰凉，一到家，母亲就说：

"做女人，这就仁至义尽啦。"她给女儿喝了葡萄酒。

如今，母亲同一个年轻男人住在公寓里。

就像当年曾经死心塌地对父亲那样，如今母亲是不是又成了绀野的"忠实的奴隶"了呢？母亲同父亲年纪相差很大，同绀野也相差了不少。年纪的差别，一前一后正相反。这是不是也说明，母亲是个不幸的女人呢？

母亲是父亲一个远亲的女儿，家道破落，由父亲收养，做了女佣。

"我也寻思，跟你爸，还有前房太太相比，我的身份不比人家，"母亲曾对松子这样说过，"我是由前房太太一手调教出来的。"从这些话里也透露了一些情况。

绀野是松子的哥哥敬助的同学。

敬助战死之后，绀野曾将他的日记、书信、诗歌等整理成书，作为《英灵遗文集》中的一种，自费出版。当时担任编辑的，便是绀野。想到出版这个主意的，则是母亲。

敬助的遗文中，表现得最强烈的是对继母的感谢与爱慕。

他的战地来信，也多半是寄给母亲的。他那高昂的调子，倾诉般的语言，母亲总是以慰问信的形式回复。所以，敬助的一片真心，母亲不会不知道。

然而，敬助死后，母亲看了他的日记，异常感动，甚至都有些心迷意乱。她还从来没有经受过这样纯真的爱的表示。一向过的都是隐忍顺从的生活，而如今，母亲觉得，简直是一片光辉灿烂。

看了敬助的遗文集，得知儿子对继母的敬慕之情，父亲也惊讶不已，对妻子开始另眼相看，体贴温存。他甚至对女儿说过，妻子是"有良心的人"。

打那时起，直到战败，绀野成了家里的常客。看起来母亲好像希望松子能同绀野结婚似的。

可是，父亲却语气激烈地说：

"我讨厌那家伙的眼神儿！"对父亲这句话，松子也有同感。

再说，那时她正爱着宗广。

母亲为了绀野离家出走，松子觉得母亲似乎有种令人痛惜的错觉。

现在，虽说得到了父亲的允许，可是，要到绀野的公寓去看望母亲，终不免有些游移。

然而，能无所顾忌地去探望母亲这件事，毕竟使松子心里感到了自由。跟宗广失恋的痛苦，仿佛也能解脱出来。

松子打算去探视一下宗广。

他现在正在镰仓与江之岛之间的一家疗养院里。

拿茶花的人

一

因为江之岛电车是单行线,在车站上等错车,要等很久。

松子从车窗里望着车站上面的人家。

那家院子给削成一道峭壁,峭壁下面通了路,修了车站。父亲的朋友木崎就住在那上面,所以,每当电车停在这个车站,松子总要抬头去看木崎的家。松树掩映间,有一幢狭长的平房,一道茅草葺的柴扉。

松子刚抬头往上看,几乎与此同时,木崎出现在柴扉内。左手拿着邮件,大概是从门上信箱刚取出来的。就地撕开信封,便站在那里看了起来。右手拿着一小枝茶花。只有一朵花。他用拿花的那只右手,展开卷着的信纸。

"木崎先生!"松子几乎要纵声喊出来。离得那么近,只要打开窗喊,他自然能听到。

木崎老人为什么要拿一枝茶花呢?是散步回来,顺手摘的?松子从车内看过去,觉得很有趣。要摊开卷纸,手上拿花碍事,本可以扔掉的东西,他却没有扔。

木崎一边看信,一边慢慢走起来。头上没戴帽子,穿了一件长披风。

因为住在铁道旁的山上,人又在自家的院子里,所以,木崎对电车一点儿都没在意。想必连手上的茶花也给忘了。

木崎走进房门,他年轻的妻子正领着女儿出来。她们一路小跑出了院子,消失在门外。那轻盈的步履,显得很快活的样子。母亲穿了一件跟女儿同样颜色的毛衣。

女孩儿的名字，松子一时没想起来，便自言自语地说：

"有七岁了吧？"

木崎家一家三口，谁都没发现电车里有人看着他们；他们出现在松子视野之内纯属偶然，这一点，松子觉得很有意思。

木崎比松子的父亲年轻，但也快六十了，他的第二个太太连三十还不到。依松子父亲的说法，像木崎太太这样无忧无虑，没有任何不满，死心塌地信赖丈夫，全凭丈夫做主，是十分少见的。

"木崎对他那位年轻太太也是百般疼爱。他太太也放心撒娇。他们的幸福很牢靠的呢。看到这对夫妇，说不定女人嫁个老男人倒更好。"

"才不呢。"

"在松子眼里，男人一到三十，就快成老头子了吧？"

"嗯，可不是么。"

"那就没办法了。"

"夫妻像父女似的，不论怎么说，总归别扭。"

"不过，夫妇之间，也说不出哪儿，总有点类似父女母子之处。有时，丈夫存心当父亲，有时，妻子存心做母亲，否则，就不会融洽。甚至还有二十岁的妻子揪着六十岁的丈夫说，这是我的小乖乖。"

"哎呀！真叫人肉麻。"松子缩起了肩膀。

"松子有时不是也把我当孩子哄吗？"

"我可没把爸当成我的小乖乖呀。"

"嘴上没说，心里也该这样想过吧？即便没想过，不知不觉间，也把我当孩子一样对待吧？"

"真的么？"

松子有些难为情起来，眼里仿佛有些朦胧的样子。

"女儿对父亲，往往也会生出一种母爱。特别是母亲一不在，父亲变得很可怜的时候。"

"父亲也可以像木崎那样，讨个年轻太太好啦？"

"说来太迟了。但是，现在只有咱们父女二人，只怕要耽搁你的婚事哩。"

"哪儿的话……"

"女孩儿还是不要太恋父的好。恋父的女孩儿结了婚，有时跟丈夫会相处不好。所以，难伺候的父亲，讨人嫌，女儿婚后反而会美满。"

松子默然不语。

"可是，剩下父女两人，要当个坏爸爸，似乎有些不忍。"

"我没那种恋父之情，不要紧的。"

"是么？婚后要是觉得父亲比丈夫还好，我大概又是喜欢，又是伤脑筋的。"

"不过，那是两回事。"

"父亲和丈夫？当然是两回事，可是有的地方则是一回事。女人家的内心深处……像木崎太太，她自己或许都没意识到，把丈夫和父亲当成一个人，觉得很心安理得也说不定。"

"会不会仅仅是因为生活安定？"

"生活要是不安定，年轻也罢，美貌也罢，岂不一切都无从谈起？"朝井望着松子说，"先同年轻小伙儿谈情说爱，然后嫁给老头子，最后又同年轻小伙成亲，说不定还真是其乐无穷哩。"

"其乐无穷也办不到。倘若松子说，要嫁一个老头子，难道爸不觉得别扭么？"

"别扭！叫人恶心！"父亲皱起眉头说。

"是恶心吧！"

"自己的女儿这么做，觉得恶心，可是看了木崎夫妇，却感到很纯净、平和，真是怪事。世上竟有这样的幸福。也许由于木崎和他太太人品的缘故。两个人人品高尚，年龄便算不得什么，还会给人以好感。"

"如今跟从前不一样了，年龄即使差上个二三十岁，太太也不觉得难为情……"

"可不是嘛。丈夫是个老头子，年轻太太会更加老实听话。"

"哟，只有您才这么看呢。"

松子本还想说，"因为您羡慕木崎先生"，可是没说出口。

听起来，父亲的话像半开玩笑，半正经。他说起木崎的小太太，心里准是想起了松子的母亲。所以，松子应答之间，很难做到轻松自如。

松子的母亲也曾经是位年轻的太太，可是父亲却未能像木崎那样，对青春年少的妻子，明朗真率地加以疼爱。说得过分些，简直是在压抑，甚至在扼杀妻子的青春年少。松子从幼长到大，一直以为家里幸福和睦，然而，如今母亲投奔到年轻的绀野怀里，对于父亲过去对母亲的所作所为，松子不禁要产生疑问。等父亲想到要钟爱妻子的时候，妻子却离家出走了。这也是父亲冥冥中得到的报应。

"木崎确实是个德高望重的人。"父亲说，"他好似没有任何竞争心，自然天成，便获得了成功。工作上，地位上，从来没跟人争过抢过。反倒总是平平安安，步步高升。说到他那年轻美貌的妻子，在他看来，宛如老天爷所赐。至于现在住的房子，也同样如此。挨着铁道，又小又脏，对木崎来说实在太简陋了，可他却住得挺称心。你瞧着吧，总有一天，有人找到了好房子，会请他买下来住进去……木崎便欣然搬进去。钱财他统统交给妻子，妻子给的零用钱，也绝不会叫他紧巴巴的。要说是老天爷赐给木崎一个美人儿，那么，倘不叫美人儿过得幸福，岂不是辜负了老天爷吗？"

"天赐一位好太太？"

"木崎太太看上去幸福，想必是个好妻子。除此之外，还有什么尺度，能够判断妻子的好坏呢？"

"哟，爸，您总归以男人的眼光去看，也太专断了。"

"也许是吧。好在对女人的看法，我已无须去改变了。要是老天爷赐我一个美人儿，我再重新考虑吧。"父亲把松子驳了回去，便侧着躺了下去。

所以，松子这才从车窗里去看那对幸福的夫妇。电车因要错车，停了老半天，又恰好木崎和他妻子出现在院子里，松子觉得似乎不是偶然的偶然。

松子想起父亲的话，对木崎和他太太这对不知自己正被人家窥视的夫妇，不禁浮起一丝微笑。

本来去探视宗广，是满心的彷徨、不安和痛楚，现在这沉重的影子好像减轻了一些。

松子的心思是，再去见一次宗广，或许能同自己内心深处的宗广做彻底的诀别。

可是直到上电车，松子仍在犹疑不决，由于看到了木崎一家人，心情多少缓和了下来。

二

电车到了七里滨，右面山冈上的小松树林，轻烟缭绕。疗养院应该在那前面。小松林里，地面上也是一片沙石，从车窗望出去，能看见一长列屋檐。灰沙弄脏了松树，树叶的颜色显得有些枯黄，也许是季节的缘故吧。

虽说时近三月，可是因连阴天气，较之一月还要冷。登上直通沙丘的石级，松子走进疗养院，经过一条长长的走廊，感到脚上那双医院的旧拖鞋底上，好像也沾了沙子似的。

护士台只告诉病房号，不管去通报。所以，对宗广来说，松子来探病，完全出乎意料。

一敲门，便响起宗广的声音：

"谁？幸二？是妈么？"以为是弟弟或是母亲，宗广没有起身，"谁呀？……卷子？"

如果是弟弟或母亲，敲敲门不等里面答应，便会推门进来。感到门外的人似在犹豫，宗广喊了妻子的名字卷子。这究竟是怎么回事呢？

听见宗广叫他妻子的名字，松子不能再站下去，便推开门。

"啊，是松子……"

宗广从枕上抬起头，凝视着松子。

松子拿着一束康乃馨。

对于花的象征含义，松子并不十分了然，但她觉得，粉色的康乃馨似乎是爱情的表示，因此，买的全是一色的白花。她也未尝没想过，买点水果或点心之类。送吃的，万一宗广不吃，她又不情愿。尽管宗广对松子拿来的东西不会忌讳嫌弃到不吃的地步，可在挑选这点小礼品时，松子依然掂量再三，使人感到其中有女人的某种不便。

松子的左手拿着那束白花，很自然地放在齐腰处，然而，一碰到宗广的目光，手竟有些发僵，不由得把花稍稍举高一点。

宗广的目光又似惊愕，又似惶恐。惶恐只是一瞬间便消失了。眼白发青，大概是生病的缘故。

"倒难为你知道我在这里。"说着，宗广将侧脸挨到枕上。

"是我父亲听幸二说你在这儿，便想来看看你……"

"是令尊听幸二说的？是么？那谢谢了。"

"觉得怎么样？"

"打算开了春就出院。我马上就起来，你稍等一下。"

"你用不着起来。"

"我倒不是逞强非起来不可。因为天冷，才那么躺着。每天起来，只要天气好，还到海边去呢。"宗广故意抬杠似的说，"真没想到，你会来看我。你呀，我死了都不敢有劳大驾，请你来给我送葬的。听说我情况不妙，趁我还没完蛋，才想到来看我一次，是不是这样？"

"这是怎么说的！"

"令尊是几时听幸二说的？"

"从京都回来之后，去年的十一月。"

"十一月？……十一月，我正不大好。从十一月到现在，来不来探病，竟考虑了三四个月的工夫？"

"早就想来了。"松子眼泪汪汪地说。

"是么？可是，我应该以什么样的心情，接受你的探望呢？这得请你告诉我。要我向你负荆请罪？为自己辩白？回忆往事？还是忘却一切？"

"你是在问我么？"

"我是罪有应得呀！现世报哩。"

"我可没有惩罚你什么。只是你自己走掉了，一切也就了结了。"

"你是说，你就那么无动于衷地看着这些？"

"无动于衷？"

"我每天尽可能无动于衷地看海……这也是为了养病。"

"对我，你也尽管无动于衷地看着好了。"

"不过，你一定在恨我，或是可怜我吧？这一来我就不可能无动于衷地看待你了。"

"对爱过的人，过后去恨他，或者可怜他，那我办不到。因为我是女人……做女人，这就仁至义尽了。"

松子说了母亲说过的一句话。她想起自己白等宗广一场，回来时母亲对她说的这句话。

"你一味说什么无动于衷，说不定我倒真要变得无动于衷了呢。"

"总而言之，站着的人同躺着的人，不分胜负。"宗广调侃地说一句，一使劲坐了起来，吓了松子一跳。

"起来行么？我该告辞了。"

"那就无动于衷地送送你吧。"

宗广下了床，当着松子的面，脱掉华丽的睡袍，然后又满不在乎地脱下里面的睡衣。

松子转过视线。宗广里面穿着衬衫，但像裸着身子一样。松子顿时意识到，自己曾是宗广亲近过的女人。

她走到病室一隅的小桌旁,背朝着宗广,把康乃馨插进玻璃花瓶。让心里的慌乱平静下来。

"是花啊?"宗广走了过来,提着一只水罐。松子接过来,一抬眼,宗广的衬衫后背松松垮垮,全是皱褶。

从前也是这样松松垮垮的衬衫,她曾帮着掖在裤子里,抹平皱褶,回想起来,不由得一阵心酸。

花瓶里灌了水,浮起尘埃。松子将污水倒在窗外,重新换上水。桌子上也有一层薄薄的灰尘。

松子感到病室里有种说不出的荒芜。虽说与房屋建筑、季节气候有关,尤其因为看不到人心内在的丰润。

宗广穿上毛衣,胳膊伸进外套的袖子,松子不用看也能知道那样子,她又想起往常帮他穿大衣的情景。

"让你久等了。"宗广说,松子转过身对着他。

"比从前胖了吧?"

松子点点头。宗广站在面前,他那高高的身量,使她切实地有种压迫感。

"也许已经胖得发虚,晒晒黑,多少遮掩一些。"

两道浓眉没有什么变化,只是下眼睑有点松弛,微微发黑。嘴唇的颜色依旧很漂亮。

松子寻思,该不会送到电车站,要赶我走吧?然而,宗广却从马路上走下一个很陡的水泥台阶,朝沙滩那边走去。

"是高跟鞋吧?穿高跟鞋在沙滩上不好走。"回头看着松子说,"走在沙上,鞋后跟会在沙滩上留下很深的印。"

"是么?"松子回头望着自己的脚印,"你看过谁的脚印了?"

想必是他妻子卷子来探视时的事吧?

"一对一对,漫步沙滩,每天多得数不清。我是坐在沙滩上休息,目送人家的脚印,渐渐也就分辨得出高跟鞋的脚印了。"

"是么?"

"因为无聊么。"宗广自嘲似的耸了下肩说,"你说在京都遇见了幸二?"

"遇见过呀。"

"幸二说过什么没有?"

"没有。"

"不跟你结婚,为什么倒同卷子结了婚,此中原委,看来,非说不可了。"说着,宗广凝目望着大海,动也不动。

日光惨淡,水面上阴森晦暗,水天一色,难以辨认。

海上落日

一

宗广远眺大海,蓦地一回头,正遇上松子的目光。

宗广便将目光闪开,去看疗养院的屋顶。松子也回过头,随即看到那屋顶。

"好不容易能走到这海边来的时候,头一次从这里回望医院,当时真觉得不可思议。平时总是从医院的窗口,看大海和沙滩的。"宗广说。

"那是什么时候?"

"头一次到海边来,去年的九月底吧。当时我没同你结婚,但也不是跟卷子结的婚,而是同那医院的屋顶结了婚。同医院的屋顶结婚,你明白我这话的意思么?"

"不明白。"松子垂下目光。以为他随便说说,反而不便正视他的面孔。

"婚后没过三天,我就吐血躺倒了。听说了吧?"

松子点了点头。

"你准是想:活该!报应!是不是?"

"你以为我会那样想么?"

只有满腔的悲哀。可是松子没有这样说。因为宗广的话,听起来真像出自一个冷漠寡情之人的口。

"我的身体本来是不能结婚的。"

"什么不能结婚?没有的事。"松子说。女人可以同残疾人结婚,甚至同死人结婚。有的女人，相思之深，同出征打仗一去不归的人结婚。也有的女人为履行当年的山盟海誓，同战场上回来的遗骨结婚。

"你没同我结婚，真是万幸。"

"是么？刚结了婚，就让人家弄得怪怪的，我很伤心。"松子望着别处说。

"病人要不变怪，那太难了。"

宗广嘟囔着，一面坐到沙滩上。

松子依旧站着。黑外套在腰的上部收得很紧，好像箍在那里似的，宗广抬头盯住那细细的腰肢。

松子轻轻躲开身子，忽然想起一句话："没有性爱的爱情，随时都会告吹。告吹之后，什么都不会留下。"这是明治作家小栗风叶的小说《变心》中的话。从前看到这句话很反感，觉得不近情理，所以记得很清楚。

那么，有性爱的爱情，告吹之后，又能留下些什么呢？

纤纤细腰被人瞧看，这同女孩儿家单纯的羞涩不同。然而，究竟留下些什么呢？收腰式的外套前后身都有衬，下摆舒展开来，小巧的立领包住脖子，显得活泼潇洒。除了宗广，没有一个男人会不把她当作纯真的少女看。连松子自己也觉得似乎又变回那样的女孩子了。但是，只有宗广一人知道全部底细。松子害怕他那双眼中所蕴含的意思。

"在京都，听幸二说过什么吧？"宗广又问了一次。

"没有。只是在光悦会上见了一面。"

"他是个混蛋。也不知听他嫂子说了什么，就陪着去了京都。结婚没几天，丈夫就病倒了，大概是想安慰他嫂子吧？他以为，自己要是不去安慰，嫂子就会跑回娘家去了。卷子和他在一起，你见到了吧？"

"没见到。"

"用不着瞒我。"

"我瞒你什么了？"松子声音发颤。

只是看见卷子搭在后车座上的围巾和外套罢了。当时她凭直感，那或许是卷子的东西，松子心里竟莫名其妙乱成一团。

此刻没有必要向宗广提围巾和外套的事。但是，比起此刻同宗广会面，在车里看到卷子的围巾和外套，倒似乎更刺痛她的心。难道是无意中的妒火在发作么？

现在，自己不成了背着卷子，来与宗广相会么？松子弯下腰，手撑在沙上坐下来，两脚朝宗广看不见的方向伸出去。

二

夕阳照着大海，海水从江之岛那边激滟而流。一缕余晖，熠熠闪光，好似随着滚滚波涛，流向宗广和松子这边，但是，未及沙滩，便在两人前面的水际隐没而去。

宗广抚着一侧的脸颊说：

"你哥哥的信，也没听幸二说过么？"

"哥哥？"

"是你的哥哥呀！小哥哥照雄君……他同幸二是同学。从战场上寄来的。就是那封信。"

"没听说过呀！"

"什么都没听说过！"宗广自嘲似的笑了笑，便沉默了下来，过了一会儿，"那是照雄君战死之前写给幸二的。信上说：你能不能娶我的妹妹？"

松子一怔，望着宗广。

"照雄君是希望幸二和你结婚的。你不知道吧？"

松子屏住气，摇了摇头。

"当时你还是个女学生。"

"那封信，你知道，是么？"松子反问一句。

"弟弟给我看过……他比照雄君还小两三岁，天真无邪……"

宗广与松子相爱之前，以及相爱之时，关于照雄的信，始终没露口风。直到如今,分道扬镳了才说出这件事。

松子也没听幸二说起过。因为照雄已经战死,寄给幸二的信,自然就成了遗嘱。那么,幸二是怎么看待这件事的呢?松子成了他哥哥宗广的情人,这其间他又是如何想的呢?

松子想回忆一下,自己当年做学生时同幸二交往的情景。宗广打断了她的回忆,说道:

"照雄君大概是因为去国离乡,出于感伤才做那样的空想的吧。你的两个哥哥,从战场上寄回来的信,所倾注的感情,岂不都挺离奇?敬助的信,你母亲给出版了。回想起来,收到那本遗文集,我拿给父母看过。双亲都对我说,这样的母亲,她女儿,你趁早丢开手。因为我同他们说过:我要同松子小姐结婚……看了敬助的信,那绝不单纯是继子同继母之间的寻常感情。我老娘曾这样说过。"

"什么话!"松子为之愕然。

"并不是我怀疑……"

"说得太过分了。想得那么下流。敬助哥哥只是钦慕母亲,想念母亲,一派纯真……"

松子的声音抖得说不下去了。

"我也曾经这么认为。敬助好像没有情人吧?所以,一到了战场上,便把美貌的继母当成了永恒的女性。总之,那不是给母亲的信。那是向他所憧憬的女性倾诉衷情。敬助自己也许没有意识到,其中潜藏着这样的梦想。你母亲总是把女性的魅力深藏若虚。敬助一旦离开了她,反而更被迷惑。"

"什么迷惑,我母亲怎么会……她只不过待我哥哥他们很好就是了。"

"可是,后来不又出了绀野的事么?我们家的二老就说:你瞧!怎么样!"

难道因为这样的母亲,宗广的父母就反对他同松子的婚事么?宗广家大概调查过松子母亲的身世吧?家道败落,给人收留当女佣,后来又成了人家的填房。年纪相差甚大。跟一个年轻男子私奔。那男子又是前房儿子的朋友。宗广的双亲反对这门亲事也不无道理。

"你方才说，理由是非说不可了，指的就是这个么？"

"没跟你结婚的理由？"

"嗯。"

宗广没有回答，只是蹙起两道浓眉，脸色也阴沉了下来。

然而，松子心里寻思，宗广开始疏远她，是在母亲出走前不久的事。那么说，母亲跟绀野的事，那时就已经闹得满城风雨了？宗广的父亲让兴信所去调查，调查报告上，大概把母亲写得很不堪吧？

是不是母亲在绀野身上看到死去的敬助的影子？连松子当时不是也这样猜想过么？甚至还认为，母亲有种令人痛心的错觉。

外人看敬助给母亲的信，感到奇怪也难说。可是对宗广的父母来说，敬助的信，就成了了解女方家庭的材料。所以，他们准是相当认真，以挑剔、猜疑的眼光去看这封信的。

母亲的事，会成为与宗广结婚的障碍，松子从来没有深思过。太大意了。

想到是因母亲之故，松子的痛苦便减轻了几分。宗广的悔婚，也多少是由于他父母之过。他们反对这门亲事，显然是确凿无疑的了。然而，宗广仅仅因为父母反对，就灰心丧气的么？松子可不那么想。

同松子分手，宗广准还有他自家的什么原因。说不定松子自己也有什么缘故，才使宗广跟她分开的。

即使在宗广疏远她之后，松子仍然相信他。等到得知他同卷子成亲时，比之愤怒和憎恨，她倒先是感到惊愕。忽然被人抛弃，仿佛失却了可攀附的东西，一味地沉落下去。与其说是悲哀，不如说是恐惧。连松子自己也不明白是怎么一回事。

此刻，松子同已经分手的宗广并坐在沙滩上，可却并不了解宗广；同样，回想起来，就在两人情好之际，彼此又相知多少呢？松子的一颗心，有很多方面未能与宗广相通便给埋没在过去了。

松子又联想起父母，他们虽然长年一起生活，彼此终因没有更深的了解而分手。其中，几多情意岂不空自埋没掉了么？

敬助哥哥在异国的战场上倾慕母亲的心，在殉难之后，不是也消失得不知去向了么？

再有，小哥哥照雄希望幸二娶松子的那份心情，母亲要松子同绀野结婚的愿望，如今不也都埋葬在不知何处么？松子甚至还想到这些事。

不过，母亲的心意可以说既没有被埋没掉，也没有消失。因为母亲喜欢上绀野，才要女儿同他结婚。女儿没有听从，她便自己与绀野结了婚。她对绀野的爱是一以贯之的。松子拒绝了同绀野的婚事，原本潜藏在母亲意识深处的爱情，或许这时便浮出意识的表层吧？相反，要是松子做了母亲的替身，嫁给了绀野，那么，母亲现在说不定还在和睦的家庭里，跟父亲一道过日子。母亲也就不会发生那件事了。这纯属胡思乱想，却并非毫无根据。

至于敬助的信，二十多年来，母亲照顾继子可谓无微不至，虽说前线与后方，天各一方，但彼此灵犀相通，即使敬助与照雄两兄弟未能生还，母亲的那份心意可以说得到了报答。就连父亲也有所感应，尽管现在母亲背弃了父亲，父亲却允许松子同母亲随便来往，保持她们母女的缘分。由于敬助的信，母亲蒙受宗广父亲莫须有的恶意猜忌。虽然没料到会给女儿的婚事带来障碍，但无论如何，母亲对哥哥他们的爱却是贯彻始终的。这样又有什么不好？松子岂不应该替母亲着想着想？这也许是奇谈怪论，但绝不是无稽之谈。

如今父母已经各奔东西，尽管如此，一种深切的怜惜与体恤之情，在他们两人之间不是依旧息息相通么？

松子进而想到，自己对宗广所倾注的那份爱，也不会被埋没掉，更不会消逝，说不定终究还有长存之时。

照雄从战场上致函幸二，希望他能娶松子为妻，毫无疑问，这也是出于他对松子和幸二的深情,死去的小哥哥这份心意,日后未必不发生作用。

宗广明明知道照雄的信,却对松子一直瞒到现在。松子不免想要责备他几句。再说幸二,为什么不告诉她,也值得回思一番。松子内心的这种波澜,不正是照雄的信发生作用的佐证么?

松子霍然站了起来,却又弯下了腰,看看鞋底沾上沙子没有。

宗广也惘然站起身来。

"那边,江之岛上面点着灯的,是什么地方?"

"和平塔呀。"宗广忧郁地说。

和平塔的钢架在岛中赫然屹立。

落日已在海上隐退了。

松子想,该送宗广回疗养院了,但宗广却朝反方向走去,低声说:

"还是什么也没说啊。"

"已经听到了不少了。"

"都是无关紧要的话……"

"我可不是来闲聊的。是特地向你道别来的。再说,你还没向我道过别呢……"

"是么?要结婚了……"

"哪儿的话!要是决定结婚,就不会到你这儿来了呀!"松子洁身自好地说。

狗狺狺吠着。靠水泥堤岸的一面当作墙,用碎木板搭了一个小窝。窝顶生锈的白铁皮大概也是捡来的。只有门,没有窗。门开得很高,拴了一只长毛白狗。

"把这里当成自己的窝了,才这么叫。每次经过这里,都冲着我叫。"宗广说着,向狗摇摇手。两只溃烂的狗眼贼亮,这时它扑了过来,绳子几乎要被挣断。

走上狗窝旁的台阶,离疗养院下面一站很近。

两人谁都没有回过头去，似乎没有发现卷子和幸二正站在疗养院下面的路边，目送着他们的背影。

"我送你回医院吧。"松子说。

"别这么儿女情长的。"说着，宗广转过身去。

三

松子既能到疗养院去看宗广，所以也就拿定主意，要去母亲的公寓看她。这是父亲认可的事，所以也就没同父亲说。

默默地去，回来也默默地只字不提，想必父亲不会在意。

位于牛込的小公寓里，母亲和绀野都不在家。去的路上，松子一直巴望绀野别在家，只母亲一个人在才好。不料两人都不在，松子扫兴地走出大门。但又蓦了回去，将文库本的广告页撕下一张，用口红写道：

"妈：改日再来看您。松子。"

然后夹在门缝里。这样一来，不知母亲有多惊讶呢。本想添上一句"是父亲同意的"，但又不愿叫绀野看见，便没有写。

车到皇宫旁的护城河畔，割去枯草的对岸，看着已有些青青绿意。樱田门的白墙，也显得暖融融的。经过皇宫前的广场，五光十色的汽车，也令松子感到了春意。松林之上，帝国剧场的墙壁泛出粉红色。

松子打算直接奔东京站回镰仓，想了想又改变主意，叫车绕到京桥，顺便去布列吉士敦美术馆看看。

去年十一月，母亲随绀野到镰仓近代美术馆来的那次，松子见到母亲，所以心里想象着，说不定这对幸福的夫妻在春光明媚的日子里，双双去看画展了吧？

崭新的大楼，橱窗里竖着摆了一些汽车轮胎，松子看了觉得挺稀奇。有大汽车轮胎，有卡车轮胎。挨着大橱窗，还摆了自行车、有声放映机和缝纫机之类。靠门口的橱窗里，在黑色帷幔之前，是一幅博纳尔画的桃子。自然是复制品，却惟妙惟肖。

走进二楼的展室，正面是毕加索的《脸》等作品，旁边马奈的那幅《梅莉·洛朗》将松子吸引过去，在这幅粉彩画前刚刚站定，便听有人喊她：

"松子小姐！"是幸二，"你好！好久不见了。"

"哟，是你！"松子脸颊绯红，"在京都承你照顾了。"

"京都……"幸二与松子并排站着说道，"你喜欢马奈的这幅画么？"

"在门口，看着非常漂亮……我这是头一次来。"

"是么？我心里郁闷的时候，时常溜达进来看看。地处东京的市中心，能够随时溜达进来，实属得天独厚。看看这些画，心情也就好了。"

走到库尔贝的《雪景》和柯罗的《维尔·达弗雷》前，松子想起在光悦会上，父亲让自己看雪舟山水画的情景。

"二十来天前，我有幸看见过你。"

松子转过脸看着幸二，意思是问在什么地方。

"你去看望过我哥哥吧？"

"咦？你当时也在那儿么？"

"大概去得比你迟一些。看见你们的背影，在海边上走着。"

松子一怔，倒吸了一口凉气。

春梦

一

听幸二说,看见他们在海边上走的背影,松子觉得仿佛此刻便有人在看自己的后背,顿时肩背僵硬起来。

当时不知同宗广走成什么模样,这已经无从想起。也不知幸二看了有多久。

"你招呼一下有多好……你就闷声不响地看着?"松子说。

"因为离得远……"

"海边很静,远也听得见嘛。"

"要是大声招呼,也许能听见……"

"你觉得打招呼不方便么?"

"是啊……"

幸二吞吞吐吐,走向左侧那面墙。于是,松子望着幸二的后影。

在幸二的前面,并排挂着两幅莫奈的《睡莲》。

"因为姐姐在旁边……"一面低声说着,一面看着《睡莲》。声音低得仿佛一心只顾着看画似的。

松子不禁哑然。

幸二说的姐姐,除了嫂子没有别人,那准是宗广的妻子了。

卷子看见宗广和松子,心里会作何感想呢?松子别扭得浑身要打寒战。

"你们一直在一起么?"

"是的。"幸二望着画回答说,"是我约姐姐去的。"

"是么？"

松子也凝立不动，望着《睡莲》。

两幅画，一幅作于一九〇三年，一幅作于一九〇七年，幸二指着一九〇七年的那幅说：

"池水呈粉红色，许是映着夕阳的缘故吧。粉红色的夕阳，仿佛溶在水中似的。"

"好温暖的色彩！"松子进出这样一句话来，心中想起同宗广坐在沙滩上，从对面江之岛的海面上射来的一缕夕阳的光。波光潋滟，熠熠耀眼，然而，阳光却是那么冰冷，在暮色中璀璨四射。

松子固然想不到卷子盯着她和宗广的背影时，眼神如同那缕夕阳的光一般，可是站在这幅光与色让人感到暖意融融的画面前，后背的寒气却没有消失。

松子移到左边一面墙。

站在毕沙罗的《蓬图瓦兹的菜园》、塞尚的《圣维克图瓦山》，以及德拉克洛瓦的《马习作》等画作前，心情也逐渐平静下来。

松子不禁想起在雪舟的画前，念完了庵桂梧八十三岁时的题跋之后，父亲说：

"以松子的年轻，是不会惊破春梦的。"

而她却想告诉父亲：正因为年轻，才会"惊破春梦"啊。

此刻，她不可能像在光悦会上那样，长时间欣赏一幅画。幸二在一旁，不好不跟着一起走动。但是松子心里也在游移，本是各自前来的，不过偶然在这里相遇罢了。所以，是两人一起看完，直到离开美术馆好呢，还是在一个适当的地方，道个别就分开好？

"幸二少爷！你还要慢慢看一会儿么？"松子回过头问幸二。

"不，我常常溜达进来看看……这么多大画家的画，一次是看不胜看的。头一回来的时候，很贪心，全部转了一圈，等来过几回之后，每回都确定个目标，这回看高更，下回看博纳尔，其余的便随意看看。其中若有能够强烈抓住我当时心情的,就在那幅画前多站一会儿……"

"今天是哪幅画?"松子躲开幸二那热烈的目光,问道。

"这个么,也许是因为你方才在看马奈那幅《梅莉·洛朗》,便觉得那幅画特别美。那幅画的复制品印得很精致,等临走时,我送你一幅。"说着,幸二便急忙朝马奈那幅粉彩女人肖像画走去。

"地道的巴黎女人,风华正茂。头发、眼睛,还有嘴唇的颜色,实在漂亮。"

"可是,你今天本来有个目标吧?"

"嗯。今天是打算看青木繁[1]的画的。公司午休的时候,突然想到青木繁,在虚岁二十三四的年纪上,比我们都还年轻,天才焕发,随即又为社会所断送,三十岁就离开了人世。于是,我忽然想要看他的画。因为对自己目前的工作,感到十分无聊,所以便想到这位年轻的天才……"

"青木繁的画陈列在哪儿?"

"最里面的展室。与藤岛武二的在一起……"

幸二目光灼灼,松子想,可能是看画看的吧,但他用看画的眼光那么瞧着自己,不觉有些心动。

两道浓眉,一双眼睛,同他哥哥宗广很相像,可是,在疗养院里见到的宗广的目光,同美术馆里见到的幸二的眼神,相差竟有二十岁上下。

从第一展室,经过画廊,到第二展室,全是日本画家的作品,浅井忠和黑田清辉的各有三四幅,其余都是藤岛武二的,收藏颇全。第三展室里也有一半是藤岛武二的画,另两面墙,才悬挂着青木繁的作品,约莫有十来幅。

幸二坐在展室中央的椅子上休息,望着悬有《海产》与《龙王的鳞宫》两幅大画的那面墙。青木繁的画,松子还是头一回看到。

---

[1] 青木繁(1882—1911),日本明治年间的西洋画画家,作品多取材于神话传说,具有浪漫主义色彩。《海产》《龙王的鳞宫》是其代表作。

"据说《海产》是他二十三岁时画的。那年他刚从美术学校毕业。那边的《天平时代》，也是二十三岁时所画。《鳞宫》这幅，我记得是二十六岁。"听幸二这样介绍，松子将头转向另一面墙，看了一会儿《天平时代》。然后，又回过头来看《海产》。

因为，《海产》中一位渔夫，目光似乎正注视着松子。

画面上那些全裸的渔夫，抬着大鲨鱼，从右到左，排成两行。所有的渔夫都面向前方，唯独一个渔夫侧目望着这边。眼睛大而清澈，面孔俊美如同少女，好像很年轻。只有这张面孔是白白净净的，画得相当细致。相比之下，别的渔夫，面部仿佛是未完成似的。

只有这个美少年从对面像窥探什么似的望着这边。这幅画给人的印象是，小伙子那神秘的目光好像在盯着松子。

"天空的颜色有点脏兮兮的，对吧？起初，那是耀眼的金光，同大海的碧蓝相互辉映。由于用的不是真金，颜色整个儿变了。"幸二说，"不仅金色变样，整幅画都变旧了。"

"明治哪一年的？"

"明治三十七年。"

"家父那时还是小孩子呢。"

"是啊。令尊正值少年。"

"在光悦会的玄琢那儿，有一幅雪舟的画，还记得么？"

"我没仔细看。我觉得自己跟西洋画似乎更接近一些。"

"当时，家父给我讲了些关于雪舟，关于在雪舟画上写题跋的老和尚的年纪等事。到了家父那个年纪，反而更能理解比他们年长一辈的人的心思。即便是雪舟八十岁后的作品，六十多的家父，同二十多的我，对八十岁这个年纪的感受，是截然不同的。"

"恐怕是这么回事。就以藤岛武二的画而论，这间展室的作品是他七十来岁时所作。而青木繁则是二十几岁时所作，等于是二十来岁与七十来岁摆在同一展室里。"

松子回头望着藤岛武二的《屋岛远眺》《东海旭光》《蒙古日出》那几幅画，一面说：

"家父让我看雪舟的画，意思大概是因为我们年轻，才有如许的苦恼和悲哀。"

然后，松子站起身来，走近藤岛武二的画，恍如被一种长寿的宽宏包容。

"在京都是同令姐在一起吧？"

松子变得轻松自如起来，便问道。她这是头一回提到卷子，沿袭幸二的口吻，称呼"令姐"。

"在一起。"

幸二回答道。他站在松子的斜后方，近得连气息都能感到。

二

"我是想同宗广道别，头一回去疗养院的。"走出美术馆的出口，松子说。

不知幸二听了是怎么想的，他说：

"夫妻之间的误会，只要有那么一次，比起跟别人的误会要麻烦得多，会一再误会下去的。"

"难道我去探病，也成了误会的原因么？"

"差不多吧……"幸二低着头走着，"或许我哥哥结婚本身就是个错误……是他罪有应得吧……"

"我的事么？"

"是的，还有别的。"幸二顿住了话头，接着又说，"不过，我没料到哥哥那么快就遭到报应。"

两人过了京桥，向银座方向走去。

"我可不认为是什么报应。就算宗广他不幸，我也不愿意认为，是我造成的。"

"应该说，是哥哥使得你不幸，他才自食其果的。真是可怕呀！"

"听你这么说，你是站在你哥哥一边？"

"怎么说呢？没准是他的对头呢。我总觉得，即便我哥他们分手，他又同别人结婚，这婚事仍会是错的，依然是出悲剧。不论男女，不是都有这种人么？依我说，就连从前哥哥爱你，我以为那也是错的。"

因为走在银座大街上，幸二低声说着，松子听来，却似慷慨陈词一般。

"说他错了，是指事情的结果而言，纯属马后炮。但对我哥哥的恋爱和结婚，我觉得，我事先就知道他是错的。"幸二接着又说，"就在最近，哥哥对姐姐说，松子小姐常去探视。"

"这是怎么说！"

松子停下脚步站住了。

"姐姐这人也是，说哥哥之所以挑那家疗养院，就为的是离你住的镰仓近。这么一吵，结果便迸出那句话来……"

自己成了卷子嫉妒的对象，这事松子从来没多想过。卷子知不知道自己的事，松子也没有深究过。自己总是死抱着那点痛苦不放。

然而，宗广为什么要谎说自己常常去疗养院，煽动卷子的嫉妒心呢？

"我只去了那一次，是去道别的呀！"松子重复着这句话，忽而意识到，别人并不懂得这句话的意思。

松子和宗广早已分手。不是松子离开宗广，而是宗广离开松子的。松子正是为了同还留在自己心里的宗广诀别，才去疗养院看他的。进而言之，她好似去同自己的心告别的。可是，在别人眼里，岂不又变成同宗广幽会去了？再说，告别云云，叫别人听着，在那以前，他们仿佛一直就没分开过。

"姐姐把我狠狠埋怨了一通。"幸二看了松子一眼，又低下头说，"说是全怪我，见到了她不愿见的事。因为是我硬把姐姐拉到疗养院的……可是，你竟会在我哥哥那里，真是做梦都想不到。"

松子脸上一片绯红。

"当时要是招呼一声就好了。打过招呼,就不至于留下误会了。"

"因为你不知道姐姐是什么样的人……我不愿意让你跟她见面。"

"可是,与其叫她看背影,还不如见面的好。"

"真的么?背影是不论何时,管他是谁,尽管让人家看好了。自己的背后又没长眼睛……"

"是么?"

"可不是!本来背后没长眼睛,倘如把过去当作人生的背后,自己能够看得见,所以才常常要后悔!"

"方才你说过,你认为那也是一件错事,既然如此,当时要是能劝住宗广或是我该多好……"

"我劝过你们的呀!你回忆回忆看?虽然我没有明说……"

幸二连连眨了两三下眼睛。

女儿的闺房

一

父亲一走进松子的卧室,便说:

"嚯?"对马奈的《梅莉·洛朗》一画好似很惊讶,"印得蛮不错嘛!跟原件简直一模一样。"

"高谷家的幸二送的。"

"见到幸二了?"说着,父亲朝墙壁走了过去,站在画前。

松子则坐在长沙发上说:

"是在布列吉士敦美术馆里碰见的。他说他常去那儿……"

"喔,是这样!"

父亲也走到沙发前,挨着松子坐下来,仍旧盯着那幅画。

沙发也可以当床用,也就是把床折叠起来变成沙发,摊成床也很简单。不过,松子白天有时便那么放着不收起来。漂亮的床罩,也是年轻女孩儿家卧室的一种装饰。

"粉彩画复制得真不赖。"父亲重复道,"好个仪态万千的美人呀!幸二喜欢这幅画?"

"幸二也说她漂亮来着。不过,是我看入了迷,才买了复制品送我的。"

"是这么回事!"

父亲用右手揉搓着老粗的后脖颈,说道:

"我们这一辈子,同这种美人儿从来就没缘分。压根儿没福气同这种美人儿过日子。"

"那不是外国女人么，一个法国女人……"松子笑着道。

"就算是外国女人吧，也可以在一起，也不是不能结婚嘛。日本姑娘还不是也有很多人跟了美国大兵！"

"那倒是，不过多别扭啊！"

"你既然说'多别扭啊'，那就到此为止，不去说吧。可是，要说一个人的天地，以他一生的经验而论，是太狭窄了。"父亲这回把两手交叉在脖颈后，"比如说，这间房子是松子的卧室吧？"

"嗯。"

"一个女孩子，住八张席的房间，照眼下来说，是够奢侈的了，可是，席子上放了床，又摆上衣柜、梳妆台，连身子都转不过来。"

"爸的房间，不也在那么挤的地方砌上茶炉了么？摸黑进去，难保不一脚踩进炉灰里。"

"哪儿的话……茶室里，茶炉是安在固定地方的。摸黑进去也不会弄错。你学茶道，难道就没进过茶室？"

"可爸还放了桌子呀，小橱柜呀，烹茶用的大家什呀……"

"那也比你在这屋里挨着纸拉门，挂上帐子强。"父亲悠然打量着房间的各处，"墙上挂着美人画，壁龛里却是法轮寺的残墨剩迹。"

"那不是您借给我挂的么？"

"而马奈的复制品，是幸二给的。那么，你自己的趣味就是纸拉门上挂着的帐子喽！"父亲调侃道，"不过，一想到这是我独生女儿的卧室，不免觉得可怜。"

对着马奈复制品的楣窗，挂着松子两个异母兄弟——已经战死的敬助和照雄的相片。

把两人照片镶在镜框里挂上去的，是松子的母亲。这间屋子原先是母亲住的。她出走之后，这里就成了松子的卧室。母亲留在这屋里的东西，除了敬助和照雄的相片，一件都没有了。松子把房间的格局变了个样儿，只有哥哥的相片原样没动。

将已死继子的照片挂在自己的卧室里，母亲的那种心情，松子觉得不能伸手去碰。

此刻，父亲一定在看两个哥哥的照片。想起死去的儿子，离异的妻子，父亲会说些什么呢？松子不禁有些担心。

"为什么会觉得可怜呢？"松子反问道。

"唉，因为这儿是松子的小窝呀！难道这儿不是个小窝么？不过，也许没什么可怜。松子终究要离开这间屋子的……"

"爸难得到我屋里来，偶尔来一次，难免要发感慨。"

"是感慨么？……也许是吧。"父亲笑着说，"诚如'见霜心自惊'啊。"

"什么意思呀？"

"上半句是'鬓发白如雪'。像我这样秃得光光的，这上半句就用不上了。上了年纪，感觉一方面变得迟钝，同时又格外敏感。回首往事，自己的一生不过尔尔，微不足道，不禁感到寂寞；对至亲的人，曾以为能竭尽全力，加以呵护，让他们过得幸福，思量起来，却多有痛心之处。我这一辈子，只有三个孩子。三个孩子里，两个男孩又都被打死了……可是在世上，有的人竟有十个孩子。若在古代，有几十个孩子的也有。"

"几十个？"

"是啊，不同母。在中国，这种事多得很。好坏且不说，能有几十个孩子，那个男人的生命力真是非凡地强劲，非凡地旺盛呀。就说我吧，有过两个老婆，比别人多了一倍。一个死别，一个生离，一来二去，就到了这把年纪，孤家寡人一个。现在跟女儿相依为命，只怕是束缚了松子，耽搁了你的婚事呢。"

"瞧您说的，哪儿的话呀！"松子望着父亲，心里有些纳闷。

"三个孩子只留下你一个，所以，至少起居坐卧之处，应该让你遂心如意，拥有一个舒适的房间。还是松子你小的时候，我曾在建筑公司做过一阵，还记得吧？"

"记得。"

"许是因为这个吧，看到在东京的废墟上临时搭起丑陋的棚屋，深感日本的贫困，不胜愧疚。我曾梦想过，他日若发了大财，就开个住宅公司。同各类建筑家联手，盖些设计别致的房子，卖了钱再盖好房子。这样轮番下去，便这也是朝井盖的，那也是朝井盖的，在东京举目皆是朝井盖的房子，美化了东京，自己也跟艺术家一样开心。然而，现在连自己独生女儿的房间都不尽如人意。等我死后，把这幢房子卖掉，哪怕小点，也要盖一幢自己中意的房子。"

"您干吗说这些个？爸……"

"你妈妈她住的是又脏又小的公寓房吧？"

松子不由得点了点头，无法抬起头来。父亲也缄口不作声了。

松子发现，父亲的大耳朵，肉嘟嘟的耳垂儿，不知不觉间竟满是皱纹，变干瘪了。

"我去拿些草莓来吧？"说着便起身走了出去。

一只旧萨摩玻璃盘，绿莹莹的玻璃上，辉耀着彩虹似的光，放上红草莓，显得十分艳丽。盘子边有棱，挺朴素，可是颜色这样透明而又有深沉，在时下的玻璃器皿中颇为罕见。

父亲想把草莓碾碎，一滑，牛奶溅了出来。

"帮帮忙。"父亲把盘子递给松子说，"这一向，手指不听使唤，真麻烦。"

二

"一直想去看看新绿滴翠的京都，今年竟没有去成。"父亲望着院子说，"道子喜欢好看的花木，各种各样的花草树木都想种些，好让院子一年到头都有花开。可我，只是嘴上嗯嗯应着，并没当回事儿。大概是因为跟着一个年纪相差很大的男人，所以喜欢院子里能开些花儿什么的。即使是竹叶，因四时的变迁，一日中光线的移动，比之花，叶色也是千变万化的，可是，唉……"

松子无言以对。

"万一我有个三长两短，跟你妈妈一起住也没关系。"

"别说了！爸……"

"这有什么可大惊小怪的？我的继承人，只有你一个。再说，你的亲人，也只有你妈妈一个。不就你们娘儿俩么？但是，不论我出了什么事，你若通知她，或是把她叫到家里，那可不成！"

"知道了。"

"她跟那个男的，迟早是要分开的。就算离开了，这个家她也不会回来的，并不是我希望他们分开，不过……我死了或是怎么的了，倒说不定他们会离得更快。道子会于心不安……"说到这里，父亲顿住不说了。

松子不禁悚然。

对于母亲，父亲的愤懑和诅咒，依旧那么根深蒂固么？假使父亲有个三长两短，想必母亲会受到良心的责备，追慕前夫的。那么她与年轻的绀野的生活，难免要蒙上一层阴影。难道父亲是这么想的？

松子很少跟父亲提母亲的事。她绝不自己先开口。偶尔谈及，她的处境也很为难。

父亲叫松子不必顾虑，可以同母亲随便来往，他死之后，也可以跟母亲一起生活，然而，父亲的内心却叫松子有些捉摸不透，觉得挺可怕似的。

再说，父亲说话的口吻是从未有过的，也让松子感到有些不安。

"爸是无论如何也不肯原谅我妈了？"松子终于鼓起勇气问。

"这个么，恐怕不是什么原谅不原谅的，因为我现在并不能把她怎么样。此刻，被遗弃的丈夫和女儿在谈论她的事，她也毫不知情，还照旧过她的日子。我是鞭长莫及。你们娘儿俩倒像是已经握手言欢了……"

"妈她挺惦记着爸的。"

"多此一举。"父亲老大不痛快的样子,压根儿不买账,"我不想听你说项。你也甭做什么说客。"

松子心里一酸,眼泪汪汪的。

"可是,做女儿的,那……也许是妈不好,但是,当着妈的面,说爸的事,妈她很愿意听的样子……可是,在爸的面前,却不能提起妈!"

"哼!你这是在抗议么?"

"不是抗议,只是伤心。"

父亲皱紧眉头,默然半晌,说道:

"你希望我跟你妈妈和解,这倒没什么。在你心里,准是我们两个人在一起的。虽说我们两人分开了,可在你心里,是没法分开的。"说着,父亲站了起来,走到廊子上,"这天气太闷人了,头重得不行,最好今儿晚上能下场雨。"

俄而,回头看看松子又说:

"松子要是同高谷家的宗广结婚,这会儿恐怕离开了也难说。"

松子随即轻轻摇了摇头。

"是么?那很好。"父亲神情温和地说,"趁我还硬朗的时候,赶快嫁人吧。"

"说是这么说,可我……"

"不管怎么说也要……"

傍晚下了雨,一早便晴了。

父亲说要去皇宫一带看看春雨洒过的新绿,便出了家门。

松子去买东西,乘公共汽车顺便将父亲送到火车站。

正在准备晚饭时,听到电话响。

"喂喂,松子么?"

"是妈么?"

母亲只匿名寄过信,从来没打过电话。

"你爸呢?"

"我爸?"

"你爸在家么?回来没有?"

母亲虽然放低声音,却很急促。

"还没回来呢。爸他怎么啦?"

"方才我看到你爸了……"

"您?……"

"我说看见,是我在路上走,他在汽车里……不过,我觉得那的确是他。"

"在哪儿?"

"日比谷公园那儿的护城河边……你爸坐在车里往我这边瞧,好像认出是我来着。一碰上我的眼光,就把脸扭了过去,不过我看那样子有点怪。我觉得他不是把身子藏起来,像是倒下去似的……"

"后来怎么样了?"

"一转眼,车就开过去了……"

松子唰地流出了眼泪。

"所以,我有点不大放心,不知他回没回来?"

松子忍不住哭出声来。

"松子,喂喂,怎么啦?出了什么事啦?"母亲的声音显得很不安。

父亲的后事

一

松子在家无母亲的情况下,办完了父亲的丧事。

遗族只有松子一人。

其实,松子这唯一的遗族即便不在,父亲的丧事也会毫不耽搁,办得很顺当的。与父亲有关的公司那些人,以及父亲的老朋友,他们凑到一起,把一应丧事全力承担了下来。

松子什么事都没做。甚至连进出的款项都没过目。银行的人最先来吊唁,说是"为了万全起见,是不是先准备下二十万元?"松子惘然地想,自己哪有那么多存款?父亲也许多少存了一些。不论有多少,人刚死的第二天便提取他的存款,岂不荒唐?松子疑虑重重。

那位银行办事员和公司里的会计,担当葬礼的出纳。

细想起来,宛如去世的父亲在给自己办丧事。松子这回强烈地感到,作为一家之主,父亲的力量犹在。

到了战后的今天,父亲已不是现任的董事,可是,还有两三家公司来了人,松子几乎都忘了那些人,送的花圈也摆在父亲的灵前。

关于父亲的丧葬,要说松子自己做了什么,或许只有挑选丧服这一件事。

要是请百货公司定做,说是一两天内即可赶制出印有家徽的黑和服,结果松子还是用绸子西式衣裙代替了。

料子是黑塔夫绸上带有木纹的纹路那种。衬裙也是塔夫绸的,裙摆宽大，走动起来窸窸窣窣。腰部有一圈同样料子的装饰，所以，虽是单件连衣裙，看着却像是上下两件分开的。

腰上的那块装饰的衬里，以及镶的边，是胭脂红色。黑地配上了红色，既可以在喜庆场合穿，也可以当夜礼服穿。

松子本来打算，穿上这件连衣裙，胸上别着鲜花，去参加盛大的晚会。衣服是今年春天刚定做的。万没料到竟会在父亲的葬礼上，当作丧服，头一次穿上身。

因为是塔夫绸，她把剩下来的料子剪成发带。

"剪得宽一些，倒可套在西服袖子上当黑箍用。"松子喃喃自语，忽然觉得不吉利，便噤口不作声了。

转而又想到，穿着这套衣服，既无丈夫也无意中人来挽自己的胳膊。

葬礼上，松子用一条窄的黑发带，不显眼地系在头发上，好让发型看着朴素些。

守夜、告别式、火化的那三四天里，也不知烧过多少次香，每次都是松子率先站起来。

由年轻的女孩子烧头一炷香，那光景格外凄凉。

和尚念经停顿之际，葬礼的司仪便宣告："遗族烧香！"

这时，松子便走到灵前，顿时鸦雀无声，只听见塔夫绸窸窣之声。

松子的耳朵里也听见自己的衣裙声，可是，在父亲灵前合十，正要点香的时候，心里猛然浮现出母亲的身影。

"妈！"

松子闭起了眼睛。

"爸！"松子改口道。

木崎老人从收音机里听到松子父亲的讣闻，很早就赶了来。

"你母亲……"悄悄问松子的，木崎也是头一个，"要告诉你母亲么？不告诉？"

"母亲她知道。"松子一大意，说了出来。

"她知道？"木崎反问一句，"已经告诉她了？"

"没告诉。"

"也是听收音机广播的？"

"不是。在电话里……"

"打电话告诉她的？"

"没有。"

是母亲电话里告诉松子的。最先知道父亲死的是母亲。母亲目睹了父亲的临终，或者说目睹了父亲临死的那一瞬间。

当时母亲打电话来的事，松子没告诉任何人。

在日比谷公园旁的护城河边，父亲从车里看见了母亲。

"我觉得，他不是把身子藏起来，像是倒下去似的……"母亲说，父亲当时大概已脑出血。

一定是看见母亲一时冲动的缘故。

父亲倒了下去，司机还没发现。绕着新绿覆盖的皇宫，开了好一会儿。

等松子接到东京的医院打来的电话，已差不多是一小时之后了。

松子赶到医院里，父亲发出很大的鼾声，已经昏迷过去了。

当天早晨乘公共汽车送他到火车站，竟成为松子同父亲的永别。

头一天，父亲还到松子的房间来，说了许多话，难道是有什么预感么？松子认为那也是一次告别啊。

这样看来，父亲与母亲相见，不也是一次不可思议的永别么？

如果死于脑出血的命运已迫在眉睫，父亲岂不是等于在临终之际，同离别的妻子又相会了么？

松子好似感到了冥冥之中的天意。

不是母亲要了父亲的命。

已经生离的父母，这次是为了死别而又重逢。

然而，父亲是死于看见母亲的那一瞬间，这事哪怕是对温和的木崎老人，松子也不能说。

"那么，要叫你母亲来么？"木崎问。

松子垂着头，心里十分痛楚，摇摇头，低声说道：

"我没法同父亲商量……"

"不能同父亲商量？倒也是。"

木崎目光里流露出悲哀，沉默不语了。

"……不论我出了什么事，你若通知她，或是把她叫到家里，那可不成！"

死的前一天，父亲说过这句话，松子觉得不能违背。

可是父亲还说："万一我有个三长两短，跟你妈妈一起住也没关系。"难道话里就没有原谅母亲的意思？

"户籍呢？"木崎又问。

"户籍？"

"你母亲的户籍呀。已经从你们家迁出去了么？"

哦，这件事！虽然听明白了，迁没迁，松子却不知道。

恐怕无须母亲自己要求，只要父亲提出说叫迁走，母亲也是不能拒绝的，全凭父亲一人的意思。那么父亲是如何处理的呢？

如果户籍还保留着，母亲就应该还是朝井家的人。

"好吧，有什么难处，请随时找我……"木崎说。

二

无论守夜还是告别式，母亲那头的亲戚没有人露面。

为了让告别的人站着烧香，朝井的灵柩被抬到靠近客厅的廊子那里。一切布置就绪。

松子也站在院子里，一面默默地向吊客还礼，一面不时向院子的大门口张望。门口有一簇胡枝子花。邻居家的小狗跑了进来，对着胡枝子花下面的枝叶嬉戏玩耍。

"等你母亲？"幸二悄声说。

松子率直地点了点头。她未加掩饰，没有借口说什么在看小狗。她心里一直惦着，没准儿妈这会儿来了吧？

幸二干脆说：

"不会来了。要来早就来了。"

"今儿你父亲不来么？"

"好像来吊过丧了。"

"对了，昨天来过。"

"来见令尊，我父亲会很难堪的。因我哥哥的事，我想他是没脸见令尊的。"

两三天来，松子没睡好觉，一颗心怦怦直跳，两只脚尖也好似发麻。

松子感到父亲的大照片正俯视着自己。

她多希望此刻的自己，能以一个女儿清白之身站在父亲的灵柩前！

想到这里，她的体内反而像隐隐热了起来。这是很久以来没有过的感觉。难道是几天的疲劳与极度的悲哀，那肉体的恶魔又抬头了么？

"幸二！"

这时，宗广从身后按住幸二的肩膀说："我来站一会儿，替你一下。"

"你一站该累着了。"

"别把我当病人。"宗广歪扭着笑脸冲着松子说，"这家伙好像就愿意把我当病人。"

"哥哥你脸色不好嘛。"

"在松子父亲的葬礼上，你想我的脸色能好得了吗？"

松子一怔，望着宗广。

幸二从哥哥身旁走了开去。跟朝井家的亲友站在一排，他大概怕宗广会说出什么话来。

朝井家和宗广他们高谷家可以说是远亲，要是去查找两家的血缘关系，复杂得很，听一遍也弄不清楚。松子的父亲和宗广的父亲交情甚笃，所以，双方的子女也是竹马之交。

在宗广遗弃松子、同卷子结婚以后，父辈之间无形中便疏远了。与松子的父亲从公司退了职也有关系。况且松子的母亲跑到绀野那儿，父亲也许是因为丢面子，也许是厌恶世人，所以，落落寡合不愿见人。

宗广来吊丧时说：

"令尊生前对我连一句抱怨的话都没有。"松弛的下眼皮微颤着。

这话说到松子的心里，她不愿意淌泪抹眼的，便咬住嘴唇极力忍着。

对她跟宗广的这段恋爱波折，父亲从没有疾言厉色地责备过她。松子心想，父亲一切全清楚，却总是行若无事地抚慰自己。

但也说不定，因母亲私奔，父亲才避免触及女儿的伤疤吧？要说过错，错在母亲，而不在父亲。不过，照父亲反思的情况来看，夫妻间发生的事，一方完全没有过错也是不可想象的。就父亲从前对待母亲的态度，就连松子都有怀疑，他对母亲并不是没有同情的。

"这一下父亲可真的抱怨不成了。"这是松子当时给宗广的回答，以代替她的哭泣。

宗广从疗养院赶来吊过丧，以为告别式不会来了，结果还是来了，松子颇感意外。

"累坏了身体可不好，赶紧回去吧。"松子温和地说。

满以为他已经走了，原来不知在什么地方歇了一阵，现在又出现在遗族席上，站到松子身旁。

方才幸二站在身边，在众目睽睽之下，松子都不免有些难为情，更何况跟宗广挨在一起。

尤其方才，她不是一面对前来吊丧的宾客一一还礼，一面在感愧自己这个曾被宗广拥抱过的女人之身么？

她想起自己说的话：父亲再也抱怨不成了。她要尽量抛掉对宗广的不满，以及内心的留恋，重新做一个纯洁的女儿，站在父亲的灵前。

可是，宗广酒气熏人。

"你喝酒了？"松子责问道。

"啊，到厨房问有没有外国酒，不知谁拿出一瓶白兰地。好像是令尊的酒。"

"多不像话。"

松子想说的是"真下作"！

"令尊已经滴酒都不能沾啦。"宗广嘟哝着说，"松子，非是时光流逝，乃是吾等逝去呀。"

松子转过脸，去看父亲的遗像。

"所谓逝去，不仅仅是死去之意。活着的我们，每时每刻都在逝去呢。"

松子没有理他。

"你知道吗？令尊去世，卷子她最强烈的感情是什么吗？是嫉妒！是对你的嫉妒！是女人的嫉妒啊！"

宗广连说三次"嫉妒"。

大概是从镰仓站开出的公共汽车到了，好半天没有吊客临门，这会儿又有一群人走进院子，宗广收敛行为举止，闭上了嘴。

父亲之死，卷子为什么要嫉妒松子？松子不明白。是拦阻松子的绳索断掉的缘故？还是因为松子失去依傍，成了一叶浮萍？

三

告别式的第二天早晨，松子起得很晚。

揽镜自照，眼泡肿了起来。眼皮里有些痛。

昨天用塔夫绸发带束起后面的头发，今天则披散开来。松子拿手镜照着，左瞧右瞧，打量着后面的头发。

今年春天，德国的头号歌手来日本时，曾约了父亲去日比谷公会堂看演出，只买到二楼后面的座位。那座位又高又陡，能俯视前面观众的头。

"战败国的日本女人变得相当漂亮了嘛。年轻的女人在头发上也花了不少心思,连后面的发型也做得很中看哩。这后面的头发,究竟是怎么弄的……手真巧。"父亲说。

"可不是。只要到美容院去就能做出各种发型来。"

"不是别人做的。是自己手巧。为了漂亮,女人似乎在脑后也长了眼睛和手。"

经父亲这样一说,松子也去观察前面那些女人的头发。妙龄少女的头发发出青春的光泽。父亲好像很稀奇,隔着老远瞧着,松子感到父亲的寂寞。

松子摆弄着后面的头发,不由得想起这些往事。

心里一面寻思,现在家里只有自己一人了,手指一面卷着凉丝丝的头发。

"小姐,银座的千疋屋送花来了。"女佣来回话。

松子起身走了出去。

接过一束白色的康乃馨,在花里找名片,问道:

"谁送的?"

"啊,说是自家人的,用不着名片。"来人说。

"哦,辛苦你了。"

松子明白,那一定是母亲。

在前夫丧事的第二天,不具名送了一束花来——离了婚的妻子。松子眼睛一片模糊,花也看不清了。

松子抱着花束,在茶室里坐了半晌。

她没到有佛坛那间屋,径直把花拿到自己卧室去了。因为父亲说过,松子可以和母亲来往,他死后,和母亲一起住也没关系……

以为康乃馨是纯白色,其实是淡蓝色的。那颜色仿佛是白花瓣上映着蓝天或碧海。只是清一色,竟有五十来枝。

一个小时之后,来了电话。

"松子么？松子！真对不住，原谅妈……"

"妈……"

"丧事办完了？今天家里冷清了吧？花，收到了么？"

"嗯，刚收到……"

"我呀，是我害了你爸呀。怎么办才好啊？我心里好苦哟！真想死掉。那个，绀野他，简直嫉妒得不得了。"

松子又听到"嫉妒"这个词儿。

"松子，我想看看你，让我看看你好么？"

"妈！"

地狱之墙

一

所谓头七,是指死后的第七天,中间隔五天,松子是头一次知道这些事。头七的前两天,木崎夫妇到家里来了。

头七的前两天,其实是办完丧事的第二天,是松子的母亲送了花、打电话来的那天。

木崎让他年轻的太太拿着一个细长的包袱。解开来一看,是幅挂轴。

"带了这么一个东西来。愿意的话,就一直挂到盂兰盆节吧。"木崎亲自把挂轴挂到壁龛里,"这是一个叫寂室的禅僧写的。是日本和尚。"

好像是什么庙的开山祖师,木崎老人说道,松子没听清楚。反正问了,也弄不懂是什么地方什么庙。

"怎么念呢?"

"生死事大,无常迅速。"

老人似在咂摸句子的意思,望着挂轴。

松子看来,挂轴墨色枯淡,字迹潦草难辨。

"我不懂书法,不知道究竟是真迹还是赝品……不过,要是赝品,就不会写这样的文句了。卖又不能卖。上面有个'死'字,谁都忌讳。所以很便宜。比起我们的感受,古时的禅僧思索得更为深刻,所以才写得出这样的话来。"木崎沉默有顷,良久又说,"我当时想,等自己死的时候,把这幅字挂在枕旁,于是就买了下来。可我一时半会儿还死不了,那便送人吧。平时不好挂。其实要挂也没什么,只是我们家她不愿意……不过，等到葬礼啦，盂兰盆节啦，做佛事的时候啦，就可以挂上。因为逢上那种时候，一般不会想到自己，而是想那已故的人。"

寂室的那行字潦草不堪，松子仔细辨认之下，从中自能感到一种高远的意境。

"等您归天之日，我再奉还吧。"

松子很想开这样一句玩笑。当然，这话不能出口，不过，她对木崎老人确已有种亲切感。

然而，松子心里忖道：老少不定，无常迅速，自己未必就死在他之后。照松子父亲的话来说，"天赐"娇妻，幸福美满的木崎老人或许倒能享尽天年，长命百岁也难说。

木崎向佛龛骨灰盒合十致意之后，年轻的妻子也合起掌来。看着她那娇嫩的肩膀和后颈，松子不禁有些难过。觉得父亲若也有个年轻女子相伴，他的血管说不定倒能软化，寿命或能延长。父亲难道不是因为心情郁闷而血脉不畅的么？

木崎太太带来六七枝小朵的玫瑰花，可佛龛前的花瓶只只都已插满了花，没地方好插，便轻轻放在席子上。

"这是家里种的，剪了几枝带来。"回头看着松子说。脚上的袜底歪得皱了起来。是双新袜子，两只白白的脚，透过薄薄的丝袜能看得见脚掌，松子感到自己的头脑很不洁净。

松子闭起了眼睛。

去疗养院探视宗广的路上，在开往江之岛的电车里，松子从窗内看见木崎拿着一枝茶花站在自家院子里。

由木崎太太的玫瑰花，松子想起了这些事。

"我去拿只花瓶来。"松子起身走出屋。

昨天母亲送来的那束花没供在父亲的灵前，就放在松子的卧室里。木崎太太的浅红色玫瑰倒供在父亲面前，松子觉得不可思议。

松子把玫瑰花插在玻璃花瓶里，拿回屋来，木崎便说：

"这坐垫好考究喔。"

"啊,是母亲的……"

松子一怔,把话顿住了。

"真不错。"

木崎挪开腿,手摩挲着垫子边。年轻的太太模仿老人也挪开腿摸着垫子边。

"是你母亲的和服么?"

"是的。"

是用母亲穿旧的宫古产细麻纱,做成夏天用的垫子。一共有五个,夏季父亲在起居室里用于待客的。尺寸略小,像茶室里用的坐垫。

母亲离家之后,她的东西几乎都没留下,唯独这几只垫子劫后余生。可能因为做成垫子,父亲疏忽了。

"现在琉球也让美国占领了,大概不会再纺细麻纱了。即使纺,成色也好不了。"木崎不无惋惜的样子,回头瞅着妻子说,"家里应该还有信子留下的细麻纱,也拿了做成垫子吧。"

"好的。"

妻子低着头,一面用眼睛量身下垫子的尺寸,一面问:

"搁在什么地方了?"

信子是木崎已故的前妻,向年轻的后妻提起来,木崎倒丝毫没有顾忌。

"不过,做成坐垫有点儿可惜。"妻子说。

"说可惜,却又不肯穿。"

"现在还穿不了,太素……再说,我也不想穿。"

"所以呀,做成垫子不就得了?"

"怎么好坐在你前房太太的衣服上?"

"可你不是坐在她之后了么?"

"啐,太过分啦!"

妻子脸上绯红。

"你不坐也不要紧,可以给客人坐……"

"让别人坐,那好么?总归太可惜。"

"你现在不正坐在人家太太的衣服上么?"

"哎呀!"

妻子一缩肩,拿开坐垫。

"不碍事,请坐吧……"松子笑着说,"已经有很多客人坐过了……"

松子心里有些悲酸。

她还记得母亲穿过这件蓝地碎白花的衣裳。到两国去看烟火的那次,穿的就是这件细麻纱。在河畔饭馆的廊下,人头攒动,幼小的松子坐在母亲穿着这件麻纱的腿上。去户隐山旅行,从奥社回来的路上,傍晚遇到阵雨,母亲用这件麻纱的袖子盖在松子留着刘海儿的头上,说是麻纱不怕淋。

父丧期间,从守夜到送殡,家里所有的坐垫都拿出来了,就连夏天的也派上用场。倒也适当其时,夏天到了。

松子沉入回忆,想着母亲这件麻纱和服的往事。这时,木崎口气庄重地说:

"日前我也提到过,就是你母亲户籍的事。我让市政府给查了一下,你母亲的户籍没有改动。"

"哦……"

"你母亲的户籍还在你们家。就是说没有正式离婚。"

"真的么?"

松子脑海里一片茫然。

"你父亲究竟是怕闹离婚不体面呢,还是想万一你母亲回家来,打算原谅她?再不然,就是有什么别的考虑……"

松子始终低头不语。

"对你父亲来说,这并非什么愉快的事,结果离婚申请书便一天天拖下来也说不定。总而言之,在户籍上,你母亲现在还是他妻子,所以,她也应该有继承遗产的权利。"

"啊？"

"要不要再详细问问律师？"

"先等一等吧……"松子抢着答道。

"你父亲没有遗嘱么？"

"没有。他死得那么突然……"

"写过什么字据没有……"

"我想是没写过。我也没有仔细去找……"

"是么？好吧，这回你该知道了，你母亲的户籍还留在这个家里。"

"是。"

"那么，现在剩下你一个人，打算怎么办呢？"

"我想出去找个事做。"

"到你父亲的公司里……"

"不。到父亲的公司里，会给当成小姐，我不愿意。"

"唔？"

木崎怜惜地看着松子，轻轻点了点头。

"后天是头七吧？席上，万一有人提出遗产的事，怕你措手不及，所以先过来看看。"

二

母亲来电话，商量在新桥站见面的时间。

松子刚走出车站正门检票口，便看见母亲站在角落上的小卖店前面。她笑着正要小跑过来，却又立即板起脸转过身去，也不等松子，径自出了车站。

松子在后面追。

母亲飞快地走到出租车站，一只手扶在司机打开的车门上，有些不耐烦,好似嫌松子磨蹭。

"妈!"松子刚要拉她的手,母亲赶紧钻进了车里。

"妈,怎么了?上哪儿去?"

"银座!"

"银座不就在那边么?走去吧!"松子在门外说着,母亲歇斯底里地打断她:

"不行!快上来!"

等车开起来,母亲这才松口气缓和下来,松子讶异地问:

"妈,您哪儿不舒服么?还是因为您改了发型,样子好怪呀!"

"哎,你瞧!"母亲把手举到头上,说,"头发一下白了一片哟!自打你父亲去世,两三天的工夫……"

松子瞅着母亲的头发,感到一阵揪心。

"我吓了一跳。一梳头,里面的白头发不全露了出来?为了把白头发遮住,就改成这样梳了。"

母亲的眼神惶恐不安,身子好似瑟瑟发抖。

"这是你爸对我的惩罚。松子,真对不住你呀。你爸的事得原谅我……"

"妈!"

"一下子全白的也有。我这些白头发要是叫绀野看见了,有的苦头吃了。"松子一声不响,母亲凝目端详着她,"已经换上夏装了?穿上夏装,年轻女孩儿露出胳膊,真招人喜欢。滚圆的胳膊,显得说不出的年轻。上了年纪,胳膊就看不得了。俗话说,胳膊肘藏不住年纪……"

话里透着对女儿的爱意,却又显出母亲对女儿青春年少的羡慕,这或许是由于彼此分开过日子的缘故吧?也可能是因为母亲跟一个年轻男人一道生活的关系。

西银座一幢小巧漂亮的楼里,有家地下餐厅,直到进了里边,母亲才开口道:

"直到前不久,这儿还归占领军专用呢。媾和之后,日本人也让进了。不过,日本人少,碰不上熟人,不错吧?"

"碰上了又有什么要紧?"松子答道,喝着冰水,向四周打量了一下,客人大抵是带着日本女郎的美国兵。

"讨厌!这种地方……"

"可是,我跟你见面要给人碰到了,谁知道会胡说乱道些什么!"

"为什么?"

"我,是我……"母亲讷讷地说,"岂不是我害了你爸么?你爸过世,这才几天?叫你爸公司里的人看见,就连你也得给人说闲话。"

松子不觉吃了一惊。

方才在车站上母亲逃也似的举动,松子这才明白个中原因。母亲始终感到内疚,认为罪在自己。

"真难为你能过来。想看看你,简直想得不得了。"

母亲的眼睛忧虑得没有神采,眼圈发黑,微微跳动。汤勺哐当碰在盘子上。

"那不能怪妈。"松子安慰母亲说。

"不,怪我不好。"母亲反驳道,"尽管我想赶去看你,可是,咱俩之间,有一道黑暗的深渊,那就是你爸的死。是一堵漆黑的地狱之墙,把咱们俩给隔了开来。比铁幕还可怕,那是罪与死的帷幕啊!镰仓就跟来世一样远呀!"

母亲干枯的眼睛一下子便泪水盈盈的。

松子思忖,要是正面去劝,反而徒惹伤神,于是说道:

"妈用细麻纱做的夏天的坐垫……"

"坐垫?"

母亲一时惘然。

"在爸屋里用的,不是么?"

"哦,那个么?……"母亲想了起来,说道,"是蓝地碎白花的么?

那还是我二十几岁时穿的。"

"好像是。我还记得。我那时只有这么点大。"

松子说着,一手比着五六岁孩子的高矮。

"挺素是不?现在这年纪也能穿。"母亲说,"反正细麻纱,年轻人一般也都穿素净的,不过,我从前的衣裳全都挺素,因为跟你爸年纪相差太大……如今,竟害了你爸,出了这样可怕的事。"

母亲两手捂着眼睛,又说:

"啊,我能看见。看见你爸转过脸,忽然倒了下去。"

松子目不转睛地瞅着母亲。母亲的手因长年洗涮,虽在夏天,已经变得僵硬,骨节突出。

"木崎先生直夸那些坐垫呢。"松子沉静地说,"我听木崎先生说,妈的户籍还在家里,是么?"

母亲从脸上拿开手,睁大了眼睛。

三

吃晚饭还嫌早,她们便随便吃了一点,然后喝着冰红茶。

卷子是什么时候走进来的,松子和母亲压根儿谁都没注意。觉得有人过来,扭头一看,卷子已站在她们那张桌子的旁边。

"日前……"卷子俯视着松子,说道,"要节哀顺变呀!"

"谢谢你……"

"我本来要代宗广去的,可他说非要自己去不可……"

"哦。"

卷子身旁跟着一个日裔美国兵。他那架势俨然在保护自己的女伴儿,已跟日本人判然不同。

"是夏威夷的远亲……"卷子只说了这一句,没给他们介绍,"松子小姐也常到这儿来么?"

"是头一回来。"

卷子没向松子的母亲打招呼。母亲是背弃父亲离家出走的,对父亲的死,母亲也不便跟卷子说什么,即使卷子不把母亲放在眼里,就母亲的地位来说也是无可奈何的事。松子心里这么琢磨。

那么,卷子为什么要巴巴儿地跑到她们这张桌子旁来呢?即使彼此看见,在各自座位上点头致意不就得了么?仿佛有股压力逼过来,松子强忍住心头的不快。

"宗广去吊丧,还喝了酒吧?"卷子歪着头,似乎微微一笑。

"哦……"

"回去之后,又卧床了呢!"

"又不好了?"

"好像是吧。"卷子身着华丽的花绉绸,手上戴着金镯子。问道:"葬礼上,宗广没说什么失礼的话吧?"

"没有,没说什么。"

松子想起宗广说的话——松子父亲之死,卷子最强烈的感觉"是嫉妒!是对你的嫉妒!是女人的嫉妒啊!"

松子父亲去世对宗广震动很大,卷子大概不乐意了吧?

"幸二也不得了。说什么松子小姐穿着丧服,淡淡涂了点口红,好招人爱哟。你也太刺激那有病的哥哥了!"

"对不起……"母亲有些忍不住了,插口道,"这些话你跟松子说有什么用?"

"是么?没用么?"卷子盛气凌人地说,"把病人叫去吊丧……"

"恐怕松子不会叫他去的。是宗广少爷自动去的。"

"自动去的……真的么?那您没去您老公的葬礼也是自动的喽?"

"你!"

母亲的嘴唇哆嗦起来。

"你们母女两人特意凑在一起,打扰了。你父亲去世,打算跟你母亲一起过么？"

"这算什么话！"

"托你们的福，宗广的病又严重了。请松子小姐常常去探视呀！他准高兴呢。"扔下这几句话，卷子轻轻摇着她的皮包，向对面走了过去。柔和的下摆随着摆动起来。

"竟有这种女人！"

母亲气得脸色发青，绷得紧紧的。

"就是死，我也宁可把那娘们儿杀了。"

"妈！"松子招呼她说，"咱们走吧。"

母亲惦着时间，含着眼泪回去了。她来看松子是瞒着绀野的，所以不能外出太久。

剩下松子一个人，叫了一辆出租车，对司机说：

"请绕着皇宫慢慢开。"

父亲是去看那里的青葱翠绿而死的，松子也同样想去领略一下那青葱翠绿。

外出时的来客

一

车从银座开到日比谷的十字路口,遇上红灯,停了下来。

"您说绕着皇宫……"司机回过头问松子,"往哪边绕好?"

"不要从日比谷,不要从日比谷!"松子顺口连连说。

当时母亲在电话里只是说"日比谷公园那儿的护城河边……"究竟在哪一带不清楚。而且,给父亲开车的司机半晌没发现父亲倒下去。送父亲去的医院又在赤坂见附那里,可见汽车是经过日比谷、樱田门、三宅坂、沿护城河跑的当儿,司机才发现,然后绕过国会议事堂,在赤坂见附那里下车。

父亲在日比谷那里倒了下去,所以松子无意中想避开那里。

松子因母亲匆匆离去,以及方才意外遇见卷子,这些事搅得她脑海里一片茫然,不知不觉来到日比谷。

"到司令部那边去么?"司机边问边向右面拐去。占领军司令部大楼刚刚被退还给保险公司,司机依旧说成"司令部"。

松子朝司令部那边望去,铁门关着。巨石垒成的大楼紧闭着,渺无声息,凝重的内里仿佛藏着什么,松子觉得阴森可怖。那是一个沉默的怪物。也许因父亲去世才有了这种感觉。

"请开到护城河对面去吧。"松子说。

车从马场先门朝着二重桥,开进了皇宫前的广场。

小松林的影子投在青草上,格外鲜明。草坪十分开阔,夕阳下,松影斜长，一色儿伸向松子这面来。余晖映得草坪碧油油的一片。

松子顿时感到头脑清爽起来，母亲含泪归去的身影，分明地浮现在眼前。

为什么那样掐着时间，非赶回去不可呢？这是父亲去世后松子头一次与母亲见面，可母亲惴惴不安，像有人在追她似的。

松子在想，倘如母亲同绀野之间，真像夫妻那样相亲相爱，彼此信赖的话，母亲就不会那个样子了。说母亲幸不幸福还在其次，倒是她的生活岂不是整天这样惶惶不可终日的？

她又联想到卷子和宗广，他们的日子不也跟父母很相似么？

母亲背离了父亲，宗广遗弃了松子，他们移情别恋的结果，使松子受到两次深痛巨创，如同失去世上的一切，不胜悲伤。然而，他们两人眼下的情景又是怎么一回事呢？母亲陡生白发，宗广则眼圈发黑。新的爱才不过几年光景……

松子并不认为是他们受到惩罚或遭到报应。更何况她也不认为父亲与自己能够报复他们。

父亲一死，家无亲人，只剩一个女佣。孤零零一个人，凄凉寂寞之情愈来愈重，因而松子也变得更加善解人意，深深祈求母亲幸福。就目前来说，母亲的幸福，恐怕就是同绀野能和和睦睦过日子。母亲虽抛弃了同他们父女的和睦生活，但松子终究不能不希望母亲能生活得和睦幸福。

剩下松子孤单一人之后，似乎会想同母亲一起生活，可是实际上她却不作如是想。现在母亲已是同绀野生活在一起的人了，松子依旧抛不开这念头。是因为她心太硬，不像个女孩子？抑或是出于自私的打算，怕母亲将来成为自己的负担？松子思前想后，连自己都觉奇怪，同母亲之间竟产生一层隔阂。而且，母亲同绀野在一起，毕竟也是无可奈何的事。

不论母亲也罢，宗广也罢，他们伤害了别人，不顾一切追求到手的爱情，却转瞬就感到幻灭，弄得疲惫不堪。看到他们的结局，松子就更加重了要独自过活的念头。

汽车拐向广场的左边，经过日比谷公园后面一角，从樱田门朝半藏门方向驶去。

河畔的柳色尚嫩。对岸的青草倒映在水中。

来到右侧是千鸟渊、左侧是英国大使馆前面时，司机说：

"从这里上竹桥么？"

"好吧。"

松子颔首同意。

父亲倒在车里，载着他行驶的那段路已经过去，松子这才松了口气。

下了竹桥，便看见《读者文摘》社的白楼，松子突然开口道：

"开到饭田桥去吧。"

究竟要不要到母亲的公寓去，她还没打定主意，但忽然心血来潮，想去那儿附近转转。

一到水道桥，便听见后乐园里赛车的嘈杂声。从饭田桥直到过了牛込见附，松子始终默不作声，让汽车径自开过去。河边垂钓的人闯入松子的视野。人多得挤来挤去，几乎到了肘碰肘的程度，一字排在岸边，将钓竿垂在浑浊的水中。

"哟！"

松子很惊讶。这么多人能钓到鱼么？究竟有什么可钓呢？

位于东京的市中心，两岸又有东京都营电车和国营中央线电车来来往往，河水浑浊不清，居然有兴致在这样的河上垂钓，松子真不能理解。但无论如何，终归有如许的人聚在那里。不仅小孩子，还有很多大人。护城河被划分为牛込见附、新见附和市谷见附三段，似乎只有中间那一段才是垂钓场，前后两段的河面上，游艇点点，没有垂钓的人。在路上居高临下，看得见一对对划船的人，水面很窄。

松子觉得很有趣，看看那些小舟，又回望垂钓处，蓦地一缕凄凉之感袭上心头。在这种地方用钓鱼来消磨时光，难道也是人的一种营生么？

想着想着，母亲在公寓小厨房中准备晚饭的身影浮现在眼前。母亲会见女儿，已用过简单的晚餐，回去后竟不敢告诉绀野，生怕外出耽搁了做饭，想必一定在那里紧张忙碌吧？

松子终于打定主意，不到母亲那儿去。

二

松子从新桥上了回镰仓的横须贺线电车。

刚要在老婆婆前面坐下来，让她的手杖给绊了一下。老婆婆一只手扶着那根樱木手杖。

"哎呀，真对不起。"松子慌忙扶住手杖，竖在自己跟前。老婆婆并没靠在手杖上，只是轻轻扶着，所以对松子的举动毫不介意。老婆婆两脚搁在座位上，缩成一团坐在那里。背驼了起来，显然因年迈而身体变小了。

松子忖道，恐怕相当老了。一旁陪着她的是位年纪与松子相近的姑娘，大概是她的孙女吧？模样长得很像。老婆婆却看着更顺眼。那姑娘戴着近视眼镜，是那种镜片上面有一条银边儿的镜框，穿了一件黄色布连衣裙。松子觉得黄色太浓了一点。

窗外天还很亮，而车里已经点上了灯。

姑娘的白网眼手套有些脏。戴的两只水晶耳环，看着有些别扭。但鬓角上的头发却因此显得格外长，一直长到耳垂下面的水晶球那儿。

姑娘不停地跟她祖母说话。因为只顾说话，甚至连松子坐到她们跟前都没注意到似的。

祖母将一方叠得整整齐齐的手帕放在膝盖上，不时拿来擦眼睛。那眼睛已经眍得很深。不是眼眵，而是自动流出的泪水。脸颊瘦了进去，皱纹松了下来，纵横交错仿佛打成一个个小结似的，直到嘴边。嘴也瘪成一点大。没有牙齿的嘴唇软乎乎的，已失去了弹性。说话时，下唇像舌头一样努了出来，变成蛮可爱的地包天。

祖母只不时应上一两句，对孙女没完没了的话没有嫌弃的样子。看上去孙女说也无心，祖母听也无心。老婆婆的耳朵大概还挺好使。即便有点聋，祖孙间的对话也照样能彼此会意。甚至一句话都不说，彼此恐怕也能灵犀相通。从两人的神情可以感觉得出，平素在家里，想必是以心会心的。

也许是姑娘戴眼镜的缘故，样子显得不大和悦，等到了她祖母的年纪，那时，她的表情想必就会变得同她祖母一样慈祥了吧。

姑娘跟祖母很亲，给她掩好衣襟。

松子羡慕不已，想起了自己的母亲。她发现，在这些地方，也有女人的幸福在。

恐怕从孙女出世，祖母就疼她，一手把她抚养大的吧？如今颠倒过来，祖母变成了孩子，孙女对祖母，倒像做母亲似的。

如果松子和母亲在一起，两人相依为命，那么，自己也会自然而无心，母亲也会这样，两人想必会很快慰吧。母亲离家以后，松子对父亲多少代替了母亲的角色，很自然地照料父亲的起居，父亲对松子也多少像母亲一样操心。但是，母女之间，祖孙之间，这种女人之间的骨肉亲情，更加自然而安妥，于是，松子便十分怀恋起母亲来。

松子在镰仓站下了车，没有乘公共汽车，而是深深吸着夏夜的空气，一路走了回去。

"想要独自一人生活下去，难道是因为离开母亲了么？"她自言自语道。

回到家，门口摆着一双男人的鞋，一看就知道是宗广的。听见客厅里有电扇的声音。宗广的一双黑皮鞋，只在给父亲送殡那天看见过，并无特别之处，松子为什么记得那样清楚呢？

松子为让心情镇定下来，先进了自己的卧室。向随后跟进来的女佣问道：

"客人几点钟来的？"

"好像是五点来钟吧？他说要在这儿等您……"

"给他上饭了么？"松子若无其事地问。

"没有。他说要酒，已经喝过了。"

"是老爷的白兰地么？"

"嗯，是白兰地。"

"还有剩的？"松子蹙起眉头说，"好了，你去吧……对了，冰箱里要是有麦茶，给我一杯。"

"好的。头七时客人送的梅龙瓜还有四个，我冰上了一个。给客人切一盘吧？"

"那好。"

说是五点钟，正是松子在新桥站与母亲会面，并在餐厅里用饭的当儿，卷子和那个日裔美国兵走了进来，那时，宗广正在家里等自己。

在电车里邂逅那位老婆婆和她孙女的平静心情，顿时消失得无影无踪。

而且，家中虽有女佣，却只有一个姑娘家，一个大男人夜里赖在人家里不走，现在居然碰上了这种事，一想起来松子就浑身发紧。

听卷子的口气，宗广给父亲吊丧之后，病又复发，好像一直卧床不起，松子觉得有些发怵。

坐在镜前，擦掉外出时脸上的脏物，但究竟化什么妆，似还没拿定主意，凝视着自己的眼睛，这工夫电话铃响了。松子站了起来。是母亲打来的。

"妈么？您怎么了？"松子低声问道，"您在哪儿？"

"在公共澡堂。"

"公共澡堂？"

"是呀。吃完饭，我说去洗澡就出来了。这是借的澡堂的电话。"

澡堂的电话摆在什么地方呢？在收款台那儿么？还是在里面？宗广还坐在客厅里，松子觉得不便说什么，但是感到母亲去借澡堂的电话，未免太可怜了。

"喂喂,从那儿回去后,他唠叨个没完,我就照实说了。那事也说了。"

"什么那事?"

"户籍的事……"

松子不作一声。

"于是呢,他说要见一面,要见你……"

"什么?"

"说不定会上家里来,所以我先给你透个信儿……"

松子立即果断地说:

"他来可不行。我不同意。不能来!要来,我来见他。"

"是么?"母亲低声说,"那我跟他说说看。"

会是绀野想要母亲的户籍么?抑或是像木崎老人担心的那样,是看上了父亲的遗产?

松子想,现在自己孤身一人,谁知会有什么祸事临头。

三

松子没法跟宗广说什么"您来了"或是"让您久等了"这类的客套话。

但她一进客厅,宗广便说:

"你回来啦!"右肩向上一耸,他这毛病不知是什么时候养成的,"是我要在这儿等你的。因为是病人嘛,不能经常来。"

松子眼睛没看宗广,说道:

"如果父亲在世,你来我们家也会等我么?"

"你说什么?"

"算了。你要是明白……"松子抬起头来,问道,"又喝酒了?"

"说这话的,只有松子你呀!令尊出殡那天,你也说过,你喝酒了?那声音好温柔,我可忘不了。"

"说到哪里去了!当时觉得非常讨厌,非常反感。"

"也许是吧。不过声音可嗲得很哩。"

"伤心都来不及,谁还记得是什么声音?"

看样子宗广方才躺过,母亲用宫古产细麻纱布做的坐垫,三个排在一起,他坐在其中的一个上面。松子感到很腻味。难道是忘了把坐垫收起来,堆在客厅的角落里么?如果父亲在世,松子准会挨骂。

她真想把另外两只不用的垫子收起来,但又不便把手伸到宗广的身旁。

"伤心都来不及?"宗广仿佛自我解嘲似的自言自语道,"伤心都来不及,能发嗲吗?说是伤心,说话却嗲声嗲气。不过,那也要看是什么人说的。"

松子用生硬的声音说:

"今年春天我去过医院,对吧?我已决定从此再不见你了。"

宗广如同未闻,依旧自说自话:

"难怪你说什么伤心的时候,从前你可是很爱哭的。女人一哭,我就受不了。日本的情侣爱做出愁眉苦脸的样子,男的腻烦了,渐渐疏远了女的,女的竟还不知道,不记得是哪本书上这样写的,我深有同感。倘若女人爱吃醋,哭哭啼啼的,恋爱也罢,结婚也罢,对不起,碍难从命。还不如随便找个女人玩玩倒更省事。你要是不那么爱哭,保不住就跟你结婚了。卷子人虽没什么长处,却不至于因为吃醋就哭哭啼啼的,所以……"

松子受不了这种侮辱。一阵怒气攻心。

"你这是在侮辱你自己是么?"

"也许是吧。"不料宗广竟老老实实承认,"说不定那是我生病的前兆。神经烦躁不安,你一哭,简直就受不了。没有一点耐性。生了病,身体一弱,变得任性自私,这也是有的。"

宗广的右肩又耸了起来。或许是哪一边的肺有病的症状吧。但松子觉得,宗广人并不像卷子说的那么病弱。脸颊倒是消瘦了,眼睛也发青。

"你等我,就为说这话么?"

"不是。"

宗广眯起眼睛,询问地说:

"听说你决定要跟幸二结婚……"

"是谁这么说的?"

"卷子说的。也许她是从幸二那儿听来的。不过,她说看见你同幸二在日比谷公园散步来着。"

"岂有此理!"松子吃了一惊,"那不是你太太她自己么?方才,我刚见过她呢。"说着,霍地起身跑开了。

"松子!"

宗广要追她,刚要站起来便打了个趔趄。

头发

一

虽说是同老女佣两个人,可对松子来说,还是孑然一身。自打一人生活之后,她想尽快把镰仓的房子卖掉,便去找木崎老人商量。

"那倒也好。"木崎不以为奇,说道,"但也不必太急。至少在你父亲的百日之前,还应留在你父亲的这个家里。"

"为什么?"

"七七还没过吧?"

"没过。"

"你年纪轻轻,也许早些开始新生活为好。可是,一个女孩儿孤零零地捧着先人的骨灰罐离开家,那情景也太可怜了。再说,人刚死,马上就把房子卖了,别人会说长道短,连你父亲都会受连累。"

松子点了点头。

"这且不论,现在已是夏天,要卖也得到秋天才能卖掉。不过,镰仓的房子也许不至于。说不定有些公司需要宿舍夏天避暑用。以目前情形看,即使再等些时候,也不必担心房产落价……"

"那就到秋天再说吧。"松子很痛快地说。父亲的灵魂还留在家里,一种要守护这个家的心情油然而生。

"就这么办吧。我也给你留心。买卖房子有点像做媒,也要碰运气。有的一谈就妥,有的像似差不多了,却总也谈不成。"

面对着木崎老人,松子心里的一团乱麻好像解开了似的。

"房产不会跌价,捏在手里也放心,要是还有什么股票之类的,我也给你注意一下行情。近年来,你父亲像个世外的隐士,没准儿有些公司快倒闭了,股票还放在那里没动。不知是身体不合适还是什么缘故,总是无精打采的,做什么都提不起劲儿。从前他对工作可是非常严格……"

"哦。"

"性情那么刚烈的人,忽然变得意气消沉,就不怎么好。还是像我这样天生迟钝的好……"

松子望着木崎那慈祥的面孔。人也略显富态,脖颈较粗,肤色与父亲不同,脸颊没那么红,耳朵下面还很白净,也不显老。

"能不能请您搬到那儿住呢?"

"我?搬到你父亲的房子去?那敢情好啊。"

木崎的脸上没一点儿意外的表情。

"您搬过去住,我想父亲他一定会高兴的。"

让木崎买下房子,松子不是没考虑过。可是,觉得难以启齿,说不出口来。没想到,见了木崎,居然脱口而出。

"虽然有点旧,可比您这儿的房子要强。从电车站都能看到家里面。"

"看见又怕什么?家里又没人干坏事……"木崎毫不在意地说,"住惯了,压根儿就忘了电车里还有人看。乘客都是些不相干的人,不相干就不会往人家里看,车一下子就过去了。即使看了,也没什么可怪的事,谁也不会放在心上。夏天的时候,尽管敞着门窗,我们家里也没有值得一顾的家具。"

松子低着头。

"当然,我不是说这房子好,那是没法儿跟你们家比的。"

"我父亲说过,现在这座房子对您实在太简陋了。不久老天爷准会赐您一座好房子……"

"老天爷赐我……"木崎微微一笑,想了想说,"既然说是老天爷所赐,那我就不能不买喽。我跟内人商量商量看。"

"哎呀！我可不是为了让您买房子才这么说的。我父亲他真的说过这话。天赐给木崎先生以年轻美貌的妻子，想必不久也会赐他一座好房子的吧。您的为人品德，他非常钦佩。"

"是么？你父亲他说过这话？"

木崎仿佛在望着远处似的，凝目瞅着松子。这时，电车越来越近，便说：

"电车来了。咱们瞧瞧乘客是不是往家里看。"

星期日的电车只有两节车厢，里面坐满了孩子。大概是去江之岛郊游的小学生吧。没有一个孩子往车站上面的人家看。

电车开出后，孩子们热热闹闹的声音依然回荡不已。

"怎么样？没人看吧？"

"因为是些孩子嘛。我就从电车里看过。"松子红了红脸，说，"那时您在院子里，拿了一枝茶花，正在看信。"

"茶花？不记得了。"

"是春天的时候。"

她想起当时是去探视宗广，不免有些羞涩。

决意把房子尽快卖掉，也是因为宗广。

看见木崎手拿茶花的那天，她本是去跟宗广诀别的，可是宗广居然来给父亲吊丧。即便这不算回事，然而，松子去看母亲回来，宗广酒气熏人地竟赖在家里不走。而今，家里已经没有人能够挡住这个不速之客了。

明明是自己的家，为了把宗广赶出去，松子没别的办法，只好逃到外面。

宗广追出来的时候，松子是光着脚跑到院子里的。

"松子！"宗广肩膀一起一伏，喘着气说，"病人要摔倒了，你扶一把不行吗？"向松子逼了过来。松子往后一步步退着。

"卷子她，你是在哪里见到的？"

松子没有回答。

"哼,恐怕她不是一个人吧?一定是同什么人在一起。"

宗广背对客厅里的灯光,松子看不清他的面孔,却听得见他那粗重的喘息声。

"管她怎么的。"宗广讥笑地说,"你看见卷子,反倒是好事。怎么样?我们的婚姻如何,你总该明白了吧?"

"不明白。"

"不明白?卷子穿着时髦,到处招摇,而我一个病人,看看我们两个,你会不明白?"

"不明白。"

"卷子在背弃我的时候,我却在这里痴痴地等你。我可是硬拖着病体来的。"

"那不关我的事。"

"不关你的事……你说不关你的事……跟你才有关系呢!一度相爱,这关系是不会消失的。"宗广向前伸出两手,好像是要倒下,又像是要去抱松子,猛地扑了过来。

松子为躲避他,一脚踩进胡枝子花丛里,一趔趄,右手臂给抓住了。她使劲地甩手,宗广倒在她身上,压得松子跪了下去。

宗广的右手一把揪住松子的头发。

松子一声不吭,奋力站了起来。感到一阵剧痛。

"哎呀!"宗广叫道,"头发……松子,头发揪下来了!"

这时,松子已离开两丈来远,跑到客厅的廊下,看见宗广手里好像捏着自己的头发,不禁涌上一阵憎恶之情。

"回去!请你回去!"

宗广呆呆地望着手里的头发。

"头发揪下来你都不叫疼,你变得很坚强啦!"宗广有气无力地说,"看样子,我再解释再道歉,你都不会原谅我了。可我曾经拥抱过你的呀!"他凝望着松子,接着说,"你的头发,我收下了。"他把头发掖进裤子口袋。这时，松子仿佛全身失血似的，感到浑身冰凉，连忙躲进家里。

不知头发被揪掉多少，她懒得去照镜子查看了。

但又忍不住要看。坐在镜台前，将头发拨开，倒也看不出。只是事后很痛，第二天甚至肿了起来。

去木崎家的那天，头皮还痛着呢。

自从宗广来的那天晚上，松子的情绪一直十分亢奋，现在木崎老人的慈祥和蔼使她镇静下来，能够安适地坐在那里。

松子是一袭简单的夏装：白衬衫配一条蓝裙子。衬衫无袖，露出浑圆的肩膀，光溜水滑，好一个女儿家的雪肤。

"多待会儿吧。趁好天气，又是礼拜日，内人带孩子去海边，马上就会回来的。"木崎说。

二

"一度相爱，这关系是不会消失的。"那天晚上宗广说的这句话，宛如尖刺一般扎在松子心上。

时至今日，宗广竟然还说这种话，松子实在感到奇怪。这恰恰应该是松子对宗广说的话。

倘如爱情已经破灭，爱的关系却还没有消失，那么，那责任岂不是应由毁掉爱情的人来承担么？

宗广抛弃松子而同别人结婚，这婚姻不美满，跟她松子有什么关系？抛弃松子的病人要摔倒，凭什么非要她去扶不可？

说起来，宗广究竟为什么要甩掉自己去同卷子结婚，松子至今依然弄不懂。她去疗养院探视也罢，宗广上家里来也罢，在松子看来，她不相信宗广能坦诚说出真心话。

也许是由于生病，也许是由于婚姻，宗广变得非常厉害。说话别别扭扭，人也乖僻得很。

"可是，被遗弃的人对被遗弃的理由，岂能想得通！"松子又自怨自艾地说，"想不通，还不是因为自以为是么！"

男人仅仅因为厌倦便遗弃女人，这种事是常有的。像宗广说的那样，因女人哭哭啼啼而把她抛弃掉，这事也有。单单夺去处女的贞操而又弃之不顾，这种事恐怕也容或有之？

而且，同松子分手之后，宗广变得颓唐起来，是松子出于自尊的一种看法，或许宗广从前便是那样一个人。

他所说的"关系"云云，也是松子先说的。假如把这个词换成另一种说法，那么，一度相爱之后，"某种东西"是不会消失的。对此松子有切肤之感。

对于恋爱或是结婚，每逢松子像少女一般去幻想的时候，立即会碰上自己已非处女这堵墙，幻想的翅膀顿时惨遭摧折。

失去处女的贞操，难道连幻想都不容许了？与其说是不容许，其实还不是自己害怕去那样空想！

如今她思前想后，终于明白了一件事：父亲在世的时候，也许是有父亲可以依赖，她从没把一切都摊开来正视自己的实际处境；对于未来，更没有这样去想过。

首先，父亲在世的时候，松子一次也没有真真切切地梦见过宗广。

所谓真真切切，便是梦见被宗广拥抱。

一旦午夜梦回，松子叫出声来：

"啊……"苦闷地翻过身去，埋在枕头里幽幽地哭泣。

想起宗广把自己的头发掖进口袋里，松子顿时泪干泣停，霍地坐了起来，惶恐地在黑暗中环视。

"可我曾经拥抱过你的呀！"仿佛听见宗广的声音。

松子忽然发觉，对于失去处女之贞操，自己无论惋惜、悲痛、悔恨、憎恶，甚至诅咒，这都不应该。失去的总归是失去了，自己若不能切切实实地承认，是绝不会得救的。只会留下向往纯洁无瑕的感伤。

然而，要是切实承认失去处女的贞操，又怎么样呢？松子并不清楚。

难道说，只有承认同宗广的爱是真实的，否则便无法从悔恨中解脱出来么？

错过了睡意，倾听着梅雨淅沥，松子曾有过这样的不眠之夜。

三

幸二来电话告诉松子，说宗广和卷子离婚了，那是刚刚七月初的事。

"哥哥还说，想要见你一面……"

"哦。"

"我去医院看他，便让我来求你……"

"这会儿在医院里么？"

"我么？在东京。"

"我猜也是。"

东京来的电话，先由接线员通知，松子有些困惑。

不过，她果决地说：

"我不会再见你哥哥了。"

"是啊……我哥又是那样……最近他的病也……"幸二有些吞吞吐吐，这在电话里也能感觉得到，"还有……说不定姐姐会到你府上去呢。"

"卷子？干吗？"松子一惊。

卷子同宗广离了婚，到松子家来做什么？

"来，我也不会见的。"

"嗯，就这样，对了，我也想见见你。有些话要说。今天，能来看你么？"

"不，还是我去吧。"

不知为什么，松子突然之间脱口这样说。

约好在布列吉士敦美术馆等，便挂断电话。

松子想起上一次在美术馆遇见幸二，一边看画一边说话的情景。如有难以启齿的话，则有绘画可帮忙。

松子上了二楼，站在美术馆的门口，幸二正坐在展室的凳子上，看着对面的画。

在他面前是一幅塞尚的自画像。

松子想招呼他，蓦地噤口没有作声，一动不动地站在门口。倒不是由于被什么打动，才站在那儿凝立不动，她忽然有种尘心一洗之感。一个意想不到的天地展现在她眼前。

并不是松子专注地看了某一幅画，而是多幅画同时映在她的眼中。置身室内，松子好似环绕于美的交响乐之中。

幸二没有穿上衣，就连他的白衬衣也宛如浮在色彩的波浪上。

松子默默走到幸二的身后。

幸二一回头，猛地站起来。

"好快呀。我还以为收拾收拾再离开镰仓，得等上半天呢。"

"没什么好收拾的。让你等了么？"

"我也刚来，一进门迎面便瞥见这幅塞尚的画，正在看呢。"

幸二的眼睛闪着光辉，是因为看了画吗？上一次松子曾经这么想过。他用那样一副眼光瞧着自己，好像自己也是什么美好的东西，松子给瞧得很难为情。

"塞尚的《自画像》是新展出的。"幸二说，"每次到这儿来，塞尚的画一次比一次好。这幅《自画像》你先看上一会儿，然后再看那幅《圣维克图瓦山》。"

自画像的两侧横头是小品素描《浴》。左面悬挂的是《圣维克图瓦山》和一幅小品《静物》。

"陈列的地方不是上次那面墙了。可能因为展出《自画像》了。"

松子点了点头。

幸二也沉默了一会儿，然后开口道：

"电话里，我太失礼了。哥哥他想见你是他的事，要见自己见好了，跟我没关系。对我哥这个病人来说，这话也许太无情了。可是，我不想介入你们两人之间的事。然而，他终究是个病人……"后面的话便含糊其词，听不清楚。

"你哥他不大好么？"

"不怎么好……跟姐姐离婚，可能受了点刺激……"

幸二好似要避免跟松子照面，移步到塞尚右侧的雷诺阿的画前。

"我不愿意替他传话，他便说什么'你自己想同松子结婚吧'，骂了我一顿……"

"怎么这样！"

"随他想好了。"

"最近你哥哥到镰仓我的家里，也说过这话。"

"不论我多么想娶你，我哥他应该想想，我究竟能不能那么做。"幸二的声音有些发颤，"恐怕是不能那么做的。这也是为了你的清白……"

"清白？"

松子险些随口这么反问，幸而没有作声。

"即便同我哥，我以为还是不见面为好。这也是为了你的清白……"

松子感到眼中似有一团火在燃烧，脚下几乎站立不稳。这当儿，幸二转过半个身子。

对面墙上好像是一幅西斯莱的画，初夏的河畔，成行的绿树，映入松子的眼帘。

真实与铃声

一

"为了你的清白……"这话幸二重复了两次,松子什么话也说不出来。

松子至今没想过,要同幸二结婚,就是真的想,也不能那么做。

可是,幸二说,自己即使想娶松子,"恐怕也是不能那么做的。这也是为了你的清白……"话里似乎带着反义。

若不是反话,那就是讽刺。

然而,幸二的语声发颤,透着真情。

西斯莱画中成排的绿树,看得松子眼睛一片模糊。

"看画也挺吃力的呢。"松子无力地说,"里面陈列室的还看么?"

"不看了。为跟你约会才选在这里……今天看一幅塞尚的《自画像》就足矣。"幸二似要解除松子的困惑,便又说,"我不习惯跟女人约会,所以,坐咖啡馆或在车站,一副等人的面孔,挺难为情的,坐不住,而且一动不动地坐等,也没那份耐心。在这儿么,可以看看画……"说着轻声笑了笑,靠近松子,然后朝门口走去。

于是,松子想起那个阴雨的冬日,曾经在有乐町的车站等幸二的哥哥宗广,竟等了三个小时,冻得小腹冰凉,一到家,母亲就说:

"做女人,这就仁至义尽啦。"给松子喝了葡萄酒。

宗广总让松子在上下车人多的有乐町车站这些地方等他。

很多女人或坐在月台上的长椅上,或站在检票口,再不然就靠着墙等情人,而松子也曾经被迫成为其中的一个。松子很惊讶,有那么多的女人,她们都在等各自的情人。这些女人之间,除了等情人以外,彼此毫不相干,萍水相逢的陌路而已,只有等情人这个共同点使她们有种默契,谁都不觉得难为情。但因为她们等的是各自的情人,所以,也许没有哪个聚会能如此缺乏共同点。她们彼此间既没有同情也没有敌意,在同一个地点,有相同的条件。可是,松子到有乐町站去过几次,好像从来没碰见过相同的面孔,同一对情侣。简直是不可思议。

有时松子会忽生疑窦,车站上那些神情像等人的女人,同店里等候光顾,而后一个个接客离去的娼妓,岂不很相像么?在那些女人中,难保没有真娼妓或准娼妓混杂其间。过去有种看法,认为"婚媾亦即卖笑",这种观点现在也并无多大改变。这样一想,那些等候男人的女人,一个个给男人领走,从车站上就已成双作对,这未始不可以被看作是婚姻市场的缩影。给领走之后,不论是欢乐也罢,悲哀也罢,幸也罢,不幸也罢,总而言之,一旦等到了人,她们脸上顿时豁然开朗,忙不迭地奔了过去。

松子之所以生出这种自虐的念头,多半因为让她等得太久了。稍微等一会儿,不失为一种乐趣;太逾常了,便会叫人心急如焚,焦躁不安,难免胡思乱想,自怨自艾起来。甚至认为自己如同罪人示众。等到两脚冻得冰凉,眼泪都会涌上来。简直没法抬起头来。

战前,把情人相会称作"幽会",巡捕要逮人的,报纸上也时有报道。当松子不得不等上一小时的时候,便感觉到了"幽会"的后果。

宗广和松子他们两家,父辈都是熟人,松子死去的两个哥哥同宗广和幸二兄弟也常来常往,他们不必在外"幽会",完全可以登门互访,也可以电话相约。

不过,对松子来说,那种秘密的喜悦也未尝没有。

"秘而为花,不秘则不成为花。"松子有时拿世阿弥[1]的这句话来比

---

1 世阿弥(1363—1443),日本室町时代古典戏剧"能"的演员与作者,所著《风姿花传》(1400)是有关能的经典理论著作。"秘而为花,不秘则不成为花",见该书第七章《另纸口传篇》。意为:演员要保守绝活的秘密,否则便达不到较佳的艺术效果。

喻和咂摸自己的爱情。

外形上虽是秘密，可是，当松子知道自己的秘密已被父母察觉时，这秘密便使她不胜痛苦了。

前几天，宗广揪下她一绺头发的那晚，羞辱她说："从前你可是爱哭得很哩。"随即，松子打心眼里瞧不起宗广。可是再往后，回首往事，又觉得宗广没说错，那时自己确实爱哭。

失去贞洁的当时，松子哭了又哭，简直哭得无休无止。她没有伏在宗广的胸脯上哭，而是一个人抱着膝盖哭。那哭法是绝对独自一人的，绝对孤零零的。

责备或憎恶宗广，这些都在其次，她只顾悲哀，恨不得把自己撕碎。

宗广想温言软语安慰她，把手搁在她肩上，松子一扭身将他甩开。

宗广很扫兴，手指卷着前额上的头发说："好难说话的人哟！"像从远处打量松子似的，"咱们不是相爱么？既然相爱，别哭得那么凶好不好……就算我有什么不对，既然相爱，也不是没法补救的嘛。这跟你遇上歹人总归不同吧？你该想想，对方是我不就行了嘛。"

然而，松子哭得越发不可收拾了。

此刻，松子一边从美术馆二楼下楼，一边想起当时的情景。因哭肿了眼睛感到为难，在新桥站放过两班横须贺线的电车。一个多小时里，一会儿用冰凉的手心捂捂眼睛，一会儿抻抻裙子下摆。

幸二没有戴帽子，在松子前面先下楼梯，理的发型很像从前的宗广。

住院以后，宗广改了发型，跟以前不一样了。幸二大概去的依旧是原先那家理发馆。

二

一出布列吉士敦美术馆，幸二就朝京桥走去，松子以为又要去银座，不料他向锻冶桥那边拐了过去。

从东京都政府前到马场先门那一带,成排的绿树在夏日的夕阳下,银光闪闪。于是,又被诱向那里。

幸二似有什么难言之隐,便说起:

"这儿一排排的大树,到了夏天非常茂盛,我很喜欢。"

"明治神宫绘画馆前那一排排的银杏树也挺大的呢。"松子说着,抬头仰望那有茂盛之感的一排排大树。这时,幸二说:

"我哥哥是几时到你家去的?"

松子没有言语。

"我哥哥要同姐姐——现在已经不是姐姐了——离婚,或许他是去告诉你这件事的。如果是离了后去的,便是去告诉你他已经离了婚。"

松子依旧默不作声,只管走路。

"其实,要说他们两人究竟是什么时候分开的,恐怕很难说得清。说不定结婚之初就分开了……所以,到底谁要分开,也很难说。"

"方才在电话里听到这事,我吃了一惊。不过,跟我……"

"我认为这跟你没关系。我方才说,还是不见我哥为好。"

"你还说,你哥同我的事你不想介入。"

"是的。"幸二挑起他那双浓眉,说道,"可是既然是同胞手足,身心均受束缚,有时也很苦恼啊。跟别的动物不同……这种血缘上的紧密联系,对人来说,有其利也有其弊……"

松子猛地点了点头,等着幸二再说些什么。口中露出一排又细又白的牙齿,那林木的翠绿仿佛映在她的皓齿上。

然而,幸二并没有接着说下去。

松子的口气像在回顾往事似的:

"尽管提到你哥和我,可他和我的事究竟留下些什么呢?我真的不大明白。最近这一次见到你哥,他说一度相爱的关系是不会消失的。听到这句话,我已没有眼泪可流了。因为从前眼泪流得太多了。"

幸二走了十来步后说:

"我呢,中学的时候,很喜欢北原白秋[1]的这句诗:'却想起,真实与铃儿叮当'。反复念上几遍,便好似能回忆起什么美妙的往事。可是,一个中学生哪里会有'却想起,真实与铃儿叮当'那样美妙的回忆呢?"

那么现在有那样的回忆么?还能记得松子的事么?

"'却想起,真实与铃儿叮当',前面一句是'那旅途,虽是一路真实……',诗名叫《朝圣》,中学生好像很喜欢这首诗。"

"是朝圣途中摇的铃么?"

"大概是吧。"

"即便不是朝圣的铃,要想回忆什么,可以摇一摇随便什么声音动听的铃……不过,美妙的回忆却少得很。"

一排排绿树十分繁茂,在对面皇宫的石墙上投下一道树影。

"方才站在塞尚的《自画像》前,心里一面在想,令尊真是了不起。你同我哥的事刚开始不久,他就把我叫去,问我:'你们家对松子有什么看法?'然后令尊说:'我看他们两个还是分开为好。'我当时一怔,什么也说不上来。令尊还说:'你作为宗广家里的人,请了解我的这番意思。'至于提亲,令尊想必不会同意,所以事先跟我透出这个话。也许他的意思是要我告诉哥哥,好叫他对你死了这份心。"

"我一直不知道。"松子喃喃地说,父亲一张大大的面孔压在她的心头。

幸二提起中学时背的一句诗,使松子也想起小学时学过的一句老话:"身体发肤,受之父母,不敢毁伤,孝之始也。"而松子竟如同噩梦一般,将之给了宗广。她爱过宗广,何以会像噩梦一般呢?

"所以,你既然没同哥哥结婚,我认为令尊也不会难过的。"幸二接下去说道,"得知令尊的想法,便从我的角度同哥哥说,你同松子是不可能成婚的。哥哥听了当然认为我是出于嫉妒,我们之间吵得很不像话。

---

1 北原白秋(1885—1942),日本现代著名诗人。诗篇抒情而华丽,富有象征意蕴,代表作有诗集《回忆》《邪宗门》等。

不久，哥哥得了病，更加重了对你本来就有的自卑感。生了病，人也变了，同姐姐结婚后就变得更厉害了。身体有病，性格也往往会出现病态；行为一颓唐，性格也随着颓唐。健康与道德，有时是一个抵抗力的问题。因为服了毒，那么服毒的人究竟能抵御到怎样一个程度呢……"

三

两人过了河，从马场先门走到皇宫前。

广场上的松树端，映着夏日的斜阳，显得分外明亮，松树下的草地则渐呈柔和的暮色。

一些男男女女或坐在草地上，或靠着长椅背，静待黄昏。远远望去，一对对相偎相依的情侣正络绎不绝向这里走来。

不过，幸二无意于到草坪上或椅子前去。

"这么多人到这儿来，等几年之后，他们会摇着美妙动听的铃儿，回想起今日么？"

"会的吧。然而，恐怕大多数人是谈论不久的将来，谈论今晚或是明天的事吧。我是看了中宫寺的弥勒[1]才知道什么是未来。据说在释迦牟尼涅槃五十六亿七千万年之后，将由弥勒佛代替释迦牟尼来拯救人类。"

"五十六亿七千万年……"

"真是遥远的未来哟。要等到五十亿年之后，人类的救世主才会出现。"

"那么久，谁等得了呀？我可等不了。"松子莞尔一笑，缩了缩肩。

"可是，人类却雕刻出了五十六亿七千万年后来拯救众生的佛像。这样一想，就聊以自慰了。"

他们又过了河，走到日比谷公园后门，进了公园。

来到花园，四处的几个长椅，仍由一对对情侣占据着。

---

[1] 中宫寺位于奈良，寺中做半跏思维状的弥勒像，造型极其优美，为日本国宝之一。

"卷子她……"

松子有些犹豫。幸二疑问似的回过头来。松子面带羞涩地说：

"卷子对你哥说，说她看到我和你在日比谷公园散步来着。"

"咦？"幸二不由得向四周扫视了一下，"姐姐倒是个相当灵的预言家嘛。真让人吃惊不小啊。"

"所以，我不喜欢日比谷公园。"

"是因为应了姐姐的预言？"

"哪儿呀，那不算预言。"松子明确地说，"反正我不喜欢日比谷，咱们出去吧。"

适才从皇宫走到日比谷公园，松子并没有忘记父亲是病倒在这里的。不过没有告诉幸二。

"大概算不上预言吧。"出了公园，朝帝国饭店走去的时候，幸二开口道，"要是应了姐姐的预言，我就该同你结婚了。哥哥跟你说的时候，是说姐姐告诉他的么？"

松子点了点头。

"姐姐她出于什么用意，我不清楚。我除非把哥哥杀了，才能同你结婚……要同你结婚，我得两手沾上亲人的血啊。"

松子心头不胜苦闷，低垂着头。

幸二也一声不言语。

"说是卷子要上我家来，怎么回事？"隔了一会儿，松子问道。

"这个么……是因为哥哥病重吧？假如哥哥死了，她不愿意担责任罢了。"

松子一怔，抬头望着幸二：

"我想请你转告你哥哥和卷子。说我正在给父亲服丧……这是我现在唯一要做的事。"她像在贯彻某种意志，这样说道。

"明白了。既然在服丧，连我也以暂不见面为好，对吧？"

松子点点头。

然而，她似乎有些惜别，便约幸二去了母亲带她去过的那家餐馆。

母亲与房子

一

"给父亲服丧"——这句话松子对幸二说过,自己也时时听得见似的,所以连去海边的心思也没有了。

虽则认为,住在镰仓只有这一个夏天了,但是为了避开海滨的喧嚣,却一直闷在家里。

"看不到世界的空虚,其人自身便是空虚的。"松子想起帕斯卡的这句话。

对自己来说,难道是因"其人自身便是空虚的",所以才感到世界的空虚么?世界的空虚云云,自己不懂,也无意去弄懂。

两个哥哥的战死,同宗广爱情的破灭,母亲的出走,父亲的遽逝——这一连串的变故,在盛夏酷暑,光天白日中,松子独自思量之下,难免感到空虚落寞。

但是,比起这一连串的伤心事,倒是遗弃自己的宗广,更让松子没法不感到空虚。看他那情景,自己病倒了,跟妻子也离了婚,现在又以一副空虚的姿态出现在自己的面前,正是他那份空虚投映到了松子的心上。

对一个年轻女子来说,没有比被人遗弃更使自己感到空虚了。当她不得不看到背弃自己的人那空虚的样子,说不定便以为这世界也是空虚的了。

"我一直希望你哥哥能够幸福……"见到幸二时,松子曾经想这样说,"他要是不幸,我会不好受的。"

可是，她错过了说的机会。

明知宗广不幸，又这样对幸二说，听起来便显得虚情假意，甚至让人以为是故意说风凉话。

再说松子，私下未尝没有梦想过，倘如宗广和卷子婚姻美满，宗广要么把松子忘得一干二净，要么对她多少还心存愧疚，那时幸二和自己心意相通，说不定认为相爱也没什么不好。由于宗广并不幸福，幸二和自己不就难以以真情相见了么？

松子一方面希望，遗弃自己的宗广以及母亲他们都能幸福，但又觉得自己已被他们抛弃，他们幸福与否，自己也鞭长莫及，既然到了第三者那里，那就只有徒叹奈何了。

母亲和宗广他们未能幸福，自己又何尝幸福，甚至连内心的安宁都谈不上。

松子虽然没有被晒黑，却因苦夏而消瘦，不知不觉中迎来了秋天。

她先上木崎家去。

在江之岛的电车上，看不见由比滨的海水浴场。

松子感到镰仓的夏天已经逝去，秋天已来到城里。

今年春天，从七里滨到江之岛，松子和宗广曾经走过的那片海滩，现在在金黄的秋阳下，该寂无人声了吧？

去木崎家不必乘到那么远，看不见那片海倒正好。

木崎老人照例温和地迎接松子，说：

"正在想呢，上次提的老天爷的赏赐，近日应当去看看哩。"率先提出松子卖房子的事，让松子毫不觉得拘束。

松子将细长的包袱移到腿前，说道：

"这幅字画，多谢您了。"她将寂室的墨迹奉还老人。

"这是送给你供养令尊的呀。"

"我知道，已经供养过了……送给我，那真是送非其人，太可惜了。"

"不错，题跋果然如此。'生死事大，无常迅速'，不适合你们年轻小姐。"木崎笑着说,"不过,我想正月里挂上它,让那些将屠苏酒喝得陶然的拜年客人看,一定很有趣。"

"我现在也有些无常之感了。"

松子的一双眸子是那样黑,仿佛里面有个黑黑的小精灵,低首垂目时,便似映上那小精灵的影子。木崎目不转睛地望着松子的一双黑眸子。

"不仅是'无常迅速',前面还有一句'生死事大',所以很中我的意。"木崎仍旧凝视着松子的眼睛说,"你说有无常之感……"

"是的。"松子迟疑地说,"我想起了帕斯卡还是什么人的一句话……"

"怎么说?"

"看不到世界的空虚,其人自身便是空虚的。"

"那么,我倒觉得'生死事大,无常迅速'这句话更为精辟。我不知道什么帕斯卡。你父亲大概也不知道。"

"我也不知道呀。"

"对那些不了解的人,去背他们的片言只语,是很要不得的。我对寂室也同样……我不知帕斯卡是在什么意义上说的这句话,不过,松子,世界并不空虚。"

松子点头答道:

"见到您之后,我也这样认为了。要是能够请您住进去,我就是离开了,也不会觉得自己抛下了父亲不管。"

"不,即使你不考虑你已故的父亲,他也会跟着你的。你能活下去,自然就是对你父亲的供养。"然后,木崎揶揄说,"不是跟我这种老头子,要是跟意中人在一起,你瞧吧,这世界还会是空虚的么?尽管你父亲死了,但有你活着,这世界难道会是空虚的么?"

二

因为木崎已决定买下房子,所以松子便到公寓去看望母亲。

父亲在世的时候，母亲离家出走，当时是她自己放弃做妻子的权利。可是，父亲过世之后，由于母亲的户籍还留在朝井家，那么，她就不该失去做妻子的那份权利吧？

如今想叫母亲离婚也没有离婚的对象了。松子不懂法律，但母亲本已失掉的权利，由于父亲去世而得以恢复，那真是妙不可言。

换句话说，就是分不分遗产的问题。若分，又怎么个分法？

木崎也为此担心，说是要找律师去商量。然而，松子却说：

"我相信母亲。我想，母亲她也会相信我的。"

松子自然是打算把遗产分给母亲。

父亲去世后，两三天的工夫，"头发白得好厉害哟。"母亲曾这样说过。不论她从前如何，松子也决意要把父亲的遗产分给母亲。

父母之间的关系，以及父亲的心情，这些事越想越没头绪，一来事情会变得更难办，二来分不分，犹豫起来更没有止境。因此，见了木崎之后，松子已打定主意：自己的意志就是父亲的意志。

分给母亲的那一份，也由自己替父亲决定。

松子甚至还用心深细，想根据母亲眼下的情况，绀野的态度，母亲的那一份不全部交给她，暂先由自己保管要妥善得多。

"我变成大人了。"松子喃喃自语道。万一母亲跟绀野日后散伙，现在若全部交给她，那时母亲就该两手空空了。

松子心意已定，打算与绀野也一并见面，便打电话给母亲，通知她去公寓的时间。

母亲一打开房门，松子看见室内铺着席子，很觉意外。上一次来虽然只在门外站了一会儿，不知怎的，总觉得里面应该是洋式陈设。

只有两间屋，一间三席大，一间六席大，绀野从六席那间屋的窗旁回过头来说：

"噢，来啦？很早嘛。"

"约好两点钟的。"松子干脆地说。

"不错，看来是我太磨蹭了。拉门实在太破烂了，正奉命糊新纸呢。说是至少得让拉门焕然一新，好迎接松子小姐大驾光临哩。瞧瞧这光景，只能换换拉门上的纸，别无他法啦。"

绀野手里拿着一支油画用的毛刷。

"为了你母亲，请你面朝拉门那边吧。屋里最好别去东张西望。"

松子眼睛不知往哪儿看好，便去瞅绀野急忙之中还没糊的地方。糨糊装在红茶杯里，还有不少。

绀野穿着灯芯绒裤子，披了一件黑天鹅绒上衣。这一身打扮倘若是画个画什么的，尽管显得陈旧一些，可能还看得过去。然而，拿油画笔去糊旧拉门，其状未免太惨。

绀野同松子的大哥敬助，同时毕业于大学法学部。学生时代画得一手好油画，俨然一个内行。他的画还曾经在一个小型展览会上展出过。文章也写得漂亮，时常向学报投稿。当时还是少女的松子，把绀野看得简直光辉耀眼。

敬助因参加大学短歌会结识了绀野，遂成为朋友。

战时，绀野从前线向杂志投稿，写些报道，配上佳妙的插图，后来辑录成书，作为一名士兵，还小有名气。由于极度的神经衰弱，才复员回国的。

敬助战死后，朝井家自费出版他的遗文集，绀野自然曾鼎力相助。

绀野仔细读过敬助在战场上写的书信和日记，敬助对继母的一番钦慕之情，不消说也打动了绀野的心。

就连敬助的父亲也为之惊讶，对妻子另眼看待，甚至告诉松子说，道子是"有良心的人……"

这样说来，绀野是受敬助钦慕之情的触发，去看待敬助继母的吧？

而母亲又有母亲的考虑，表面看来，甚至希望松子能与绀野成婚。

她自己与绀野的事，恐怕与死去的敬助的影响也有关。

那时，母亲这个"有良心的人"，行事简直到了过分的地步。

现在，母亲为了迎接松子，竟然重糊纸拉门。

松子按绀野说的，除了新换的雪白的纸拉门，尽量不看屋里别的东西。甚至连糊纸门的绀野也不去看。

但是，拉门的门框没擦。纸虽干净，门框却脏得格外醒目。

母亲是没时间擦呢，抑或是连那点气力都没有了呢？

终究因为绀野在场，所以松子的母亲不大好说什么。

松子不得已公事公办似的开口道：

"妈，镰仓的房子已经卖掉了。"

"哟！"母亲大吃一惊。

"木崎先生说他要买下来。"

"木崎先生……"母亲盯着松子说，"那你怎么办？"

绀野一面把纸按在门上，一面回过头来说：

"到头来不是让你母亲无家可归了么？"

"不论什么时候，妈都有家可回的。不管什么地方，只要有我在，那就是妈妈的归宿。"松子回答说。猝然之间，她只能这么回答。

母亲两手捂脸抽泣起来，泪水顺着指缝流了出来。

"妈，是真的。"

"是么？"绀野长吁一声道，提着毛刷走了过来。在松子面前坐下来，顺手把毛刷扔到身后。"这样一来，我也放心了。你既能扶养你母亲，又能接收你父亲的东西，你也可以放心喽。木崎这老狐狸，是他出的鬼主意吧？……即便糊上拉门，也是多此一举，对不对？"

三

松子把院子里的菊花剪下来供在佛龛前，然后整理衣柜里的东西。

院子里的菊花，是从去年的根株上自己抽芽，自己开花的。今年压根儿没修剪过。

松子忽然想到，在把房子腾给木崎之前，疏于修剪的菊花之类，不如拔掉的好。

"门框不擦干净就糊，多别扭呀。"

松子四处察看这所要卖掉的房子，每天忙着收拾。

称不上是菊圃，只有小院一隅，菊花倒有满满一大抱。松子把花全给父亲供上了，也给两个哥哥供了一些。

父亲的骨灰已经被安葬完毕，佛龛里只摆着相片，还有两个哥哥的牌位。父亲的牌位还没做。佛龛要留给木崎，松子是不是该捧着牌位走呢？

松子在寻思，离开这个家，还有什么东西跟这牌位一样要带走的。

衣柜里找出一个铁皮箱，一看，松子想了起来："是妈的貂皮领子呀。"

母亲出走之后，父亲不愿看到母亲的衣物，便说：

"权当是两个战死的继子送给继母的礼物吧……"大部分都给了母亲。与绀野同居后，这些东西恐怕也所剩无几了。

可是，像这条貂皮一样，有些东西还留在家里。母亲原本是远房一个穷亲戚的女儿，并没打算嫁到这儿来，东西全是父亲置办的，所以，即使有什么东西留在家里，也不便开口来讨。

母亲用东西很经心，这件黄貂皮领，一点儿都没坏。

那时两个哥哥还在世，父亲买这条貂皮领是做圣诞礼物的，母亲当时有多高兴啊！松子还记得清清楚楚。

松子走到镜台前，把貂皮围在肩上。

镜子里，松子看到的与其说是自己的身影，还不如说是令人怀念的往日的母亲。

母亲那黑亮的眼睛，每逢有什么出其不意的高兴事，总是水灵灵的。黄貂皮宛如一道柔和的金色光环，衬出母亲的脸庞，眼睛周围愈发黑了。漆黑的眸子和睫毛，显得眼睛更大。

松子凝望着自己遗传自母亲的那双漆黑的美目。

女佣禀报说有来客。

松子忙把貂皮拿下来，问道：

"是谁呀？"

"一位小姐，问她贵姓，不肯说。"

"是么？怎么回事？"

松子不假思索地朝门口走去，猛然意识到，难道是卷子？一愣神站住了。

秋天的傍晚，女佣没准儿把卷子看成"小姐"了。

松子把貂皮放在拉门背后，走到卷子面前。

"有些话要同你说，于是就上门来啦。"卷子不紧不慢地说道。松子却不客气地问：

"你有什么话？"

"你母亲好像来了是不是？请她一起听听也好。"

卷子回头朝大门口望去，像要避开松子的目光似的。

"我母亲没必要听你的话，再说，她也没来……"

"哟，明明来了嘛！就站在那边树荫底下，我看见她来着。一见到我，就藏到那边去了……"

松子一声没言语，抽身从厨房跑到后院的木门处。

没有找到母亲。

峡谷四面的小山上，西面的天空是一片晚霞，红云似火。

"妈——"松子一想到卷子也能听见，便无法放声去喊。

晚霞之后

一

没有找到母亲。

松子走出小得像口袋一般的谷口,站在流水淙淙的小河的桥上。小桥的形状恰似袋口的绳结。

松子一口气跑过来,母亲想必不会到这里来。会不会躲在峡谷里什么地方的树下呢?卷子说看见她在那边的树荫底下。难道是在自家院子里的树下?

松子又踅回峡谷。说是峡谷,其实路两侧是一户户人家的庭院,没有几棵树能让母亲藏身。

"妈!"松子喊了一下,去桥畔银杏树后面看了一眼,树荫下有黄昏时的凉意。

"她不在!"

松子忍不住说出声来。

已经有落叶了。抬头仰望枝头,刚刚泛黄,有的叶子竟急急地先自飘落下来。

山顶上的晚霞,方才还红得似火,此刻已变成暗暗的赭红。

不知藏身何处的母亲,她那份寂寞,恍如传给了松子,松子垂头瞅着自己的脚走回家里。

卷子站在大门前。看样子是从房门口走出来的。

"找到你母亲了么?"

"好像回去了。"松子随口说道,觉得所答非所问,便又说,"已经走掉了……"

"是么?"

卷子眼尖,低头看见松子穿着厨房门口用的一双拖鞋。说道:

"不过,她站的地方好奇怪呀。像是在往家里张望……"

是因为松子告诉她房子卖掉了,才偷偷回来瞧瞧房子的么?若没给卷子发现,母亲会不会招呼松子,走进这个曾经住惯的家?

尤其是给卷子碰上,母亲竟要躲躲藏藏,松子觉得太令人窝心了。

"原想叫你母亲也听听的,那太遗憾了。不过,本来是要对你说的,你一个人听也好。"卷子说。

松子心里还装着母亲的事,有点心神不定地问:

"你有什么话?"

"不能在这儿说。"

卷子站着,没有走的意思。

松子想撇开卷子一个人进屋,可是卷子要不走,母亲就不会从藏身处走出来,于是转念一想,等听完卷子的话,尽快把她打发掉或许更好。

"那就请吧。"松子催促说,"居然请你进来说话,我觉得很不可思议……"

"一开头就存心找碴,是不?"卷子笑了笑,进了屋,"哟!好漂亮的貂皮……是你的?"

松子刚才急忙从后门出去,忘记拉上纸门了。连里面的茶室都让卷子看见了,心里很不痛快。

"这房子真不错。在这样的小山谷里,一个人住得这么宽敞,不寂寞么?"

卷子去客厅的工夫还在东张西望。

"你有什么话要说?"

给松子这样一催,卷子正了正容,道:

"'你有什么话要说？'你已经问过三四次了。你就那么介意？"

松子没有理睬。

"说得简单点儿，宗广跟我，已经离啦！听幸二说过了吧？"卷子察看松子的神色说，"正式的离婚手续也都办完了。"

"是么？那又怎么样？"

"那又怎么样？你说话可真会装相！"

"你们当初不就一直分开的么？"

卷子一愣。

"也许是吧。"想不到她倒承认了。

宗广和卷子他们结婚的"当初就分开了"，松子记得这是幸二说的。

"你既然知道我们当初就分开了，那更加好了。准是宗广卖好告诉你的……"卷子抢白道，"你有没有兴趣见见宗广呀？我把他奉还给你。"

松子气得指尖发颤，强压怒火，盯住卷子的面孔：

"你这话，难道不觉得是在侮辱你自己么？"

"说得简单明了些，就是这么回事！"

"你别白费心了！你们离不离婚，我才不感兴趣呢。"

"真的么？这个说法不大妥当吧？有没有兴趣，这是译成日文的说法，美国人爱这么说……"卷子反倒平静地说，"我被你瞧不起，是不是也该结束了？从前你总瞧不起我，那是你在嫉妒！"

松子受到侮辱，像浴在脏水里，感到卷子在大发醋劲。

松子的父亲去世后，宗广来吊丧，告诉松子说卷子非常嫉妒，把"嫉妒"这个词儿反复说了三遍。卷子一方面与宗广离婚，同时嫉妒之心不减，此来莫非是刺探松子对宗广的想法么？

松子更加警惕起来。

"那种貌似聪明而又趾高气扬的女人，嫉妒心顶强了。她们瞧不起别人，常常是变相地嫉妒。"卷子接下去道，"你跟宗广谈情说爱，要不是那样瞧不起我，我还不想把宗广弄到手呢。"

"'弄到手''奉还'之类的话,不要说好不好?"

"可我不是把他弄到手又奉还给你了么?当时,我就是想把他弄到手的。我说的是老实话。但弄到手,却不成功,我来向你甘拜下风。尽管和宗广分开了,可我也不是那种好记仇的人,我是来求你去救他一命的。宗广的病情很不好。来吊丧以后就不好,后来又来揪了你的头发,病得就更重了。"

难道说宗广竟把头发拿给卷子看了?松子不禁打了个寒战。有种说不出的恶心之感。

二

卷子离去之后,松子兀自凝然不动,坐了一会儿,又出去找母亲去了。

"为了救宗广一命,我求你了。"

松子走在晚霞已经消失的山谷里,卷子临走说的这句话,却还留在她心上没有消失。卷子是真心相求,抑或是讽刺挖苦?对卷子特意登门的一番用意,松子简直不能理解。

照她的意思,宗广的一条命好像就捏在松子手里似的,正像幸二说的,她这样做是想逃避自己的责任,又是对松子的威胁。松子明知宗广的死活同自己毫不相干,可还是想起宗广揪她头发那天晚上的事,宗广踉跄着脚步说:"一度相爱,这关系是不会消失的。"难道自己被人抛弃,那一度相爱的关系也不会消失么?松子担心起宗广的病情来,对自己这层心思,也感到不能理解。

松子觉得母亲似乎还在这山谷内,便又到桥上看了一次,然后赶紧折回家,还是没有找到母亲。

她坐在镜台前,一双漆黑的眸子干干的,失去了润泽。便叫女佣道:

"洗澡水烧好了么?"

"是,我想是好了,我去看看。"

松子进了浴缸，用温手巾捂着眼睛。一股暖意直透脑门。于是，松了口气。方才借幸二的话去对付卷子，又照幸二的解释去怀疑她，松子蓦地感到羞愧起来。

她想给幸二打个电话，问问宗广的病情。

可是，万一说宗广病得厉害，松子觉得幸二会跟自己离得更远了。而且，松子认为，凡是他哥哥的事，绝不向幸二打听，她要珍重自己对幸二的一番情意。

单是这样想想，松子心里就宽慰多了。但转念又觉得，自己若能温柔地看护宗广，说不定他的病会好转吧？倘如自己能够服侍宗广，待人体贴入微，父亲也许还不至于死去。

"我办不到啊！"

松子自言自语地说，她感到悔恨，如果对父亲能照顾得更周到一些就好了。

过了十二三天，母亲打来电话。

"妈，镰仓？……到镰仓来了？在哪儿？"松子急切地问。

"在站前。我回家行么？"

"马上来……妈，带伞没有？对了，车站上有车吧？"

"有吧。一到镰仓就下雨了……"

"车要是全开走了，先等一会儿，下一辆车，马上就会来的。妈，最近您是不是回来过？"

"等回头再说吧……"

母亲的声音软弱无力。

卷子来的那天傍晚，母亲显然回来过。松子过后曾怀疑卷子在说谎。

松子打着伞等在门口。

由于父亲的死，母亲与松子之间隔着一堵"漆黑的地狱之墙"。"镰仓就跟来世一样远呀！"在餐馆里母亲曾对松子这样说过。不过，死去的父亲已原谅母亲了吧？没准儿还希望女儿去安慰和帮助宗广呢。

细雨无声,打湿了樱树的落叶,沾在母亲乘坐汽车的轮子上。地上的土很黏。

母亲一头钻进伞下,便抓住松子的胳膊。

"您怎么了?"

松子搂住母亲的胸部。

一向干净利落的母亲,好像连头也没梳。后颈上的头发散落下来。

进了门,母亲身子发直,说道:

"有几年啦?这期间,你父亲人也没了……"

"想家吧?"

"就你一个人么?"

"一个人呀!"

松子爽朗地回答说。

母亲望着松子,四目相视,不禁泪水盈盈。

"对不起。明知就你一个人,可一见你孤零零的……"

"一个人蛮好的呀。"

"倒也是。说不定更好些。"

母亲穿的一双革制草屐,脚跟和脚尖处的漆皮已经脱落,带子也松开了似的。

松子先进屋朝自己的卧室走去。没经过放佛龛的房间。

母亲在松子的床上刚坐定,便说:

"昨晚跟绀野大吵了一场,我这是离家出走呀!"说着又忽然一笑,"虽说那儿算不上一个家。"

"妈,那您昨晚没睡吧?就躺下来吧。"

松子揭下床罩,帮母亲脱了外褂,正要解开腰带。

"不用了。"

母亲按住腰带说。

松子安顿母亲睡在床上,自己则把椅子拉近枕头。母亲仰视着松子说:

"真舒服呀！这下心里松快了。虽然对不住你爸……"说着闭起眼睛，泪水顺着眼角流了出来。

三

母亲似乎不能再回绀野那里去了，当晚睡在松子的床上。

松子想和母亲说说话，母亲竟沉沉睡去。

然而，到了第二天早晨，她又坐立不定了。说是要么先在东京住旅馆，再租房子，要么暂时回到乡下去住。松子心里想，母亲已有二十多年没回乡下了，恐怕她也没有租房子那笔钱，大概连换洗的衣服都没有。

"不管什么地方，只要有我在，那就是妈的归宿。我上次不是这样说过了么？"尽管松子挽留，母亲却怯生生地说：

"你父亲不在了，我趁机回到这个家来，谁知别人会说什么闲话呀！又该给你父亲脸上抹黑了。"

松子寻思，既然那么怕周围的风言风语，又顾忌父亲的体面，当初倒居然会投奔绀野。虽然所奔趋的未来是不幸，母亲却一往无前，比起现在的谨小慎微，害怕世人，那时的母亲恐怕更幸福也难说。

松子已无意再去责备母亲这一生里唯一的一次冒险或者说是解放。

"这原先是妈的房间呢。哥哥的照片还是妈挂上去的，一直没动过。哥哥在战场上对妈是那样怀念，尽管他们死去了，帮不上妈什么忙，可是，他们既然那样想念您，一定会希望您能在这个家多待些日子。这房子不久就卖给人家啦！搬了家，邻居也变了，这附近的人很快就会把妈的事给忘了。"

"倒也是。"

母亲抬头望着两个继子的照片，一面说道：

"人生真是变化无常啊！"

母亲决定留下不走了，但不肯出门一步。即使在厨房里，一旦有人来，也躲了开去。

松子去木崎家，提出早点交割房子的事。她们则到东京去找一处小房子或是租套公寓。

"换着住不好吗？你们在东京找好住处之前，可以先住在我这幢房子里。这房子已经没用了，迟早要卖掉……"

松子接受了木崎老人的好意。

"绀野后来没来说什么吧？"木崎问。

"没来。"

"那很好。这家伙也是个懦弱的人。你母亲若真打算同他分手，我可以去见绀野。免得日后麻烦……在你母亲面前，绀野有他的弱点。再说，都是男人家，我来出面，不会生出什么麻烦来。要是你们，像他那种没有生活能力的男人，说不定会死缠住不肯放手。"

四五天之后，松子和木崎两家开始腾房子。

住处变动的事松子只想告诉幸二一人，便往他公司里打电话。

"一直想见你来着，"不等松子说话，幸二便抢着说，"但又有顾虑。"

"哎呀，那又何必呢？"

"说老实话，是我哥哥死了……"

"你哥哥——"

松子险些把听筒掉了下去。

"我没通知你。丧事在十来天前已经办完了。"

"啊——"

松子说不出话来。

宗广的死，幸二没有报丧，是对松子的体贴呢，抑或是因为松子没去探病，对她的不满呢？松子的心头忽然掠过一丝疑惑。

只有女人的家

一

同木崎老人换过房子之后,松子母女二人开始了新生活。

说是换房子,其实是松子把房子卖给木崎,自己暂住木崎原来的房子。

"让木崎先生把这房子出让给咱们怎么样?能便宜一点吧?"母亲说。

"那可不行。这房子对我们来说还是太大。我要到东京去做事,要是妈不在的话,原先只打算租间房子住住。"

"我在也可以租房嘛。直到最近,一直住的,还不是破公寓房子!"母亲的眼神显现出不胜辛酸的样子,"不过,你父亲在世的时候,一直希望能让你在原来的家里结婚来着。怪我离开家,误了你的事。"

"一点都没有。误了我什么事了?要说误事,是我自己耽误了自己。"

让你结婚云云,松子觉得母亲的口气有些别扭。一甩手离家出走,却俨然又以母亲的口吻说话,松子虽然没有明显的反感,听了总归有点不顺耳。

陡然间她感到自己已完全变成一个结婚不必听命于父母的女孩子了。

"这房子,房租还没定下来呢。跟木崎先生商量过,他说不用客气了。人家打算卖,咱们也不好住得太久。"

母亲环视了一下房间,然后说道:

"从那边的家一搬到这小房子来,行李就显得太多了。收拾了好几天,还是没处放。"

"都怪妈。留在那儿,木崎他们有用得着的,就跟房子一起买下了。可您，这也舍不得那也舍不得，弄得这儿简直像个仓库。"

"那些东西浸透了你爸一辈子的心血，不管三七二十一，三文不值两文地卖掉，太可惜了。过后准会后悔心疼。"

"可您方才又说什么没处放。往后没用的东西还是卖掉的好。咱们俩能这样过日子，那不正是爸的东西么？要说爸一辈子的心血现在浸透在什么地方，那正该在咱们两人的身上嘛。"

"会这样认为么？"

"我爸么？"

松子一面反问，一面不能不注意到母亲那莫名其妙的矛盾心情。

当年，何止是丈夫的财产家什，就连丈夫本人都抛弃不顾的母亲，因同绀野生活关系破裂，等丈夫死后又回到了夫家，现在把那些没用的家具全当成丈夫的遗物，满怀着回忆，备感留恋，竟至舍不得丢掉。

松子对母亲的弱点，并不想冷嘲热讽，然而，倘如父亲在天有灵，想必会苦笑的吧？不，他会微笑的。现在的松子还不认为死去的人能够责备活着的人。

"爸也希望，在他死后，我能和妈一起过。过后细想起来，爸这样说，等于是他的遗嘱。"

母亲眨着眼睛，似在找父亲的相片，目光停在楣窗上。窗上面挂着松子两个哥哥的相片。就像在原先那个家，把相片挂在自己卧室里一样，搬到这个家之后，母亲赶紧把两个继子的相片挂了起来。

松子也抬起头来看着，静静地说：

"家里现在只剩下女人了。"

院子下面的车站上，开往江之岛的电车已经进站。

母亲有些怯生生的样子，缩起了肩膀，一面从纸拉门上的玻璃向外面窥探，一面说：

"电车就像在地板下面通过一样，这种地方，真难为木崎先生，够能忍的。现在门关着还凑合，到了夏天，怕是连屋子里面都看得见吧？"

"可不。我也那么想,还跟木崎先生说过。可他的回答,真叫人佩服。说家里没人干坏事,别人看了也不怕……"

"不过,那也讨厌呀。"

"想不到那些不相干的人倒真不往人家里看……"

"那可不见得。着实讨厌得很呢。"

"可是,木崎先生是那样一种人,一般人好像不大会给他找麻烦。"

"也许是吧。"母亲点了点头说,"刚搬来时,清早每来一趟车就醒,然后便睡不着了。可是最近,电车响人也迷迷糊糊的,还照样睡着。不论什么事,人好像很快就能习惯。"

"是啊。可是,未必事事都能这样呢。"

松子难以同意母亲的话,又抬起头去看哥哥的照片。

母亲扔下自己不管的悲哀,被宗广遗弃的悲哀,父亲撒手人寰的悲哀,这种种一切,松子觉得还不能习惯似的。

即使是母亲自己,从离家出走,与绀野同甘共苦,到最后又分手,她又何尝习惯于这些悲哀呢?

每逢电车到站,母亲都要从拉门上的玻璃窗向外张望,她莫不是害怕绀野来吧?

然而,自从母亲躲到女儿家来,沉睡在女儿床上之后,眼见得日益丰腴起来,连眼神都显得神采飞扬。

有时母亲坐在松子的镜台前拔白头发。就是在父亲死后两三天里猛然间白了起来的那些头发。

显得年轻嫩相的母亲,大概不会再长白发了吧?

那时母亲在镰仓站上下车还忐忑不安的,现在在镰仓却安然平静地过日子了。

父亲和哥哥留下松子母女相依为命,彼此体贴,如今看起来她们日子过得和和睦睦。

母亲早晚打扫房间时,只要电车一来,赶紧关上拉门,松子因听了木崎的话,既不躲也不藏。也许会有乘客注目,去看那美丽而幸福的姑娘。

"妈,点了电灯,从电车里看得见哥哥他们的相片不?穿着军服照的,说不定人家认为我们是军人的遗族呢。家里只留下女人……"

"女人罪孽深重,所以才留下来的吧。"

"罪孽才浅呢。"

二

电话里听到宗广死讯的那次,幸二对松子说:"一直想见你来着。"可后来幸二既没来电话,也没来信函。

父亲因同母亲邂逅,在这意外的刺激下亡故,宗广的情形却不同。对他的死,松子也不像母亲那样责备自己。要说该责备的,应在对方。

而且,父母他们同自己与宗广,情况也有所不同。

可是,看见母亲拔白发,松子不禁想起被宗广揪去的头发,说不定就置于他的灵床上,于是浑身汗毛直竖。

宗广是怀着对松子的忆念死去的。夺去她贞洁的人已经不在这个世上了。然而,贞洁却并不因他不在世上便能恢复那么一星半点儿。

这一创痛,如今只留给了松子一人。

且抛开松子自己对宗广的感情不说,就双方父亲的交情而言,从她与幸二之间的交往来看,松子是不是应该去吊丧呢?无论如何,宗广是拖着病体给父亲送过葬的。

但是,松子不愿意去,觉得也没有理由去。

只是对宗广的死,松子心里还不能坦然,又怕与幸二产生隔阂而感到不安,而这种不安却不断困扰着松子。

松子没把宗广的死告诉母亲。

母亲只穿着身上的那身衣裳回到松子家,没有睡衣,便穿了父亲一件旧浴衣。

"妈,您穿我的多好,穿男人的,不太合适。您还年轻嘛。"松子虽然拿出自己的睡衣,母亲却嫌太花,说道:

"我也不年轻了。我这一辈子算完了。往后只等着带外孙啦。"

"外孙……您说外孙,就是我的孩子啦?"

"是呀。要是能让我给你带孩子的话……"

"干吗说这种话?"

"可不就是这么回事么!你想想看,女人的命就是这样。往后我还能有什么?看你有不少睡衣,就想,这要生个小宝宝,就不用发愁了……"

"什么话呀?您这是当真说的么?"

"女人上了年纪,带个外孙,不是一种福气么?"

"我才不考虑什么孩子的事呢!您干吗去想外孙什么的?"一缕愤愤之情不禁爬上松子的心头,"像跟绀野那样的事,能再来一次才好呢。这比带外孙强多了。"

"哟!"

母亲脸发白了,探询似的看着松子的脸色。

"是真话。只要您在绀野那儿觉得开心,我一个人冷清点儿也不要紧。"

"我已经够了……"

母亲摇着头,闭起了眼睛。闭眼睛的工夫也不知想起了什么,脸上飞起红云,松子看了觉得真是妩媚动人。

"妈,自打来镰仓后,您一次都没去过东京呢。"

"可不。"母亲点了点头,睁开眼睛,"一点都不想出门。多亏你呀,过上这样的安稳日子,我还是头一回呢。"

松子硬是把母亲领了出去,执意要给母亲买些衣服和一应什物。

母亲年纪轻轻便结了婚,婚后一直穿得比较老气。所以松子打算至少该让母亲穿得与年龄相称,甚至再漂亮一点。

银座后街虽然有家常去的和服店,可是怕母亲难为情,便去了日本桥的百货公司。

松子也不同母亲商量，按照自己的意思，左一件右一件买了不少。

母亲简直呆住了，说道：

"松子，别买了。你是存心要瞒住我的年纪，把我嫁人么？"

"只要妈愿意……"

"这可不是闹着玩儿的。你父亲去世了，穿上这么漂亮的衣裳，别人会说什么闲话？"

"叫他们说咱们发疯好了。如今女人是没有年纪的。人漂亮，穿素穿花都好。"

三

在餐厅休息的时候，母亲像买东西买累了，坐在那里发怔。若想到用的是松子卖掉父亲房子的钱，恐怕更要如此了。

忽然，母亲像想到了什么，开口道：

"去给你看看出门的衣服好不好？光悦会去年你跟你爸还去过，马上又要到了吧？挑一件茶会上和正月过年都能穿的才好。"

"正月咱们还在守孝呢。"

"哦。"母亲遭了抢白，却又说，"至少茶会上可穿嘛。去年你跟你爸去过……幸二他今年会不会去呀？"

"幸二也在居丧呢。"

"幸二也在居丧！给你爸爸？你们订婚了？"

"是他哥哥死了。"

"是宗广……"母亲屏住气，望着松子说，"死啦？"只重复了这么一句。

在回家的电车上，母亲冷不防地说：

"幸好你没跟宗广结婚。"

户塚一带的小丘上，杂木林已经泛黄，松子凝眸望着那落日的余晖，一声不响。

母亲可能想得很单纯，以为松子同宗广结了婚，没准儿会成为一个怀抱幼儿的年轻寡妇。

那么，同松子结了婚，宗广也会死么？要死的人，不论同谁结婚，总归是要死的，但是，也可能恰恰相反。人的生命，别人谁都无能为力，不过，也能很微妙地起点守护作用。何况做了夫妻，就不是外人了。他们的生命已经合为一体，相扶相持。像肺病这样一类病症，又全在于心境和护理，既能好起来，也能坏下去。

就连宗广的妻子卷子也像求人救命一样，上松子这儿来搬救兵，说是"把宗广奉还给你"。男女之间的恩恩怨怨暂且不说，这做法颇像庸医对危难病人束手无策而去乞求于名医一样。可是自己与宗广之间却始终摆脱不掉那些男女的情怨纠葛，松子无力去超越。做守护宗广的天使或是护士，在她都办不到。

那么，这能说是松子对宗广见死不救么？

她虽然觉得自己未免有些自负，可是这种自负却在她心头浮起，不肯消失。也许这是女人对爱情的惜别，对旧情的留恋。

然而，因母亲背弃而父亲去世，又因自己离去而宗广早逝，男人生命的岁月仿佛就捏在女人的手里，松子对自己身为女人，简直感到悚然。

让男人送命的母女两人，用男人挣下的钱，买来漂亮的衣服，现在，脸上俨然一副那悲哀的岁月不久即会逝去的神情，正在赶回她们小小的安乐窝。

大门上的信箱里，有一张小纸条，外出时，好像木崎老人来过，上面写着要见松子。

"什么事呢？"松子递给母亲，说道，"写得真有意思。说是家里即使无人仍可放心，因白天有电车的乘客给看家……"

松子立即赶到木崎家里，被让进原先父亲的客厅里。拉门纸没有换。

"你母亲好么?"不等松子开口,木崎便说,"其实是绀野今天来了。我谎称你们搬到东京去了。绀野说他在一家广告公司找到了差事,是来接你母亲的。来接人固然好,但我还是劝他跟你母亲分手。"

"谢谢您了。"

"看样子绀野相当劳瘁。我对他说,男女双方都感到疲惫不堪,这种关系是不正常的。加上她已经回到已故的丈夫家里,是不可能再回到你那里的了。一个并非此世的人与你作对,一切都是不可挽回的。与鬼魂为敌,你的命也不保险。再等上五年,如果你还愿意跟她一起生活,我一定把她从尼姑庵里接出来,当你们的媒人。"

不愧是木崎,能说出这样一番话,松子放下了心。

"能告诉我母亲么?"

"绀野来接她的事么?还是告诉她为好。因为绀野未尝没有一点真心。你不必担心你母亲会回到绀野那儿。"

过了两三天,幸二来了信。信里附有光悦会的请柬。

信上只随便问了一下松子,今年还去不去光悦会,如果去的话,去之前希望能见一面。

松子当即回了电话,依例约在布列吉士敦美术馆碰头。

母亲一直送到院子下面的车站上。

"给我问幸二好。同他说清楚,我跟你一起过的事;如果你愿意,就约他来家吃晚饭吧。"一面说,一面无意地在松子穿外套的肩膀上摸了摸。

北山阵雨

一

松子在横滨乘上特快列车鸽子号。

幸二从车窗里看见她,接过她的皮包。两人的座位是挨着的。

"来得太好了。虽然约好说来,却又担心你不一定来。"幸二把松子的皮包放到行李架上,一边给她让出靠窗的座位一边说,"你要不来,我就打算在横滨下车了。我一个人是不会跑到京都去参加茶会的。"

松子脸颊一片绯红。

"去年是十二号乘夜车去,十四号乘鸽子号回来……"松子想起往事,说道,"那是同父亲最后一次旅行。"

幸二点点头,沉默了一会儿说:"整整一年了。"

"母亲要我问你好……"

"啊。我以为你母亲一直送你到横滨呢。"

"倒是跟她说了,可是怕见了面难为情。"

按说已十一月十二日了,天气暖得有点热,松子脱下了蓝外套。

从汤河原到热海那一带的海面,宛如春霞缥缈,山坡上的柑橘已经变黄。

正像幸二对与松子约好的事还要担心她能不能来一样,松子肯同幸二单独出门旅行确实非同寻常。现在,跟女儿一起生活的母亲打发女儿出门也是非同一般。眼下,与其说母亲对松子事事客气,还不如说是处处顺随,不去妨碍女儿的自由。不过,母亲希望松子能与幸二结婚,她是这样看待两人的。母亲这意思，松子也明白。

虽然明白，松子的心思却与母亲完全相反。就松子来说，她很清楚，自己已不可能再爱幸二，何况是结婚，那就更不可能了。因此，才肯两人一起去京都。这也可以说是出于松子的豁达，对幸二的一份亲切的情谊。

松子接到幸二约她去光悦会的信后，曾去东京见他；那天，幸二踌躇再三，才把宗广是自杀身亡的事告诉松子。

见松子脸色陡变，幸二按捺住自己的痛苦，平静地说：

"我哥死的事，我原先不想告诉你，以后也不打算再跟你见面了。可是，你来电话说搬了家，当时不由自主便说了出来。说完后，想了想，还是告诉你的好。"

松子默然不响。

"现在也一样。也许哥哥自杀的事，不说为好。你以为是病死的吧？"

"是的。"

"他不寻死说不定也会病死……不管怎样，这跟你毫不相干。你只消知道我哥已从这世界上消失了就够了。"

同前两次一样，两人出了布列吉士敦美术馆，从京桥走到马场先门，然后又从河边朝日比谷走去。

"哥哥没有留下什么遗书。他死时，究竟是什么心情，并不清楚。我觉得好像明白，其实并不真明白。即使有遗书也未必能明白。就算明白了，人已死了，也无济于事。一个自己要死的人，或者战胜自己而死，或者输给自己而死。若问我哥是哪种情形？大概二者兼而有之吧。总之，哥哥是自己挑好死的时间，摆脱了对死的恐惧，也摆脱了对生的恐惧。对他的死，我尽量漠然处之。并不是在你面前我才这样说。对于自己寻死的人，活着的人又有什么法子去抗议呢？"

松子仍旧默不作声。

"对哥哥的死，我并不感到有什么责任。倒是哥哥对我应该负有责任。从今以后，我不再见你，原因便是希望你能忘记我哥哥的死。"

"要忘，自己就能忘……"松子说道，好似寒风穿过心田。

经幸二邀请，随他走进帝国饭店的餐厅。仿佛是一顿诀别的晚餐，在那儿他们约好了去京都。一对即将诀别的人，大概也是出于一种惜别的心情吧。

从幸二责备他哥哥的话里，松子觉得，幸二的心里未尝不感到，他与松子相会是对哥哥的一种侮慢。而他对哥哥的同情，又何尝不是对松子抱有怨恨之情？

然而，对宗广的死，松子不想给自己做任何辩白。甚至觉得当着他弟弟幸二的面，说几句哀悼的话都显得可笑。

那一天，松子话很少，便同幸二作别。

即便在去京都的车上，松子依然话不多。只要不提宗广，两人之间便好像有什么隔膜似的。松子没什么话要说，总是等着幸二开口。事到如今，为什么总也摆脱不掉宗广呢？

"去年的这个时候，姐姐回神户她娘家，我替哥哥接她回来，又约她去光悦会。等回到东京，哥哥很不高兴，以为我跟嫂子一起逛京都。因为姐姐存心要跟哥哥分手，所以迟迟不肯回去。"幸二说道。

关于卷子的事，松子什么也不想听。

"哥哥死之前，户籍也迁出来了。通知她后，她来吊丧，哭个不停。"

松子依旧凝然不动。

"不过，没告诉她是自杀的。"

当晚到了京都，城里正下阵雨。

从车里看见四条的街面，家家店铺挂着鸭川舞的红灯笼。

二

旅馆依旧是去年松子与父亲下榻的那家，房间也是原来的那一套。松子告诉了幸二，自己也很高兴。

因为只订了一套房间，在隔壁另铺了一张床。隔壁那间虽然也有六席大，两人仍旧相互推让。

"今晚你就权当跟令尊一道休息吧。"幸二说，"正是去年今夜，又在同一个房间里……"

"去年今夜是在卧铺上，明天早晨才到的。"

"那么，是明天晚上了？"

松子钻进被窝之后，半晌没熄掉枕旁的小灯，两眼盯着拉门。门上绘有山水楼阁，好似狩野派的山水画。画面上的金粉已经暗淡，在薄明还暗的灯光下，发出凝重的光芒。

父亲就睡在拉门的这边，她尽力这样想，可心里却莫名地一味感到寂寞。门那边的幸二已经入睡了么？

十二日那天还很温暖，十三日则骤然冷了下来。天空阴沉沉的，像要下阵雨。

两人乘车经过二条城附近的松树林荫路时，看见行人撑着伞，很小的市营电车也有些淋湿的样子。

"去年也下了阵雨呢。"

"回去时还用了你的车。"

"不过，我居然接连两年来光悦会，想想都有些奇怪。既不懂茶道，更不懂那些器具……"幸二说着，转身看着松子。

"我也跟你一样呀。父亲说，既然学了茶道，就算学了点皮毛，也该去光悦会见识一下，便带我来了。"

"可是，去年在意料不到的地方遇到你，真是很惊讶；今年，也没料到能与你同来呢。"

"可不是么。"松子点头道，"不过，也不见得就那么意外。要说意料不到，岂不所有的事全都意料不到么……"

从去年今日在光悦会上遇到幸二起，直到今年与幸二同来光悦会，这一年里，父亲去世，母亲与绀野分手回到松子家里，宗广与卷子离婚后又自杀而死,真是变故迭起。没有太大变化的,似乎只有松子和幸二两人了。

在光悦会下车时,松子从司机那儿借了把粗劣的油纸伞。

僧房门旁的白山茶花,今年依旧竞相开放。同去年一样,从正殿到僧房,经过廊下,来到院内。

三巴亭与太虚庵两处似乎都很挤,连帐篷下的坐榻也铺上红毡子,坐满了等席位的人。所以,松子他们便先去参谒光悦墓。

"这墓倒很朴素。"幸二有些意外地说。

青竹花筒里插的菊花,也很朴素。红叶下面的墓碑,已被阵雨打湿。

"离茶室这么近,去年竟没发现。"松子从墓道两侧的红叶间望着茶会会场说,"去年就是在那儿碰上的。"

"是呀。你们从后面的东京茶会过来……今年先从骑牛庵开始吧?"

骑牛庵依然由东京分会负责主持,松子他们先入了正席,壁龛里是国宝即休契了禅师的墨迹,羽根田产的托盘上摆了一只极品古铜花瓶,内插本阿弥的红花蕾一枝。水釜是古"芦屋釜",有光信绘的马形花纹;茶叶罐也是极品,是由中国输入的宗悟茄形罐。据同坐的人说,款识为"峰红叶"的鼠志野茶碗最为名贵,松子正用心鉴赏。

客人休息的本阿弥庵内,壁龛里挂着国宝佐竹版三十六歌仙清原元辅的和歌,书院里则摆着光琳的佐野渡产文房四宝盒。

因为时过中午,便在用餐处休息。供应的是飘亭老店制的半月形饭盒和酒,幸二只喝了一口。用餐处拥挤不堪,交谈之声不绝于耳。松子他们没有熟人,便坐在角落里的坐榻上。去年,松子的父亲曾经惊讶地说:

"咦?变成秃山了!"望了半晌圆圆的两座小山。

接着他们去了金泽分会主持的德友庵。在休息室里看到雪舟画的鹡鸰,松子不禁一凛。画幅虽小,却给人以清凉之感。

"去年在玄琢的茶会上,有过雪舟的画吧?画中央高高屹立着两棵松树的那幅……"松子说,"父亲要我用心去看那幅山水画,所以忘不了。那是雪舟八十以后的画，一位叫了庵的和尚写题跋时也已八十三岁。同八十年、九十年那漫长的一生相比，松子你那年轻的春梦是太短暂了。父亲当时说过这话……"

"光悦也活到八十了吧？离八十岁，我们还有五十多年呢。"

茶室里，在远州收藏的砂张经筒中插着叫白玉的腊月茶花和含苞待放的寒菊。茶碗是有名的青井户碗"宝珠庵"。茶叶罐为中国来的名品木纹"肩冲"，茶勺则为光悦的"共筒"。

大阪分会主持的太虚庵茶会上，可以看到壁龛里挂的寸松庵色纸，上面贴着古土佐的红叶扇面，壁龛旁边墙上则挂着远州的竹花筒，款识题为"深山木"，插的是白玉茶花，配以深山古树的枝条。水釜为极品"残月"釜，以及光悦的"七里"黑茶碗。松子想起去年因意外碰到幸二，走进这个茶室的时候，心里一片空虚无着，竟连"升"色纸上写的和歌以及高丽伊罗保的茶碗都没顾上仔细看。今年，挨着幸二坐着，心里依旧纷乱不已。

但是，松子心里想，较之去年，这差别该有多大啊。去年，一认出是幸二，猛然间竟要躲在父亲身后；而今年，竟同幸二一起来到京都，双双出入所有的茶会。所不同者，还不止于此。去年的幸二，对松子来说，与其说是他本人，不如说他首先是宗广的弟弟。看见幸二车里的女人围巾和外套，松子凭直感知道是卷子的东西，所以身子竟有些发僵。父亲带她来光悦会茶会，松子知道，原因之一便是让她能够从爱情的痛苦中分分心。一年之后，甚至对宗广的死，她都没怎么伤心。幸二与其说是宗广的弟弟，不如说他首先是他自己，就坐在松子的身旁。

最后一处茶会在三巴亭，由京都负责，但今年很难得，是表千家[1]的不审庵主持，只有这一处是淡茶。休息室里挂的是宗达绘的色纸，上有光悦题的和歌：

---

[1] 日本茶道流派之一，由千利休之孙宗旦的第三子宗左开创。

夕阳影斜映柴门

山边阵雨乱纷纷

落款为"庆长十一年[1]十一月十一日"。正合十一月十二、十三日光悦会的日期。今天就说不定在日影横斜时，山边阵雨会乱纷纷。道入七品中的黑茶碗，上饰闪电花纹，替换茶碗是高丽瓷御所丸的"黑刷毛"。

入了正席，挂的是后鸟羽院[2]的熊野怀纸，园城寺的古铜花瓶里插着红白两色茶花，利休收藏的茶具架里摆着绘有牡丹的青瓷水罐，架子的对面，主客席的背后有一佛龛，供着光悦的木头雕像。像前的花瓶、香炉和烛台，均为当代掌门乐吉左卫门的新作。在席上，还看到了掌门人即中斋宗匠。所以，松子便静下心来，看着年轻人点茶。

"方才茶点得很帅吧？"松子走出院子时说。挺拔的松树干上，增添一片火样的红叶，热辣辣地照在眼里。

三巴亭的茶釜，在"望月"的箱盖背面，题有"东山义政公御款，望月、残月，作于天明"等字样，加上太虚庵的"残月"釜，这次共拿出了两件"残月"，这也成为今天茶会上的话题。

三

今年的光悦会拿出不少珍品名器，可是松子和幸二却没有鉴赏的眼光，不能像别人那样在归途中纵谈对每件作品的印象，以及各茶室内器具的搭配之美。

"这一天和我平时真有天壤之别。"幸二说，"这种事一年有一次倒也不错。明年再来好吗？"

---

1 即1606年。
2 即后鸟羽天皇，1184—1198年间在位。长于管弦，擅写和歌，有诗集《后鸟羽院御集》等。

松子颔首同意说：

"不过，一年之中，人的变故实在是太大了……我曾这样想过。"

"不论如何变，有那么一天不变，不是很好么？"

回到旅馆，松子感到疲倦，没心思去下着阵雨的街上闲逛。她想同幸二说说话。可是他们有什么好说的呢？

当晚，早早上床休息。松子魇住了，给自己的呻吟声惊醒。

有个东西压了过来，像是一个男人，她挣扎着，却挣不开身子。

心里怦怦猛跳。摸摸额头，汗涔涔的。松子打开枕边的小灯。

幸二当然不会在那里，什么人也没有。

恐惧过去，松子感到有些害羞。汗水弄湿了枕头，她把枕头翻了一个个儿。

"醒了么？"幸二隔着拉门问，"你魇得好厉害，想过去叫醒你来着……"

"已经好了。没什么事。"

"是做梦么？"

"不是。"松子否认，"我说了些什么？"

"没有，听不清楚……"

"是我把你吵醒的吧？"

"好像是。"

"真抱歉。"

"没什么。能睡着么？"

"能。"

"睡不着，起来说会儿话也行。"

"不用，睡得着。"松子说完，翻了个身，看了一眼拉门上剥落的金粉发出的暗淡的光，然后熄掉了灯。

（1952—1953年）